KB036153

영원한 젊음의 땅과
미녀의 무적 함대

세계설화를 읽다 5

영원한 젊음의 땅과 미녀의 무적 함대

용기 돋는 특별한 도전과 모험 이야기

신동흔 지음

ⓗ

머리말

설화, 서사와 스토리텔링의 원형

설화는 먼 옛날부터 전해온 신화와 전설, 민담 등을 아울러서 일컫는 말입니다. 옛이야기라고도 하지요. 설화는 자유롭고 즐거우면서도 담긴 뜻이 깊은 이야기입니다. 그 속에는 기쁨, 슬픔, 사랑, 미움, 두려움, 욕망 같은 자연적 감정은 물론이고 현실을 타개하려는 의지와 미지의 세계에 대한 동경, 신비롭고 환상적인 체험 등 다채로운 서사가 담겨 있습니다.

설화는 모든 문학적 이야기의 원형입니다. 오늘날 다양한 매체를 통해 수많은 이야기가 다양하게 펼쳐지는데, 뿌리를 찾아 올라가면 신화나 전설, 민담 등과 만나게 됩니다. 소재나 줄거리 같은 외적 측면보다 화소(motif)와 구조, 세계관 같은 내적 요소가 더 중요합니다. 요즘 유행하는 판타지 스토리텔링만 하더라도 그 화소와 서사 구조가 설화와 닮아 있는 것들이 많습니다.

설화는 폭이 매우 넓습니다. 무척 현실적인 이야기도 있고, 초월적이며 환상적인 이야기도 있습니다. 사람들의 모든 경험과 상상력이 그 속에 녹아들어 있지요. 그것은 세월의 간극을 넘어서 오늘날의 우리에게도 재미와 감동, 깨우침을 전해줍니다. 웹툰과 웹소설, 드라마와 영화, 애니메이션 등 현대 스토리텔링에서 설화적 요소가 갈수록 확대되는 것은 우연이 아닙니다. 수천 년간 살아서 이어져 온 설화는 앞으로도 오래도록 재미있고 가치 있는 이야기로 우리와 함께할 것입니다.

설화, 청소년을 위한 인생의 나침반

'세계설화를 읽다' 시리즈는 세계 곳곳의 보석 같은 설화를 찾아내고 잘 갈무리해서 양질의 독서물을 제공하고, 나아가 이야기 문화를 되살리려는 의도에서 기획되었습니다. 설화는 오래된 이야기이지만 낡은 이야기가 아닙니다. 설화는 파격적이고 역동적이며 진취적입니다. 그래서 신세대 청소년들과 딱 어울리지요. 넓혀서 말하면, 젊은 사고와 행동력을 가진 모든 사람들과 어울립니다.

오랜 세월 동안 입에서 입으로 이어져 온 설화는 '인생 교과서'라 할 만합니다. 자신을 돌아보게 하는 이야기, 인간관계를 새롭게 하는 이야기, 시련을 극복하고 거듭나는 이야기, 참다운 용기를 불어넣는 이야기, 불의한 세상과 맞서 정의를 구현하는 이야기……. 그 내용을 따라가다 보면 재미와 감동, 그리고 교훈이 저절로 몸에 스며듭니다. 그리고 상상력과 창의성, 논리적 판단력과 문제 해결 능력이 쑥쑥 자라납니다.

설화는 인생의 나침반인 동시에 마음을 위한 최고의 양식입니다. 그림 형제는 옛이야기를 두고 인류의 삶을 촉촉이 적시는 영원한 샘물과 같다고 했고, '영원히 타당한 형식'이라고도 했지요. 조금도 과장이 아닙니다. 책에 실린 여러 이야기를 만나다 보면 다들 고개를 끄덕일 것입니다. 설화는 아이들만의 것이 아니라 우리 모두의 것이라는 사실을 잊지 마세요.

설화, 이야기판을 되살리는 힘

설화는 생생한 구술 언어로 만날 때 참맛을 느낄 수 있습니다. 하지만 구술성을 오롯이 살려낸 대중용 이야기책은 많지 않습니다. 청소년과 일반인을 위한 세계 설화 모음집은 좀체 찾아볼 수 없어요. 설화가 사람들로부터 소외된 상황인데, 그보다는 사람들이 설화로부터 소외됐다고 말하고 싶습니다.

이 책에서는 세계 설화의 정수를 한데 모아서 젊고 역동적인 스토리텔링의 향연을 펼치고자 했습니다. 국내외 각종 설화 자료집을 미번역 자료까지 두루 살피면서 최고의 이야기를 정성껏 가려 뽑은 뒤, 이를 12명의 개성 넘치는 스토리텔러 목소리로 생생하게 살려냈습니다. 세대 공감 스토리텔링의 텍스트적 구현입니다. 그 중심에 Z세대 청소년을 두었습니다.

12명의 스토리텔러는 이야기 화자인 동시에 청중이며, 각 이야기가 끝난 뒤 소감을 나누는 해설자 구실도 합니다. 이야기의 재미와 가치를 되새기는 특별한 자리입니다. 그 이야기 향연은 독자들이 표현의 주체가 될 때 비로소 완성됩니다. 'Storytelling Time' 부분에 제시한 여러 스토리텔링 활동이 그것입니다. 이는 상상력과 창의성, 논리력, 표현력을 키우는 최고의 활동이 될 것입니다.

'세계설화를 읽다' 시리즈가 'K-스토리텔링'의 새로운 시발점이 되기를 기대합니다. 이 책의 이야기들은 열매인 동시에 씨앗입니다. 그 씨앗이 여기저기서 차락차락 싹을 틔워 수많은 푸른 숲을 이루어내기를 꿈꿉니다. 그럼으로써 우리 사는 세상이 더 맑아지고 풍성해지고 아름다워지기를 소망합니다.

나의 서사적 여정에 변함없이 따뜻한 동반자가 되어주고 있는 가족과 제자와 동료들, 그리고 세상의 모든 설화 화자와 수집자, 편집자, 번역자들께 감사드립니다. 옛이야기를 좋아하는 모든 독자님들, 마음껏 즐겨주세요. 그리고 스토리텔러가 되어주세요.

신동흔

이야기꾼 프로필

연이 (여/14세/옛이야기를 사랑하는 중학생)

똑똑하고 부지런하며 맡은 일을 야무지게 잘 해내는 모범생.
다정하고 활달하며 주변 사람을 두루 잘 챙길 뿐 아니라
늘 긍정적이고 밝고 씩씩하다. 이름 때문에
<연이와 버들도령> 속 연이의 환생이라는 말을 듣는다.
작가를 꿈꾸는 문학소녀로 모든 종류의 이야기를 좋아하며,
설화에 담긴 뜻을 풀이하는 일에도 관심이 많다.

퉁이 (남/16세/운동과 게임과 이야기를 좋아하는 고등학생)

낯설고 신기한 것에 관심이 많은 행동파.
시골 출신의 전학생으로, 투박하고 무뚝뚝해 보이지만
의외로 세심하며 동생들을 잘 챙긴다.
책이나 문학에 관심이 없었으나 옛이야기의 매력에
빠져들어 설화 마니아가 되었다.
<내 복에 사는 나, 감은장아기> 속의 '막내마퉁이'가
마음에 들어서 퉁이를 부캐로 삼았다.
영웅담과 모험담을 특히 좋아한다.

엄지 (?/11세/비밀이 많은 Z세대 이야기꾼)

나이에 비해 체구가 작은 편이며, '엄지'를 부캐로 삼았다.
엄지동자인지 엄지공주인지는 비밀이다.
다른 이야기꾼들도 엄지가 여자인지 남자인지 알지 못한다.
자타 공인 어린 철학자로 생각이 깊으며,
누구에게도 꿀리지 않는 당당한 성격이다.
언젠가 걸어서 전 세계를 여행하겠다는 계획을 가지고 있다.

이반 (남/24세/사회 진출을 준비 중인 대학생)

일찌감치 군대를 다녀온 복학생. 딴생각하다 엉뚱한 실수를
할 때가 많아서 친구들에게 바보 취급당하기 일쑤다.
설화의 매력에 빠져 스토리텔링의 세계에 발을 들였으며,
그와 관련된 특별한 진로를 탐색 중이다.
얼간이로 취급되다 남다른 활약으로 세상을 놀라게 하는
반전의 주인공 '이반'이 마음에 들어서 부캐로 삼았다.

세라 (여/30세/지성과 미모를 갖춘 엘리트 직장인)

자유롭고 독립적인 삶을 추구한다.
다양한 취미를 즐기다가 옛이야기에 반해서
스토리텔링을 영순위 취미로 삼게 됐다.
전설적인 이야기꾼 셰에라자드의 화신을 자처하고 있다.
소수자와 약자의 삶에 관심이 많으며,
정의 구현이 이루어지는 이야기를 선호한다.
설화를 논리적이고 창의적으로 해석하는 데에도 관심이 많다.

달이 (해맑고 귀여운 종달새 소녀)

동화 속에서 날아 나와 사람들과 더불어 사는 존재다.
세상을 자유롭게 날아다니며 보고 들은 이야기들을 들려준다.
초등학교 1학년 여자아이 정도의 지적 수준과 감성을 지니고 있다.
구김 없이 귀여운 여동생 스타일이다.
새나 동물이 등장하는 짧고 재미있는 이야기를 주로 한다.

동이 (못 말리는 꾸러기 당나귀 이야기꾼)

달이와 마찬가지로 동화 속에서 튀어나온 존재로,
슈렉 친구인 동키의 사촌 형뻘 된다.
말투나 행동은 영락없이 아저씨다.
남녀노소 모두와 격의 없이 어울리는 장점을 가지고 있다.
재미있는 우화나 소화를 재기발랄하게 이야기한다.

뀨 아재 (남/40세/늘 행복한 귀염둥이 삼촌)

젊은 생각과 감각, 라이프 스타일을 갖춘 신세대 아저씨.
얼리어답터로서 드론과 AI를 전문가 수준으로 다룬다.
미래 트렌드의 중심에 설화가 있다는 믿음 속에
옛이야기를 한껏 즐기고 있다.
확고한 인생철학과 이야기관을 지니고 있으며,
이야기를 재미있게 잘해서 인기가 많다.

로테 이모 (여/48세/아이들을 키우며 옛이야기에 관심을 갖게 된 주부)

자녀 교육에 관심이 많은 전형적인 40대 여성.
설화 구연에 탁월한 능력을 갖추고 있다.
독일과 스페인, 튀르키예 등에서 오래 지내며
많은 이야기를 접했기에 주로 유럽 지역의 민담을 이야기한다.
'로테'라는 이름은 독일의 유명한 이야기 아주머니인
'도로테아 피만'에서 따왔다.

뭉이쌤 (남/57세/30년 넘게 구전설화를 수집하고 연구해 온 옛이야기 박사)

깡촌에서 도깨비불을 보며 자랐다. 신화와 전설, 민담에 넓은 식견과 관심을 가지고 있다. 이야기판에서 인도자 구실을 하는 가운데 설화의 의미 해석을 주도한다. '뭉이'는 여의주를 여러 개 물고 있는 이무기에서 따온 부캐다. 옛이야기라는 하나의 여의주에 집중해서 승천을 이뤄낸다는 계획을 가지고 있다.

노고할망 (여/??/살아 있는 신화로 통하는 여신)

고조선 이전부터 살아온, 세상 모든 할머니를 대변하는 이야기꾼. 젊은 할머니 같은 외모인데, 더 늙지는 않을 것 같은 느낌이다. 세상사 깊은 이치를 담고 있는 신화들을 주로 이야기한다. 옆에서 가만히 미소를 짓는 것만으로도 안정감을 전해주는, 모두의 큰어머니 같은 존재다.

약손할배 (남/83세/편안하고 푸근한 옆집 할아버지)

어려서부터 옛이야기를 즐겨 듣고 말하며 살아온 정통 이야기꾼. 독서가 취미로, 어른들에게 들은 한국 설화 외에 책으로 접한 다른 나라 이야기들도 많이 알고 있다. 생각이 유연하고 개방적이어서 젊은이들을 잘 이해하고 포용한다. 먼저 나서서 말하기보다 다른 사람들의 이야기를 경청하는 스타일이다.

차례

stage 03

강적과의 한판 승부

stage 04

도전과 모험에서 얻은 것

✴

집중 탐구! 이야기의 비밀 코드

이야기 속 낯선 시공간의 스토리 효과

이 책의 주제는 '도전과 모험'입니다.

현재의 자리와 처지에 머물지 않고

새로운 세계로 치고 나아가서 삶의 새 경지를 이뤄낸

주인공들의 이야기를 한데 모았습니다.

다양한 인물들이 펼치는 특별한 도전과 모험의 이야기들은

반복되는 일상에 갇혀 있는 우리에게 새로운 자극과 함께

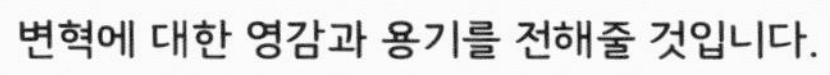

변혁에 대한 영감과 용기를 전해줄 것입니다.

주인공들이 발을 디딘 낯설고 새로운 세상은

우리가 앞으로 나아가야 할 미래 세계와도

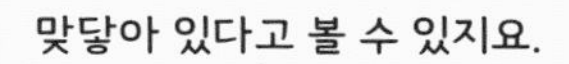

맞닿아 있다고 볼 수 있지요.

나만의 특별한 도전으로 인생이라는 모험을

보란 듯이 멋지게 채색하는 길을 찾기를 바랍니다.

stage 01

삶은 도전이다

통이

안녕하세요. 퉁이입니다. 이번 이야기판은 제가 열게요. 스웨덴에서 전해온 모험담을 들려드리겠습니다. 영어로 된 설화집에서 본 이야기인데, 영어 공부할 겸 열심히 읽었어요. 주인공이 펼치는 모험이 마음에 들었거든요. 제가 게임을 좋아하는데, 이야기 속에 엘프들하고 던전이 나와서 소름 돋았어요.

소 모는 아이의 모험

*

스웨덴 민담

옛날 어느 마을에 한 아이가 계모하고 살았어요. 엄마는 아들에게 옷과 음식을 주는 걸 아까워했습니다. 아이가 온종일 소들을 돌보는데 아침저녁으로 오트밀 한 조각이 전부였어요.

어느 날, 아이가 일어나 보니까 엄마가 외출하고 없는데 먹을 게 안 보였습니다. 아무것도 못 먹고 소를 몰고 나가려니 배에서 꼬르륵, 눈에서 눈물이 또르륵. 아이는 길에 앉아서 엉엉 울다가 자기만의 비밀 장소인 초록언덕으로 갔어요. 여름이면 늘 소를 끌고 찾아가는 곳이에요. 언덕 위에 커다란 나무가 있는데, 그 아래 시원한 초록 풀밭이 있어요. 풀밭은 대낮까지 이슬이 촉촉했습니다.

그런데 그날은 이상했어요. 이슬이 하나도 안 보였습니다. 보니까 누가 풀밭을 이리저리 밟아놓은 거예요. 비밀 장소를 침범당했으니 범인을 찾아야 하잖아요? 아이가 이리저리 살피는데 풀밭 한구석에서 뭐가 반짝 빛났습니다. 보니까 자그마한 유리 신발이에요.

"와! 진짜 작고 예쁘다. 완전 투명해!"

아이는 배고픈 것도 잊고 신발을 가지고 놀면서 시간을 보냈습니다. 그러다 보니 해가 기울기 시작했어요. 서둘러 소를 몰고 집으로 향했죠. 늦으면 밥은커녕 국물도 없거든요. 아이가 작은 오솔길을 지나는데 갑자기 작은 말소리가 들려왔어요.

"좋은 저녁이에요."

사람이 아무도 없는데 이상한 일이었죠. 뭔가 싶어서 자세히 살펴보니까 풀밭에 아주아주 작은 사내가 서 있는 거예요. 키가 자기 발목에도 안 닿는데 정말로 귀여워요. 그러니까 요정이죠. 그 나라 말로는 엘프예요. 엘프가 아이에게 말했어요.

"혹시 제 유리 신발 못 보셨나요? 아침에 초록언덕에서 잃어버렸는데……."

"아, 유리 신발? 그거 나한테 있어요. 근데 주고 싶지 않네요. 내 마음에 쏙 들거든요."

"부탁이에요. 신발을 돌려주세요. 언젠가 꼭 당신을 도울게요."

귀여운 엘프가 눈물을 글썽이면서 부탁하는데 도저히 모른 척할 수가 없어요. 아이는 품 안에 있던 유리 신발을 꺼내서 엘프에게 줬습니다. 엘프는 행복한 표정으로 공손히 인사하고 사라졌어요.

아이가 엘프하고 얘기하느라 좀 늦었어요. 집에 가니까 엄마가 왜 이리 늦었냐며 난리예요. 아이는 다 식은 밥을 가지고 건초 창고로 들어갔습니다. 거기가 애 숙소예요. 망아지 신세죠. 근데 그날 밤은 아주 환상적이었어요. 꿈에서 내내 유리 신발이랑 사내 엘프하고 함께였거든요.

다음 날, 아이는 아침밥을 먹는 둥 마는 둥 급히 소를 몰고 초록언덕으로 갔어요. 보니까 이번에도 누군가 풀밭을 밟아놓은 거예요. 어제보다 더 많이요. 아이가 이번에 풀밭에서 찾은 건 작은 빨간색 모자였습니다. 아기 손톱만 한 금빛 방울이 쪼르르 달렸는데 너무나 귀여워요. 딱 봐도 엘프의 물건이죠.

아이가 모자를 가지고 놀다가 저녁이 돼서 소를 몰고 돌아오는데 오솔길에서 또 인사하는 소리가 들렸습니다. 이번에는 여자 목소리였어요. 보니까 어제 만난 엘프보다 더 작은 엘프 아가씨예요. 너무나 귀엽고 목소리도 예뻤습니다.

"혹시 제가 초록언덕에서 잃어버린 빨간 모자를 못 보셨나요?"

"그 모자 나한테 있어요. 하지만 안 줄래요. 나도 예쁜 거 좋아하거든요."

"부탁이에요. 제 모자를 돌려주세요. 언젠가 꼭 당신을 도울게요."

귀여운 엘프 아가씨가 눈물을 글썽이면서 부탁하는데 어떻게 모른 척하겠어요? 아이는 품 안에 있던 모자를 꺼내서 엘프 아가씨에게 줬어요. 엘프 아가씨는 얼굴이 달빛처럼 밝아지면서 다정하게 인사하고 사라졌습니다.

집에 도착한 아이는 엄마에게 또 한바탕 혼났어요. 음식도 어제보다 적게 줬죠. 하지만 아이는 상관하지 않고 창고로 들어가서 누웠습니다. 그리고 밤새 꿈을 꿨어요. 귀여운 엘프 아가씨와 방울이 오종종 달린 빨간 모자에 대한 꿈을요.

다음 날, 소년은 아침도 안 먹고서 소를 몰고 초록언덕으로 향했습니다. 이번엔 또 뭐가 있을지 기대 가득이에요. 보니까 어제보다 풀밭이 더 많이 눌려 있었습니다. 눌린 자국이 커다란 원 모양이었어요.

'엘프들이 함께 돌면서 춤을 춘 게 분명해!'

아이가 풀이 밟힌 자국을 따라서 걷는데 발밑에서 '찰랑' 소리가 났어요. 보니까 아주 조그마한 종이었습니다. 소리가 찰랑 찰랑 찰랑. 이런 아름다운 소리는 처음이에요. 신기한 게, 그 소리를 듣고서 소들이 모여든 거예요. 아이가 종을 흔들면서 움직이니까 소들이 착착 따라와요. 이것만 있으면 소 모는 일은 식은 죽 먹기죠.

종을 가지고 놀다 보니까 하루가 또 금방 갔어요. 원래 소를 모을 때 쓰는 뿔피리가 있거든요. 근데 뿔피리를 불어도 소들이 들은 척을 안 하더니 종을 울리니까 직방이에요. 다들 착착 모여들어서 척척 따라오는 거예요. 애가 완전 신이 났죠.

하지만 오솔길에 다다르니까 종 임자가 딱 나타났습니다. 이번에는 자그마한 늙은 엘프였어요. 딱 보니까 엘프의 왕 같아요. 몸은 작지만 표정이 근엄하고 목소리가 묵직했거든요.

"이봐, 혹시 내 종을 못 봤는가? 아침에 초록언덕에서 잃어버렸는데……."

"그 종 저한테 있어요."

"돌려주게나."

"싫어요! 그저께 유리 신발을 돌려줬고, 어제는 빨간 모자를 돌려줬어요. 이건 안 줄래요. 소를 부리려면 이 종이 필요해요."

그러자 늙은 엘프가 고개를 끄덕끄덕하더니 말했어요.

"이해하네. 하지만 그 종은 우리에게 정말로 소중한 물건이야. 그걸 돌려주면 내가 다른 종을 하나 주겠네. 그걸로도 가축을 부릴 수 있지. 그리고 따로 소원 세 가지를 들어주겠네. 어떤가?"

생각해 보니까 괜찮은 흥정이에요. 아이는 종을 교환하고서 곧바로 세 가지 소원을 말했습니다.

"첫째, 왕이 되고 싶어요. 둘째, 커다란 왕궁을 원합니다. 셋째, 예쁘고 진실한 왕비를 얻고 싶어요."

"원하는 게 크군. 내 말을 잘 듣게. 오늘 밤 모두가 잠들었을 때 집을 떠나서 곧장 북쪽으로 가. 왕의 성이 나올 때까지 계속. 거기 가면 방법이 생길 거야. 이 뼈파이프를 받게. 곤란한 일이 생기면 이걸 불도록 해. 세 번째로 큰 위험에 빠지면 파이프를 깨뜨리게."

아이는 뼈파이프를 잘 받아서 챙겼어요. 그리고 한밤중에 건초 창고에서 몰래 빠져나와서 북쪽을 향해서 가고 또 갔습니다. 여러 날을 쉬지 않고 계속 가니까 마침내 큰 성이 나타났어요. 딱 봐도 왕이 사는 성이었죠. 아이는 성 안으로 들어가서 주방장에게 말했어요.

"저에게 일자리를 주세요. 가축을 몰고 나가서 풀을 먹이는 일을 잘합니다."

주방장은 긴가민가하면서도 일을 맡겼어요. 제대로 못 하면 바로 자르려고 했죠. 하지만 얘한테 늙은 엘프에게 받은 종이 있잖아요? 늑대들은 그가 돌보는 가축을 결코 빼앗을 수 없었죠. 가축이 아무리 많아도 얘가 종을 울리면 착착 따라왔으니까요. 아이는 능력을 인정받아서 정식 목동으로 취직됐습니다.

어느 날 저녁, 목동이 가축들을 몰고 오다가 느낌이 이상해서 고개를 들어보니까 아름다운 소녀가 창가에서 자기 뿔피리 소리를 듣고 있었어요. 소녀와 눈빛이 마주치는 순간, 심장이 마구 쿵광대기 시작했죠. 쿵쿵쿵쿵 콰쾅. 하지만 목동은 모른 척 지나쳤습니다. 자기는 보잘것없는 하인일 뿐이니까요.

그런데 그 뒤로 자꾸 그 소녀가 눈에 띄는 거예요. 아침저녁으로 계속요. 소녀는 목동이 지나갈 때마다 말없이 뿔피리 소리에 귀를 기울였습니다. 그때마다 목동 가슴이 쿵쿵쿵쿵쿵! 얘가 남몰래 피리 부는 연습도 했나 봐요. 삘릴릴릴리 삘릴릴릴리. 그러면 소녀가 미소를 활짝. 목동은 그 소녀가 왕의 외동딸이란 걸 전혀 몰랐어요. 차림새가 아주 수수했거든요.

어느 날 아침, 목동이 가축을 몰고 나가면서 눈을 들어서 살피는데 소녀가 안 보였어요. 피리를 열심히 불어도 반응이 없었죠. 목동이 빈 창을 멍하니 바라보는데 누가 와서 등을 툭 치는 거예요.

"얘! 뭐 하니? 혹시 나 찾는 거야? 하하."

보니까 그 소녀지 뭐예요. 목동은 얼굴이 딸기처럼 새빨개졌어요. 소녀가 백설 같은 아기 양을 가리키면서 말했습니다.

"내가 사랑하는 애야. 잘 돌봐줄 수 있지? 늑대들이 해치지 않게 말야."

목동이 고개를 끄덕이자 소녀는 줄을 건네주고서 생긋 웃으며 떠나갔어요. 목동의 심장이 다시 쿵쿵쿵쿵쿵. 얘가 아기 양을 데리고 가서 돌보는데, 얼마나 정성인지 다른 가축들이 질투할 정도예요. 아기 양은 당연하다는 듯이 매애애 매애애. 아기 양을 볼 때마다 목동은 마냥 행복했습니다. 저녁때 소녀가 양을 받으면서 생글생글 웃으면 하늘로 날아오를 것 같았죠.

세월이 물처럼 흘러갔어요. 목동은 멋진 청년이 되고 공주는 아름다운 처녀가 됐죠. 목동의 설렘은 커져만 갔어요. 그런데 어느 날 갑자기 일이 터졌습니다. 공주가 감쪽같이 사라져버린 거예요. 성이 발칵 뒤집혔죠. 목동은 그때까지도 그 처녀가 공주라는 걸 몰랐어요. 양을 받아야 할 사람이 안 나타나서 이상하게 생각하다가 뒤늦게 그녀가 공주라는 걸 알았죠. 얘가 좀 순진했나 봐요. 둔한 건가요?

왕이 하인들과 기사들을 시켜서 사방을 샅샅이 뒤졌지만 공주의 흔적은 보이지 않았습니다. 어디서 어떻게 찾아야 할지 아무런 단서도 없었죠. 왕국은 큰 슬픔에 빠졌습니다. 다들 공주를 좋아했거든요. 왕은 널리 포고문을 내걸었습니다.

공주를 찾는 사람은 공주와 결혼하고 왕국의 반을 받게 될 것이다.

그러자 여러 나라에서 왕자들과 기사들이 모여들었어요. 그들은 단단히 무장한 뒤 부하들을 이끌고 공주를 찾아 나섰습니다. 하지만 아무도 작은 흔적조차 발견하지 못했어요. 왕과 왕비는 절망감에 빠졌습니다. 절망감으로 치면 목동도 누구 못지않았죠. 공주가 사라지자 그녀를 얼마나 사랑하는지 알 수 있었거든요.

목동은 공주를 찾아 나서고 싶었어요. 하지만 무작정 찾으러 갈 수는 없었죠. 그러던 어느 날, 애가 자려고 누웠는데 늙은 엘프가 턱 나타난 거예요.

"북쪽으로! 또 북쪽으로! 그대의 왕비가 그곳에."

엘프는 이렇게 말하고 홀쩍 사라져버렸습니다. 꿈인지 현실인지 분간이 안 돼요. 하지만 그 말을 듣고 가만있을 수 없잖아요? 그러면 멍청이죠! 목동은 날이 밝자마자 왕을 찾아갔어요. 한낱 목동이 왕에게 할 말이 있다고 하니까 다들 무슨 일인가 싶었죠.

"왜 날 찾은 거냐? 월급이라도 올려달라고?"

"제가 공주님을 찾으러 떠나는 걸 허락해 주십시오."

"뭐라? 가축이나 돌보던 네가 공주를 찾는다고? 왕자들과 기사들도 못 하는 일을?"

"저는 몇 년간 여기서 성실히 일했습니다. 만약 공주님을 못 찾으면 목숨을 내놓겠습니다!"

그 모습을 보니까 아주 씩씩하고 진실해요. 왕이 고개를 끄덕이고서 말했습니다.

"옛말에 허름한 조끼 밑에서 고귀한 심장이 뛴다고 했지. 좋다. 말과 장비를 내주마. 더 필요한 게 있으면 말하거라."

"말과 장비는 필요 없습니다. 음식만 챙겨주십시오."

목동이 그렇게 말하니까 마음이 더 끌리는 거예요. 왕은 목동에게 축복을 내리면서 행운을 빌어줬습니다. 하지만 주변 사람들은 달랐어요. 손가락질하면서 조롱하기 바빴죠.

성을 나선 목동은 북쪽을 향해서 걷고 또 걸었습니다. 세상 끝까지라도 갈 생각이었어요. 춥고 황량한 들판이 한없이 이어지더니, '여기가 진짜 세상의 끝이구나.' 하고 느낄 때 거대한 호수가 떡 나타났습니다. 멀리 섬이 보이고 그 안에 성이 있는데 딱 봐도 아주 컸어요. 그동안 지냈던 성보다도요.

"이런 곳에 성이 있다니!"

목동은 공주가 그곳에 있다는 걸 확신했어요. 하지만 깊고 험한 물이 앞을 가로막고 있었죠. 물 색깔이 시푸르둥둥한 게 느낌이 안 좋아요. 손을 담가 보니까 쩌릿쩌릿. 거길 헤엄쳐 건너다간 죽은 목숨이에요. 잠시 고민하던 목동은 품에서 뼈파이프를 꺼내서 힘차게 불었습니다. 그랬더니 뒤에서 누군가가 "좋은 저녁!" 하고 인사를 해요. 전에 유리 신발을 찾아간 엘프였습니다.

"나를 물 건너에 있는 성으로 데려다줘요."

"오케이! 내 등에 앉으세요."

그러더니 엘프는 한순간에 커다란 새로 변했습니다. 새는 목동을 태우고 힘껏 날아서 섬에 착륙했어요. 목동이 땅으로 내려서자 새는 엘프로 변해서 사라졌습니다. 목동은 성으로 들어가서 주방장을 찾아갔어요.

“일자리를 구하러 왔습니다. 가축을 잘 돌볼 수 있어요.”

“섬에 이런 녀석이 있었나? 스스로 죽으러 오다니 안됐군. 소를 한 마리라도 잃어버리면 그날이 제삿날이라는 건 알고 있겠지? 우리 거인님은 인정사정없으시거든.”

당연히 몰랐죠. 하지만 목동은 고개를 끄덕였어요. 그러자 곧바로 취직이 됐습니다. 생각보다 훨씬 쉬웠어요. 하지만 이미 목동 수십 명이 죽어 나갔다는 건 미처 몰랐죠. 거인이 얼마나 무서운 존재인지도요.

다음 날부터 바로 일이 시작됐어요. 소들이 헤아리기 힘들 정도로 많았습니다. 주인을 닮아서인지 아주 거칠었죠. 하지만 목동에게는 마법의 종이 있었습니다. 얘가 작은 종을 차랑차랑 울리면 소들이 순한 양이 돼서 졸졸 따라왔죠. 저녁에 얘가 소들을 몰고 돌아오니까 거인이 다가왔어요. 무시무시한 괴물이었죠.

“한 마리라도 부족하면 죗값을 치를 거다!”

눈을 부릅뜨고서 위협하는데, 목소리는 생김새보다 더 끔찍했습니다.

“뭐야? 숫자가 딱 맞잖아? 이런 적은 처음인걸. 좋다! 너는 이제부터 평생 나의 소지기다. 킬킬킬.”

그렇게 웃어대는데, 얼굴은 안 보는 게 나아요. 토할지도 모르거든요.

거인은 호수 쪽으로 내려가더니 사슬에 묶여 있던 배를 풀어서 올라탔어요. 그게 마법의 배예요. 그 배를 타고 섬을 세 바퀴 빙그르르 도는 게 거인의 저녁 일과였습니다. 혹시라도 침입자가 있나 감시하는 거죠. 이미 침입자가 들어와 있는 걸 모르고 말이에요.

거인이 섬 뒤쪽으로 사라지자 목동은 성을 이리저리 살피기 시작했어요. 그가 어느 외진 탑에 다다랐을 때 누군가의 노랫소리가 들려왔습니다. 꿈에도 그리던 낯익은 목소리였어요. 고개를 들어 보니까 창가에 공주가 서 있었죠. 두 사람은 눈이 딱 마주쳤어요. 목동의 가슴이 쿵쿵쿵쿵쿵. 하지만 거기서 아는 척을 하면 안 되죠. 보는 눈이 있으니까요.

공주는 눈을 들어 하늘을 보면서 노래를 이어갔습니다.

달이 높이 떠올라서 빛날 때,

구름이 밝은 별들에 밀려날 때,

그대 용감한 목동은 서두르라.

금사슬을 끊어야 할지니.

들어보니까 그게 자기한테 하는 말이에요. 목동은 한밤중에 공주가 있는 곳으로 찾아가야 한다는 걸 알아차렸죠. 그는 아무 일도 없는 것처럼 자리를 피했다가 다들 깊이 잠든 밤중에 탑으로 와서 조용히 노래를 불렀어요.

달이 높이 떠올라 빛나고,

밝은 별들에 구름이 밀려나네.

깊은 잠이 세상을 지배하는 밤,

목동이 홀로 여기에 섰네.

공주가 그 목소리를 알아듣고서 창가에 나타나 속삭였어요.

"왔군요! 나는 지금 금사슬에 묶여 있어요. 와서 사슬을 풀어주세요."

"알겠어요. 지금 갈게요."

"그런데 창에는 쇠창살이 박혀 있고 문은 꽁꽁 잠겨 있어요. 흑흑흑."

"아무것도 나를 막을 순 없어요!"

목동은 뼈파이프를 꺼내서 길게 불었습니다. 그랬더니 뒤에서 누가 맑은 목소리로 인사했죠. 모자를 잃어버렸던 엘프 아가씨였습니다.

"공주를 구해서 이 섬에서 나가게 해주세요."

그러자 엘프 아가씨는 고개를 끄덕인 뒤 목동을 이끌고 탑으로 다가갔어요. 엘프가 손을 대니까 꽁꽁 잠겼던 문이 저절로 열렸습니다. 공주를 묶은 사슬도 힘없이 풀어졌죠. 엘프는 두 사람을 데리고 물가로 갔습니다.

"이제 내 몸이 변할 거예요. 그러면 내 등 위에 올라타세요. 어떤 일이 생겨도 놀라시면 안 됩니다. 그러면 내 힘이 사라지게 될 거예요."

엘프는 물을 바라보며 노래하기 시작했습니다.

물속 깊은 곳, 진흙탕 풀무리 속.

밤잠에서 깨어나라, 강꼬치고기여.

서두르라, 아름다운 공주를 위해.

그녀를 사랑하는 사내를 위해.

노래를 마친 엘프 아가씨는 물로 뛰어들더니 커다란 강꼬치고기로 변했습니다. 목동은 공주와 함께 그 등에 올라탔죠. 강꼬치고기는 물결을 헤치고 쫙쫙 나아가기 시작했습니다. 그때 거인이 창밖으로 그 광경을 발견하고 독수리로 변해서 쫓아온 거예요. 독수리가 접근하자 강꼬치고기는 물속으로 쑥 들어갔어요. 그 순간 공주가 깜짝 놀라서 자기도 모르게 비명을 질렀지 뭐예요. 그러자 강꼬치고기는 힘이 쭉 빠져서 물 위로 떠올랐습니다. 독수리는 커다란 발톱으로 공주와 목동을 낚아챘어요.

도망자들을 붙잡아서 섬으로 돌아온 거인은 목동을 지하 감옥에 가뒀습니다. 그 나라 말로는 던전이에요. 던전은 땅속 험한 곳에 있었어요. 공주는 다른 곳에 꽁꽁 가뒀습니다. 삼엄하게 감시를 붙여서 꼼짝달싹도 못하게 했죠.

던전에 갇힌 목동은 절망감에 빠졌어요. 공주를 구하지 못하고 붙잡힌 일을 자책했죠. 하지만 그에게는 한 번의 기회가 더 있었습니다. 그는 뼈파이프를 꺼내서 그걸 딱 부러뜨렸어요. 그러자 늙은 엘프가 나타나서 물었습니다.

"원하는 게 무엇이기에 나를 불렀는가?"

"거인을 물리치고 공주를 구해서 왕궁으로 돌아갈 수 있게 해주세요."

그러자 늙은 엘프는 바로 목동을 이끌고 던전을 빠져나갔어요. 잠긴 문을 간단히 열고서 화려한 방들을 통과한 뒤 커다란 홀에 이르렀습니다. 그곳은 무기 창고였어요. 갑옷과 창과 칼과 도끼 같은 게 가득 걸려 있었죠. 번쩍번쩍 빛나는데 딱 봐도 최소 S급이에요. 엘프는 목동의 옷을 벗긴 뒤 갑옷을 챙겨 입히고 날카로운 검을 골라 줬습니다. SS급으로 잘 골라서요.

"이 갑옷은 어떤 강철로도 뚫을 수 없지. 이 검은 거인도 벨 수 있어."

그렇게 준비를 마친 뒤 둘은 던전으로 돌아왔어요.

"내 역할은 여기까지네. 이제 자네의 몫이야."

늙은 엘프는 손을 흔들고 나서 온데간데없이 사라졌습니다.

날이 밝으면서 성은 온통 시끌벅적해졌어요. 거인이 공주와 결혼식을 하는 날이었거든요. 거인이 초청한 친구들이 착착 성에 도착했습니다. 다들 괴물들이죠.

얼마 뒤 화려하게 꾸며진 공주가 이끌려 나왔어요. 공주는 울기만 했습니다. 눈물이 너무 뜨거워서 불타는 듯했죠. 그러든 말든 거인은 신경 쓰지 않아요. 오히려 그 상황을 즐겼죠. 거인의 친구들도 마찬가지고요. 그러니까 괴물이죠. 하여튼 최악의 빌런이에요. 거인은 공주의 처참한 모습을 보여주려고 하인들을 던전으로 보내서 목동을 끌고 오게 했습니다. 둘이 서로 바라보면서 질질 짜면 볼만하겠다고 생각한 거예요.

그런데 이게 웬일이에요? 하인들이 잠긴 문을 따고서 들어가 보니까 목동이 멋진 갑옷에다 칼까지 차고 늠름하게 서 있지 뭐예요. 하인들이 깜짝 놀라서 도망치니까 목동은 그 뒤를 쫓고, 하여튼 참 볼만했어요. 잔치 자리에 목동이 턱 나타나니까 거인이 격분해서 소리쳤습니다.

"이 하찮은 꼬마 녀석이!"

거인은 벌건 눈을 부릅뜨고서 목동을 노려봤습니다. 웬만한 갑옷은 단숨에 녹여버리는 눈빛이에요. 하지만 SS급으로 무장한 목동은 조금도 겁내지 않고 외쳤습니다.

"나를 이기기 전에는 아름다운 공주님에게 손댈 수 없다!"

그러면서 검을 착 뽑는데 마치 타오르는 불꽃 같아요. 거인이 흠칫 놀라서 뒷걸음질할 때 목동이 용감무쌍하게 전진하면서 검을 힘차게 휘리릭 챙! 온 힘을 실은 회심의 일격이었죠. 거인의 머리가 뚝 떨어졌습니다. 보스 빌런의 허무한 최후였어요.

성 안은 온통 난리가 났죠. 거인의 부하들이 우왕좌왕하고 초대받아 온 괴물들도 겁을 먹고 도망치기 바빠요. 그때 누군가가 목동을 향해 달려들었습니다. 누구? 우리의 공주님! 공주는 용감한 목동을 꼭 껴안고서 소리쳤습니다.

"다들 봤지? 내 애인이야!"

목동은 성을 싹 정리한 뒤 공주와 함께 물가로 와서 사슬에 묶여 있던 배를 타고 유유히 물을 건너서 왕궁으로 돌아왔습니다.

사람들이 얼마나 놀라고 기뻐했을지는 말할 필요도 없죠.

그날 바로 공주와 목동의 결혼식이 열렸습니다. 세상에 둘도 없는 성대하고 행복한 결혼식이었죠. 두 사람은 그 뒤로 아들딸을 낳아서 꽃처럼 예쁘게 키우면서 오래오래 행복하게 잘 살았습니다. 지금도 그 나라 왕궁에는 소를 부리던 작은 종과 부러진 뼈파이프가 보물로 남아 있다고 해요. 믿거나 말거나요.

이야기에 대한 이야기

연이

퉁이

세라

뀨 아재

뭉이쌤

노고할망

세라 장편 모험담이네. 멋지다. 주인공한테서 퉁이 모습도 보이는 것 같아.

퉁이 오, 진짜요? 감사!

연이 퉁이 오빠도 전투력 뛰어나요. 게임에서요. 템빨도 있지만.

뭉이쌤 템빨?

이반 아이템 덕을 본다는 뜻이에요. 무기나 방어구 같은 거요.

뭉이쌤 그렇군. 그것도 중요하지. 하지만 설화에서는 역시 주인공의 의지와 노력이야.

세라 꿈도요! 목동이 큰 꿈을 가졌기 때문에 그걸 이룬 것 같아요.

뀨 아재 자기를 믿고 계속 걸어간 행동력도 빼놓지 말아요.

퉁이 필요할 때 길게 고민하지 않고 곧바로 뼈파이프를 사용해서 도움을 청하는 게 멋졌어요.

노고할망 그렇지! 남의 도움을 받는 걸 주저할 일이 아니야.

뭉이쌤 맞아요. 누군가가 나에게 도움을 청하면 고마운 일이죠. 엘프들도 목동을 도우면서 행복했을 거예요.

연이 저는 목동이 곧바로 공주에게 대시하지 않고 몇 년 동안 기다린 게 인상적이었어요. 속이 깊은 사람 같아요. 사라진 공주를 찾겠다고 바로 나서지 않은 것도 그렇고요.

세라 맞아. 집에서 오래 힘들게 지내면서 갖게 된 태도일 수도 있어.

퉁이 그렇구나. 목동이 던전에서 바로 치고 나가지 않는 게 이상했는데, 그것도 때를 기다린 일이었군요.

연이 그런데 엘프들의 도움이 결정적이기는 했어요. 엘프들이 없었으면 힘들지 않았을까요?

세라 엘프들이 모든 걸 다 해준 건 아냐. 목동이 직접 움직인 부분도 커. 거인하고 맞서 싸운 것도 목동이잖아? 엘프는 뒷받침만 해준 거고.

퉁이 맞아요. 창꼬치고기로 변한 엘프의 도움도 한계가 있었어요.

뭉이쌤 심리학적 관점에서 풀이하면 엘프들은 목동의 내면에 있는 무엇으로 볼 수도 있지.

연이 네? 그건 무슨 뜻인가요?

뭉이쌤 목동이 힘든 상황을 겪을 때마다 엘프가 나타나잖아? 엘프는 상상의 존재이고 신에 가까운 존재지. 연이는 일이 안 풀려서 힘들 때 마음속에서 누군가가 '연이야, 힘내! 넌 할 수 있어!' 하고 말해준 경험이 없니?

연이 저 스스로 그렇게 말해본 적은 있어요. 아, 그러니까 그게 내 안의 나? 내 안의 엘프?

뭉이쌤 단정할 수는 없지만 그렇게 생각해 볼 수 있어. 어떤 학자는 이야기 속의 다양한 인물들이 한 사람의 여러 인격이라고 보기도 해. 꽤 일리 있는 말이야. 이야기 속 인물들은 다 우리 마음의 산물이니까.

퉁이 좀 어렵네요. 머리가 아파지려고 해요.

뭉이쌤 그래, 여기까지만. 기껏 재미있는 이야기를 들어놓고 머리가 아파지면 곤란하지.

세라 저는 이야기도 이야기지만 이렇게 뜻을 풀이하는 일이 참 재미있어요. 왜 계속 북쪽인지, 거인은 어떤 존재인지, 이런 것도 궁금했거든요. 스웨덴이 북유럽 국가라는 것과 상관이 있겠죠?

뭉이쌤 그렇겠죠. 북쪽으로 갈수록 추워지잖아요? 자연환경과 관련될 수 있어요. 거인의 존재도요. 북유럽 신화에는 서리거인이 많이 나오는데, 혹독한 자연환경의 상징으로 볼 수 있지요.

퉁이 '서리'니까 '추위'겠군요.

연이 머리가 아프다더니 그새 맑아졌나 봐. 하하.

퉁이 그래도 여기까지만. 이제 다음 이야기 듣고 싶어요.

뭉이쌤 그래. 나머지 문제는 각자 생각해 보는 것으로 하고…… 다음 이야기는 누가?

연이 제가 이어서 한번 이야기해 볼게요.

연이

제가 들려드릴 이야기는 인도 북쪽에 있는 '심라(Simla)'라는 마을에서 전해온 이야기예요. 원제목은 '운명의 힘'인데, 제가 새로 정한 제목은 '나 홀로 숲에'예요. 주인공이 숲에서 혼자 길을 찾아나가는 게 인상적이었거든요. 도전과 모험에 대한 이야기인데, 연애담도 들어 있어요.

나 홀로 숲에

*

인도 민담

옛날, 인도의 작은 나라에 딸 여섯을 둔 왕이 있었어요. 어느 날, 왕이 딸들을 불러서 물었답니다.

"딸들! 어떠냐? 내가 베풀어준 삶에 만족하니?"

그러자 위의 다섯 딸이 약속한 것처럼 고개를 끄덕였어요.

"완전 만족해요. 앞으로도 잘 보살펴 주세요. 저희 운명은 아버지에게 달렸어요."

그런데 가장 어린 막내딸은 가만히 있는 거예요.

"너는 왜 대답이 없니? 너도 내 덕분에 잘 먹고 잘 살잖아?"

"제 삶은 아버지께 달려 있지 않아요. 제 운명을 따라서 살 뿐이죠."

그 말에 왕은 머리끝까지 화가 솟구쳤어요. 폭탄을 맞은 기분이에요.

"뭐라고? 그동안 잘 먹이고 입혔더니 뭐가 어째? 여봐라, 얘를 꽁꽁 묶어서 깊은 숲속에 갖다 버려라. 먹고 마실 것 하나도 없는 곳에다."

명령은 곧바로 실행됐죠. 막내 공주는 하루아침에 궁궐에서 쫓겨나 깊은 숲에 버려졌어요. 사람 발길이 닿지 않는 험한 밀림 속에요. 사람들은 공주가 묶인 들것을 커다란 참나무 가지에 매달아 놓고 사라졌어요.

공주가 묶인 채 나무에 매달려 있으니까 아무것도 못 해요. 그냥 발버둥만 칠 뿐이죠. 밤이 되자 짐승들이 다가와서 으르렁 으르렁. 하지만 공주를 해치진 못했어요. 높은 데 매달려 있으니까요.

공주는 아무것도 할 수 없었지만 아무것도 안 한 건 아니에요. 묶여 있어도 생각은 할 수 있잖아요? 공주는 매달린 채로 밤마다 기도문을 외우고 또 외웠답니다. 낮이 되면 구해달라고 소리치기도 하고요. 누군가 도와줄 거라는 믿음을 놓지 않았죠.

아무 소용도 없이 날들이 흘러갔어요. 몸도 마음도 지쳐갔지만 공주는 포기하지 않고 기도를 계속했습니다. 그러자 마침내 응답이 왔어요. 9일째 되던 날에요. 기도를 신이 다 듣고 있었거든요.

"스스로 운명을 바꾸는 아이로구나. 가서 돌봐주도록 해라."

그때 공주는 혼수상태였어요. 근데 입에 뭔가 촉촉한 게 느껴지는 거예요. 눈을 떠보니까, 막 날이 밝았는데 참나무 아래 풀밭에 누워 있었어요. 나뭇잎에 맺힌 이슬이 입으로 똑똑 떨어지고 있었죠. 어떻게 된 일인지 알 수가 없었지만, 분명한 건 살아났다는 거죠. 공주는 신을 향해 감사 기도를 드렸어요.

공주가 기도를 마치고서 보니까 곁에 그릇이 보였어요. 그릇에는 음식이 담겨 있었답니다. 공주는 다시 감사 기도를 드리고 음식을 먹은 뒤 그릇을 닦았어요. 그때만 해도 그게 요술 그릇인 줄 몰랐죠. 거기 매일 아침 음식이 가득 생겨난다는 것을요.

근데 물이 있어야 살잖아요? 나무에서는 더 이상 물이 떨어지지 않았어요. 공주가 이리저리 둘러봤지만 주변에 냇물이나 샘은 보이지 않았답니다.

'샘이 없으면 만들면 되지 뭐!'

공주는 촉촉해 보이는 곳을 골라서 땅을 파기 시작했어요. 물이 나올 때까지 파겠다는 생각이에요. 그러니 물이 안 나올 수 없죠. 한참을 파니까 물이 콸콸 솟아났어요. 공주는 그곳을 잘 정리해서 예쁜 샘을 만들었답니다.

얼마 뒤 흙탕물이 가라앉고 맑은 샘물이 됐어요. 공주가 물을 마시는데 샘물 바닥에 있는 돌들이 반짝반짝 빛나는 거예요. 꺼내 보니까 그게 금과 은이지 뭐예요. 양이 엄청나요. 그걸로 무엇을 할까 생각하던 공주가 소리쳤어요.

"좋았어. 여기에 나만의 왕국을 만드는 거야! 최고로 멋진 궁전을 짓자."

집을 지으려면 사람이 필요하잖아요? 하지만 그것도 해결됐어요. 마침 그곳까지 나무를 하러 들어온 사람이 있었거든요. 그 사람에게 금을 주면서 사람들을 모아달라고 하니까 금세 기술자들이 잔뜩 모여들었답니다. 얼마 지나지 않아 숲속에 멋진 궁전이 지어졌죠. 밀림 속의 비밀 궁전이에요. 그 뒤로 사람들이 하나둘

씩 들어오기 시작해서 작은 왕국이 됐답니다.

어느 날, 공주의 아버지가 말을 타고 가다가 우연히 그곳을 발견했어요. 깊은 숲속에 그렇게 멋진 궁전이 있을 줄은 생각도 못 했죠. 왕이 하인을 궁전으로 보냈는데 공주가 딱 알아봤어요. 공주는 왕을 맞이해서 좋은 음식을 대접하게 했답니다. 그러고서 아버지 앞에 턱 나타난 거예요.

"앗! 네가 왜 여기서 나와?"

"왜는 왜겠어요? 제 운명이니까 그런 거죠. 이제 인정하시죠?"

아버지가 인정하지 않을 수가 없죠. 말없이 고개를 끄덕끄덕. 거기서 대접을 잘 받고 돌아간 왕은 얼마 뒤 다섯 딸을 데리고 다시 그곳을 찾아왔어요. 막내 공주가 그러라고 했거든요. 언니들이 궁전을 보고 깜짝 놀라죠. 그림 속에서나 보던 멋진 궁전이니까요.

"여기 정말 좋다! 우리 여기서 지내도 될까?"

"뭐, 언니들이 원한다면!"

그래서 여섯 자매는 그곳에서 함께 지내게 됐어요. 며칠 뒤 아버지가 딸들을 모아놓고서,

"나는 이방인 나라에 다녀올 예정이다. 신기한 물건이 많다더구나. 원하는 게 있으면 말해보거라."

그러니까 다섯 언니는 이것저것 좋은 걸 다 말해요. 막내는 잠깐 생각하더니,

"저에게 필요한 건 여기 다 있어요. 그래도 뭔가 주고 싶으시면 꽁꽁 밀봉된 상자를 가져다주세요. 안에 뭐가 들었는지 열어보지

마시고요."

그게 무슨 말인지 알쏭달쏭 이상해요.

얼마 뒤 여행에서 돌아온 아버지는 딸들이 부탁한 선물을 내밀었어요. 다섯 딸이 말한 건 금방 구했는데 상자가 어려웠죠. 아무 상자나 대충 가져가면 안 될 것 같았거든요. 그런데 어떤 사람이 작은 상자를 아주 비싼 가격에 파는 거예요. 다섯 딸 선물을 합친 것보다 더 비싸요. 왜 그렇게 비싸냐니까 마법 상자래요. 열어보면 안다는 거예요. 그러니 안 살 수 없죠. 딸하고 약속했으니 열어볼 수도 없고요.

드디어 막내 공주 선물을 개봉하는 순간이에요. 공주가 상자를 여니까 웬 부채가 나왔어요. 특별할 게 없어 보이는 부채였죠. 막내 공주는 부채를 꺼내서 자기 얼굴 쪽으로 부쳤어요. 그랬더니 갑자기 웬 사람이 공주 앞에 턱 나타나지 뭐예요. 꽃미남 왕자님이 공주를 바라보면서 생글!

"나의 여신님, 부르셨나요?"

근데 얘가 떠나는 것도 금방이에요. 공주가 반대 방향으로 부채질을 하면 사사삭 사라졌답니다. 불렀다가 보냈다가, 완전 자기 마음대로예요.

그러니까 그게 공주의 첫 남자예요. 공주는 매일 왕자를 불러서 함께 시간을 보냈답니다. 아침에 불러서 재미있게 놀다가 저녁이 되면 보내는 거죠. 둘은 마음이 찰떡처럼 딱 맞았어요. 오순도순 알콩달콩. 매일 만나는데도 시간 가는 줄을 몰라요.

문제는 언니들이었죠. 언니들도 아직 처녀였거든요. 애인은 당연히 없죠. 막내가 왕자하고 알콩달콩 노는 게 부럽고 짜증나는 거예요. 어느 날, 언니들은 몰래 유리잔을 깨뜨려서 왕자가 앉을 곳에 날카로운 유리 조각들을 뿌려놓았답니다. 왕자는 무심코 거기 앉았다가 몸에 유리 조각들이 박혔어요. 근데 언니들이 거기 독까지 발랐지 뭐예요. 왕자는 어찌어찌 자기 나라로 돌아가긴 했는데 큰 병이 들어서 움직일 수가 없었답니다.

그때부터 막내 공주가 아무리 부채질을 해도 왕자는 오지 않았어요. 그럴 사람이 아닌데 말이죠. 막내 공주는 왕자에게 무슨 일이 생긴 게 분명하다고 생각했어요. 그래서 왕자를 찾아 길을 떠나기로 결심했답니다.

'늘 그 사람이 찾아왔으니 이제 내가 찾아갈 차례야!'

공주는 곧바로 채비를 갖추어 길을 떠났어요. 하인들이 따라가겠다는 걸 말리고 자기 혼자서요. 공주는 그게 더 편했거든요. 하여간 좀 특이해요.

그렇다고 아무 데로나 막 간 건 아니에요. 왕자에게 자기 나라에 대해 들은 말이 있었거든요. 그걸 기억하면서 길을 찾아서 가는 거죠. 근데 그 나라가 가깝지 않았어요. 왕자는 어찌 그렇게 빨리 왔나 몰라요.

"에고, 다리 아프다! 나무 그늘에서 좀 쉬어야겠어."

공주가 그늘에 앉으니까 살살 졸음이 밀려와요. 그때 어디선가 이상한 대화 소리가 들려왔어요. 나무 위에서 말소리가 들려오는

데, 사람 소리가 아니었답니다. 보니까 독수리하고 앵무새가 나무에 나란히 앉아서 뭐라고 뭐라고 재잘재잘. 근데 공주가 가만히 들어보니까 그 말을 알아듣겠는 거예요.

"얘, 뭐 새로운 뉴스 없어?"

"너, 마법 상자와 공주 얘기 들었니? 공주의 언니들이 자리에 유리 조각을 뿌려두는 바람에 왕자가 병에 걸려서 죽게 생겼대."

"그거 안됐네. 고칠 방법은 없는 거야?"

"독수리 둥지에서 쓰레기들을 모아다가 물을 타서 상처에 세 번 바르면 돼. 근데 사람들이 이걸 알 턱이 없지. 크크크."

공주는 귀를 쫑긋 세우고서 그 말을 다 들었어요. 그리고 바로 독수리 둥지로 다가가서 쓰레기를 긁어모았습니다. 이제 왕자만 찾으면 돼요.

공주는 다시 길을 떠나서 마침내 왕자의 나라로 들어갔어요. 공주는 떠돌이 수도자 모습으로 변장했답니다. 아무도 그가 여자란 걸 모르죠. 공주는 왕궁 근처로 가서 외쳤어요.

"의사입니다! 병자를 고칠 수 있어요!"

왕궁에서 그 소리를 듣고서 의사를 안으로 불러들였어요. 사실 왕은 별 기대를 하지 않았답니다. 어떤 의사도 왕자를 고치지 못했으니까요. 하지만 공주는 자신 있게 말했습니다.

"제가 고칠 수 있습니다. 치료하는 동안 다른 의사와 약은 금지예요."

그렇게 공주는 왕자와 단둘만 남았어요. 왕자는 병 때문에 제

정신이 아니었죠. 공주는 독수리 둥지에서 모은 쓰레기를 물에 타서 왕자의 상처에 발랐습니다. 그랬더니 그게 진짜로 통하는 거예요. 첫날 한 번 하니까 작은 유리 조각들이 나오고, 다음 날 더 큰 조각이 나오고, 그다음 날 제일 큰 조각이 나왔죠. 유리 조각이 다 빠지니까 왕자는 의식이 돌아오면서 눈을 떴어요. 공주를 알아보진 못하죠. 변장을 완전 잘했거든요.

왕자가 멀쩡하게 살아나니까 부모가 하늘로 날아갈 것 같아요.

"수도사여, 원하는 게 있으면 말하시오. 다 들어주겠소."

"왕자님을 기억할 수 있는 표식만 몇 개 주십시오. 손수건과 검, 반지 같은 것을요."

그 정도는 아무것도 아니죠. 왕은 다른 귀한 걸 더 주려고 했지만 공주는 왕자의 물건만 가지고 그곳을 떠났답니다.

며칠 만에 다시 궁전으로 돌아온 공주는 제일 먼저 무엇을 했을까요? 맞아요. 부채질! 공주는 예쁜 드레스를 잘 차려입고서 자기 얼굴 쪽으로 부채를 힘차게 부쳤어요. 그러니까 왕자가 스르르 턱! 공주가 뾰로통한 표정으로 말했어요.

"아무리 소환해도 반응이 없더니 오늘은 왜 나타난 거야?"

그러자 왕자는 땀을 뻘뻘 흘리면서 그동안 있었던 일을 애기했어요. 수도사가 자기 병을 고친 일까지요.

"그분 덕분에 내가 여기 있는 거야. 평생 감사하면서 살아도 모자라."

"정말로 평생 감사하면서 살 거지?"

그러면서 공주는 왕자의 손수건과 검과 반지를 차례로 내밀었어요. 왕자의 눈이 휘둥그레. 사랑스럽게 자기를 바라보는 공주의 눈을 보고서 왕자는 깨달았죠. 그 수도사의 눈이 바로 공주의 눈이었다는 사실을요.

"평생 네 옆에서 감사하면서 살 수 있게 해줘."

"뭐 그게 내 운명이라면!"

얼마 뒤 두 사람은 성대한 결혼식을 올리고 오래오래 행복하게 잘 살았답니다. 아, 결혼식 손님 가운데 다섯 언니는 없었대요. 그들이 어떻게 됐는지는 저도 몰라요. 그냥 자기들 운명대로 살았겠죠 뭐.

이야기에 대한 이야기

연이

퉁이

세라

뭉이쌤

노고할망

세라 재미있다. 이 공주 매력적이야. 주체적 여성상.

연이 운명대로 산다는 게 무척 적극적이고 주체적인 일로 얘기되는 게 신기해요.

뭉이쌤 운명에 순응한다는 건 수동적인 것과 다르지. 나답게 산다는 걸 옛사람들은 그렇게 표현했단다.

퉁이 근데 처음에 숲속에서 그냥 기도만 한 건 좀…….

세라 그건 공주가 그 상황에서 할 수 있었던 최선이었어. 그 상태로 9일이나 버텼으니 대단한 것 아닐까?

연이 맞아요. 대단해요. 응답이 없으면 포기할 만도 한데 말이죠. 그 기도를 신이 다 듣고 있었다는 대목에서 소름이 돋았어요. 꼭 우리 노고할머니 같아요. 아무 말 없이 다 듣고 계시는 거.

노고할망 그래. 말이 없다고 해서 신이 없는 건 아니지. 누군가 보고 듣는 사람이 있기 마련이야. 기도하는 사람 자신이 듣고 있잖아?

연이 정말 그러네요! 공주의 기도는 스스로에게 한 것일 수 있겠어요.

퉁이 그런데 저는 마법 상자 부분이 조금 이상해요. 공주는 그 상자에 대해서 어떻게 안 걸까요? 부채를 부치면 왕자가 턱 나타나는 것도 좀…….

뭉이쌤 내 생각엔 공주가 상자에 대해 미리 알았다기보다 그냥 새롭고 남다른 걸 찾은 게 아닌가 싶어. 자기 운명을 믿고서 말이지. 그리고 부채로 왕자를 오고 가게 했다는 건…… 뭔가 사람의 마음을 사로잡은 상태를 뜻하는 것 아닐까?

세라 어쨌든 공주는 도전 정신과 탐구심이 강한 것 같아요. 혼자 왕자의 나라를 찾아간 거, 도전적이잖아요? 독수리와 앵무새 말을 알아들은 건 관찰력과 탐구심이겠고.

퉁이 공주가 좀 소극적이지 않나 생각했는데 적극적인 면이 착착 나타나는 게 신기하네요. 운명은 만들어가는 거라는 사실이 실감나요.

세라 적극적인 여성상 하면 이 몸 아니겠어? 그런 의미에서 내가 이야기 하나 해볼게.

세라

내가 들려줄 이야기는 멀리 북유럽 나라 노르웨이에서 전해온 민담이야. 노르웨이 하면 바이킹이 떠오르잖아? 근데 남자들뿐만 아니라 여자들도 아주 힘차고 씩씩하대. 이 이야기에서도 그런 기운이 느껴졌어. 들어보면 좀 반할걸!

넝마외투

✳

노르웨이 민담

옛날 옛적, 어느 왕국에 아름다운 왕비를 둔 왕이 있었어. 하지만 왕과 왕비는 슬펐지. 자식이 없었던 거야. 권력도 재물도 그들의 슬픔을 달래주진 못했어. 특히 왕비가 더 그랬대. 얼굴에 늘 그늘이 져 있는 거야.

"사람들은 모를 거야. 내 생활이 얼마나 지루하고 어려운지를. 아아, 자식이 한 명이라도 있다면!"

왕비가 외로움을 달래려고 나라를 이리저리 다니는데 오히려 역효과지 뭐니. 낡은 오두막에서 아이들 말소리와 웃음소리가 들리면 가슴이 무너지는 거야. 아낙네들이 화를 내면서 자식을 꾸짖는 소리도 마냥 부럽기만 해.

'나한테도 혼내줄 수 있는 자식이 있다면!'

하지만 세월이 흘러도 자식은 생기지 않았어. 외로움은 점점 심해져 갔지. 그러던 어느 날, 왕비는 큰 결심을 했어. 여자아이를 한 명 입양해서 키우기로 한 거야. 왕비는 결심을 바로 실행에 옮겨서 예쁜 여자아이 하나를 양녀로 맞아들였단다.

친자식은 아니지만 딸이 있으니까 살 만해. 왕비는 이것저것 좋은 걸 다 마련해 주면서 양녀를 정성껏 보살폈어. 얘가 황금 사과를 아주 좋아해. 근데 먹는 게 아니라 공처럼 던지며 노는 거야. 왕비는 그러려니 하지 뭐. 떨어져서 으깨져도 또 구해주면 되니까.

어느 날, 아이가 궁전 뜰에서 황금 사과를 던지면서 놀고 있는데 웬 거지 노파가 여자아이를 데리고 나타난 거야. 걔가 왕비의 딸하고 비슷한 또래야. 모양새는 딴판이지 뭐. 낡은 누더기에, 찢어진 신발에, 얼굴은 땟국물이 가득해. 근데 애들 둘이 금방 친해져서 서로 황금 사과를 던지고 받으면서 함께 노는 거야. 왕비가 창가에 앉아 있다가 그 모습을 봤지 뭐니.

"여봐라, 이게 웬일이야? 어서 공주를 불러와라."

그래서 사람들이 공주를 데리고 들어가는데 거지 소녀도 손을 꼭 잡고서 함께 들어간 거야. 그 모습을 보고서 왕비가 딸을 호되게 꾸짖었어.

"지금 뭐 하는 짓이야! 누가 이런 지저분한 애하고 놀라고 했어?"

그러니까 공주랑 거지 소녀가 다 무안하지. 공주는 슬그머니 손을 놨어.

"그리고 너! 누가 들어오라고 했어? 여기가 어딘 줄 알고!"

그러자 거지 소녀가 지지 않고서 말하는 거야.

"지금 저를 쫓아내시려는 거예요? 우리 엄마의 힘을 알면 그러지 못하실걸요."

"그게 무슨 말이냐? 네 엄마가 무슨 힘을 가졌다는 거야?"

"우리 엄마는요, 마음만 먹으면 누구라도 아이를 가지게 할 수 있어요!"

그러자 왕비가 깜짝 놀랐어. 양녀가 있지만 직접 낳은 아이하고는 다르잖아? 왕비는 곧바로 거지 노파를 불러들여서 물었어.

"당신 딸이 뭐라고 했는지 알아? 마음만 먹으면 아이를 가지게 할 수 있다는데, 그 말이 진짜인가?"

"그럴 리가요. 어린애가 그냥 하는 소리입니다. 아니에요."

그러자 왕비는 화가 나서 모녀를 내보내게 했어. 그때 아이가 다시 쪼르르 뛰어 들어오더니,

"제 말 진짜예요. 우리 엄마에게 술을 줘보세요."

그 말을 들으니까 궁금하지 뭐니. 왕비는 거지 노파를 다시 불러들여서 상을 잘 차리고 대접했어. 좋은 술을 잔뜩 준비했지. 노파가 이 술 저 술을 마시더니 취해서 마구 지껄이기 시작했어. 왕비는 그 틈을 놓치지 않았지.

"그대가 아이를 가지게 할 수 있다는 게 사실인가?"

그러자 노파가 곧바로 대답을 하는데 조금 전과는 딴판이야.

"그렇고 말고요! 왕비님이 아이를 얻을 방법을 알려드릴까요? 밤에 주무시기 전에 하녀들에게 물 두 통을 가져오라고 해서 몸을 씻으세요. 그러고서 그 물을 침대 밑에 버리는 거예요. 다음 날 침대 밑을 살펴보면 꽃 두 송이가 피어 있을 겁니다. 아주 예쁜 꽃송이하고 못생긴 꽃송이가요. 예쁜 건 드시고 못생긴 건 그냥 두세

요. 그러면 소원이 이루어질 겁니다. 꽃 한 송이는 그냥 두는 거, 이게 포인트예요. 지키실 수 있죠? 하하하."

술에 취해서 떠벌이는데 긴가민가 싶어. 그래도 해봐서 손해 볼 건 없잖아? 왕비는 저녁에 하녀들에게 물 두 통을 가져오게 해서 몸을 씻고는 물을 침대 밑에 버렸어. 근데 다음 날 아침에 보니까 진짜로 꽃 두 송이가 피어 있지 뭐니. 왕비는 예쁜 꽃송이를 따서 먹어봤어. 세상에, 꽃이 그렇게 맛있을 줄이야! 왕비가 참지 못하고 못생긴 꽃송이를 살짝 떼서 입에 넣어봤더니 더 맛있지 뭐니. 왕비는 두 꽃송이를 다 먹어 치웠어.

그런데 그게 진짜로 효력이 있었나 봐. 왕비가 임신을 한 거야. 아홉 달이 지나서 딸을 낳았는데 정말로 괴상망측해. 한 손에 나무 주걱을 들고 염소를 탔는데, 생긴 게 너무 흉하고 끔찍한 거야. 애가 왕비를 똑바로 쳐다보면서,

"엄마!"

이게 무슨 일인가 싶지.

"세상에, 이게 내 아이라고? 하느님, 제가 그렇게 큰 죄를 지었나요?"

그러자 애가 뭐라느냐면,

"엄마, 너무 슬퍼하지 말아요. 이제 예쁜 아이가 나올 거니까요."

말을 마치기 무섭게 또 다른 아이가 태어난 거야. 그러니까 애들이 쌍둥이지. 뒤에 나온 애도 딸인데 너무나 예쁘고 귀여워. 울상이던 왕비 얼굴에 웃음이 한가득. 참 철부지 엄마야.

쌍둥이 자매가 자라는데 각자 이름이 있었겠지? 근데 다들 먼저 나온 아이를 '넝마외투'라고 불렀어. 넝마 같은 누더기에 다 해진 두건을 쓰고 다녔거든. 좋은 옷을 줘도 늘 그것만 걸쳐. 왕비는 얘만 보면 스트레스가 솟구치지. 유모들을 시켜서 애를 격리하려고 했지만 소용없었어. 쌍둥이 동생이 늘 언니랑 꼭 붙어 다녔거든. 아무도 둘을 떼놓을 수 없었지.

두 아이가 열 살 남짓 됐을 때야. 때는 크리스마스이브인데 방바깥에서 무시무시한 소리가 들리지 뭐니. 넝마외투가 고개를 갸웃하면서,

"엄마, 밖에서 뭔가를 마구 때려 부수는 게 누구예요?"

"알 거 없어. 신경 쓰지 마."

"아뇨, 알아야겠어요. 말해주세요."

"트롤하고 마녀들이야. 걔들도 크리스마스를 즐기겠다는 거지."

"그래요? 나쁜 애들이잖아요? 그럼 내쫓아야죠!"

그러면서 얘가 밖으로 나가겠다는 거야. 다들 무슨 소리냐며 말리지. 근데 얘가 또 고집이 대단하거든.

"나가서 걔들을 쫓아버릴 거예요. 내가 나가면 문이란 문은 꽁꽁 잠가서 틈새 하나도 안 생기게 하세요. 알았죠, 엄마?"

그러고서는 나무 주걱을 들고서 혼자 썩 나간 거야. 트롤들을 안에 들일 수는 없잖아? 문이란 문은 꽉 잠갔지. 이때 밖에서 넝마외투가 마녀하고 트롤을 사냥하는데 이건 뭐 천하무적이야. 괴물들이 추풍낙엽처럼 쓰러지지 뭐니. 안에서야 모르지 뭐. 무서운

소리가 나니까 덜덜 떨기만 해.

그런데 그때 문 하나가 슬쩍 열리면서 누가 쏙 나온 거야. 누구? 넝마외투의 쌍둥이 동생이 문틈으로 머리를 내민 거야. 마녀 하나가 그 틈을 놓치지 않았지. 아이의 머리를 쑥 잡아 빼고는 거기다 송아지 머리를 턱 붙였어. 얘가 송아지처럼 네 발로 물러서면서 '옴매 옴매'. 세상에나, 그 예쁜 아이가 이게 웬일이니.

얼마 뒤 사냥을 마친 넝마외투가 안으로 들어오더니 큰 소리로 호통을 쳐. 문을 잠그는 것도 못 하냐고 난리지. 왕비의 눈에서 눈물이 주룩주룩.

"얘가 이 모양이 됐으니 어떡하니? 내 딸이 송아지라니! 엉엉."

"가만히 좀 있어 봐요. 내가 방법을 찾아볼게요. 일단 얘를 데리고 떠나야겠어요."

넝마외투는 커다란 배 한 척을 준비시켰어. 모든 기구를 다 갖춘 최고급 배로 말이지. 얘가 동생을 데리고 떠나는데 다른 사람은 다 필요 없대. 그냥 둘이면 된다는 거야. 사람들이 얘 고집을 알잖아? 한다는 대로 두는 수밖에.

넝마외투는 배를 몰고서 항해를 시작했어. 목적지는 마녀들의 본거지야. 마녀 나라에 도착하자 넝마외투는 동생을 배에 남겨놓고는 염소를 타고 마녀의 성으로 올라갔어. 성에 도착해 보니까 수십 개 창문 가운데 하나가 열려 있는데 거기 자기 동생의 머리가 매달려 있는 거야. 넝마외투는 염소와 함께 높이 점프해서 머리를 낚아채고는 잽싸게 도망쳤어. 마녀들이 얘를 잡으려고 벌떼처럼 달려들지. 그 수가 수천수만이야. 하지만 넝마외투가 돌아서서 나무 주걱을 휘두르니까 추풍낙엽이야. 감히 덤벼들질 못하지. 넝마외투는 배로 뛰어 올라가서 송아지 머리를 뽑아버리고 원래 머리를 붙였어. 동생이 다시 예쁜 소녀로 돌아왔지.

넝마외투는 동생과 함께 다시 항해를 시작했어. 목적지는 멋쟁이 왕과 왕자님이 있는 곳. 그 나라에 왕비는 없었어. 얼마 전에 세상을 떠났거든. 낯선 배가 들어오는 걸 발견한 왕은 전령들을 보내서 살펴보게 했어. 전령들이 가보니까 흉측한 소녀가 염소를 타고 갑판 위를 빙글빙글 돌고 있지 뭐니.

"여봐라, 거기 너뿐이냐? 다른 사람은 없어?"

"무슨 말씀을! 꽃처럼 예쁜 여동생이 함께 있어요. 세상에서 제일 예쁜 애예요."

사람들이 동생을 한번 보여달라고 하는데 얘가 들어줄 리 없지.

"내 동생을 보고 싶으면 왕이 직접 여기로 와야 해요."

그렇게 말하고는 다시 염소를 타고 갑판 위를 따그닥 따그닥! 뭐라고 말해봤자 통할 리가 없지.

그 소식을 전해 들은 왕이 궁금증을 참을 수 없는 거야. 왕은 아들을 데리고 배가 있는 데로 갔어. 그러자 넝마외투가 동생을 데리고 나타났는데, 그렇게 예쁜 소녀는 처음이지 뭐니. 왕은 첫눈에 반해버렸어. 그래서 왕이 그 소녀를 궁전으로 데려가는데, 당연히 언니도 함께 가지.

왕이 소녀를 옆에 놓고서 보니까 더 마음에 드는 거야. 근데 딱 봐도 넝마외투가 걔의 보호자잖아?

"내가 네 동생을 보고 사랑에 빠졌다. 왕비로 맞이해도 되겠지?"

그러자 넝마외투가 이렇게 말하는 거야.

"좋아요. 그런데 조건이 있어요. 옆에 있는 왕자님과 저를 결혼시켜 주세요."

그 왕자가 넝마외투랑 또래인데 꽃미남이야. 얘가 그 말을 듣더니 깜짝 놀라지.

"어어어, 그게 무슨 소리……."

근데 아버지는 예쁜 소녀에게 푹 빠져서 정신을 못 차려.

"얘야, 이 아버지의 간절한 소원이다. 들어주면 안 되겠니?"

왕이 왕자에게 부탁하는데, 그게 부탁이 아니고 협박이야. 못한다고 했다간 어떻게 될지 모르지. 왕이 아주 무서운 사람이었거든. 하고 싶은 건 꼭 하는 사람이야.

"그게 아버님 뜻이라면요……."

"역시 내 아들! 그럴 줄 알았다. 하하하."

그래서 한꺼번에 두 쌍의 결혼식이 열리게 됐지 뭐니. 왕은 아주 희희낙락인데 아들은 완전 죽을상이야. 넝마외투의 모습을 떠올리기만 해도 속에서 구역질이 올라오니 말 다 했지.

드디어 결혼식 날이야. 모든 준비가 성대하게 갖춰졌어. 신랑과 신부가 교회를 향해 나아가는데, 먼저 왕 커플이 말을 타고 출발했지. 이어서 왕자 커플이 출발하는데, 신부가 나무 주걱을 들고서 염소에 올라타지 뭐니. 넝마에다 낡은 두건을 걸치고서 말야. 나라의 큰 행사니까 구경꾼도 많잖아? 왕자가 신부와 함께 나아가는데, 이건 결혼식이 아니라 장례식에 가는 표정이야. 입을 꾹 닫고서 아무 말도 안 하지.

"이 좋은 날에 왜 아무 말도 없으세요?"

"무슨 말을 하라는 거요?"

"왜 이런 볼품없는 염소를 타고 다니는지 물어볼 수 있잖아요."

그러자 왕자가 소리쳤어.

"왜 이런 볼품없는 염소를 타고 다니는 거요?"

"누가 이걸 볼품없는 염소라고 그래요? 신부가 타는 가장 근사한 말인데!"

그 말이 떨어지자마자 신기한 일이 벌어졌어. 염소가 순식간에 말로 변한 거야. 왕자가 한 번도 본 적 없는 멋진 말로 말이지.

그러고 또 길을 가는데 왕자는 여전히 침울해. 넝마외투는 다시 왕자에게 왜 말을 안 하냐고 물었지. 왕자가 무슨 말을 하라는 거냐니까 넝마외투가,

"왜 이런 우스꽝스러운 나무 주걱을 들고 다니는지 물어볼 수 있잖아요."

"왜 이런 우스꽝스러운 나무 주걱을 들고 다니는 거요?"

"네? 나무 주걱이라니요? 가장 멋진 은지팡이인데요!"

그 말이 떨어지자마자 나무 주걱은 찬란히 빛나는 은지팡이로 변했어.

그러고서 길을 가는데 왕자 얼굴은 여전히 어두워. 넝마외투는 다시 왕자에게 말을 시켰어. 자기 옷과 두건이 궁금하지 않냐는 거야.

“왜 이런 누더기와 낡은 두건을 걸치고 다니는 거요?”

“네? 누더기라고요? 세상에서 가장 아름다운 드레스와 금관인데요!”

그 순간 누더기가 아름다운 드레스로 바뀌고 두건은 눈부신 금관으로 변했지 뭐니.

그러고 다시 길을 가는데, 이제 왕자의 얼굴이 좀 밝아졌어. 하지만 그늘이 다 걷히진 않았지.

“왜 말을 안 하세요? 더 궁금한 거 없어요?”

그러자 왕자가 신부의 얼굴을 가만히 바라보다가 우렁차게 말했어.

“당신은 왜 그런 못생긴 잿빛 얼굴을 하고 있는 거요? 그거 진짜 얼굴 아니죠? 당신의 진짜 모습을 나에게 보여주세요!”

그러자 넝마외투가 웃으며 말했어.

“이제야 알아보신 거예요? 좋아요, 내 진짜 모습을 보여드리죠.”

그러자 신부는 세상에서 가장 아름다운 여자로 변했어. 동생보다 열 배는 더 아름다웠지. 그 모습을 보고 왕자는 너무 기뻐서 눈물이 날 정도였어.

그렇게 넝마외투 자매는 성대한 결혼식을 올리고 왕비와 왕자비가 되어 행복하게 살았대.

연이 좋다! 넝마외투 최고야.

퉁이 내가 만난 최고의 캐릭터 중 하나야. 내가 얘를 꼭 게임 주인공으로 띄우겠어.

세라 그래. 주인공이 매력적이니까 이야기도 술술 풀리지 뭐니.

퉁이 맞아요. 마치 뀨 아재가 들려주시는 얘기 같았어요. 하하.

세라 내가 뀨 아재랑 이야기 스타일이 좀 다르지만, 칭찬으로 접수하겠음.

연이 근데 넝마외투가 들고 다닌 게 왜 하필 나무 주걱일까요? 거기 특별한 의미가 있을까요?

뭉이쌤 주걱이 가사 노동에 쓰이는 도구잖아? 일하는 사람의 힘 같은 걸로 생각할 수 있겠어.

세라 주부의 힘, 이런 건가요? 근데 엄마와 딸이 좀 뒤집힌 것 같아요. 쌍둥이의 엄마는 뭔가 철부지 같은 느낌.

연이 맞아요. 같은 자식인데 외모 가지고 차별하는 거 정말 싫어요.

뀨 아재 그건 왕자도 좀 그랬지. 하하.

퉁이 그래도 왕자는 이해가 돼요. 아버지 때문에 어쩔 수 없이 그렇게 된 거니까요. 근데 진짜로 짜릿했어요. 자기 신부가 아버지 신부보다 더 예쁘게 변했잖아요? 속으로 얼마나 신나고 좋았을까요?

하하.

세라 왕하고 결혼한 넝마외투 동생은 무슨 죄인가 싶기도 해. 뭔가 자기주장을 못 하는 언니의 그림자 같달까?

뀨 아재 한 사람의 두 모습?

세라 아하! 그런 건가요?

뭉이쌤 그렇게 볼 수도 있어요. 특히 둘이 쌍둥이라는 점에서요. 모든 사람에게는 양면성이 있잖아요? 남들 보기에 예쁜 모습과 그렇지 않은 모습.

세라 그렇구나. 그럼 왕비가 못생긴 꽃송이까지 먹은 게 결과적으로 잘된 일이네요.

뭉이쌤 그것 때문에 혼란을 겪었으니 간단치는 않아요. 하지만 잘 이겨 내면 더 좋은 일이 될 수 있죠.

퉁이 그렇다면 앞으로 예쁜 꽃이든 미운 꽃이든 가리지 않고 다 사랑하겠어요. 사람도요!

연이 오오, 제대로 깨달음을 얻으셨네. 하하.

뭉이쌤 하하. 세라 씨가 워낙 재미있게 이야기해서 다음 이야기는 뀨 아재가 받아야겠어요.

뀨 아재 넵, 알겠습니다!

짜잔, 이제 아프리카로 갑니다요. 아프리카에서도 머나먼 남쪽. 현재의 남아프리카공화국 또는 모잠비크나 보츠와나 지역에 살던 줄루족이 전해온 옛이야기야. 내가 원전보다 더 재미있게 이야기해 볼게. 주인공 캐릭터를 민담형으로 살려서 말이지.

놈불라의 여행

남아프리카 민담

옛날, 아프리카 작은 마을에 작은 소녀가 살았어. 이름이 놈불라야. 마을은 작은데 산은 아주 커. 어느 정도냐면 구름을 뚫고 하늘을 찌를 정도. 어른들은 산 위에 괴물이 산다며 아이들을 못 올라가게 했지. 하지만 그런다고 안 가면 아이들이 아니지. 아이들은 어른들 몰래 산에 올라가서 놀곤 했어. 하지만 해가 지기 전에는 내려왔지. 어두워지면 기분이 이상했거든.

그 산 위에 맑은 물이 고인 작은 호수가 있어. 아이들 놀기에 딱이지. 거기서 헤엄도 치고, 소금쟁이랑 물방개도 잡고……. 그날도 아이들이 실컷 놀다가 해 질 무렵이 돼서 내려오는 중이야. 근데 마을이 보일 때쯤에 한 아이가 소리쳤어. 작은 소녀 놈불라야.

"아아, 나 호숫가에 구슬 장식 놓고 왔어!"

그게 놈불라의 보물 1호야. 엄마가 정성껏 만들어준 건데 그걸 손에 쥐어야 잠이 와.

"나랑 함께 연못에 갈 사람 없어? 응?"

근데 벌써 날이 어두워졌거든. 다들 겁을 내.

"밤에는 진짜 괴물이 나올지 몰라. 그냥 내일 가자."

"이 겁쟁이들! 그럼 나 혼자 가겠어."

그러면서 놈불라가 혼자 산으로 올라가는 거야. 제일 어리고 작은 애가 말이지. 다른 아이들은 얘가 잠깐 올라가다 돌아오겠거니 하지 뭐.

근데 놈불라가 고집쟁이야. 어두운 산에 안개까지 가득 들어차는데 거길 혼자서 계속 올라간 거라. 결국 호수까지 가서 구슬 장식을 찾았어. 거기까진 좋았지. 다음이 문제야. 완전 깜깜해져서 앞이 안 보이는 거야. 길을 잃게 돼 있지 뭐. 어디가 어딘지 통 알 수가 없어.

그렇게 헤매는데 멀리 불빛이 보이는 거야. 놈불라가 거기를 찾아갔더니 처음 보는 오두막이야. 그래도 들어가야지 뭐. 근데 난롯가에 앉아 있는 게 사람이 아니야. 하이에나가 척 돌아보더니,

"이 밤에 손님이? 어서 와!"

말과 행동이 아주 친절해. 근데 놈불라가 난롯가로 다가가니까 문을 탁 잠그지 뭐냐. 그러고는 킬킬대면서 놈불라 주위를 뱅그르르 맴돌아.

"지금부터 너는 나의 노예다! 지금 네가 할 일은 불을 지피고 물을 끓여서 음식 만들기. 그다음은 설거지와 청소 기타 등등. 오케이?"

보니까 싫다고 했다가는 잡아먹히게 생겼어. 놈불라가 씩 웃으

면서,

"오케이!"

작은 오두막에 할 일이 왜 이리 많은지 몰라. 이것저것 시키는 대로 하다 보니까 날이 밝아오는 거라. 사실 놈불라는 날 밝기만 기다리고 있었지. 날이 밝으면 할 일? 삼십육계 줄행랑! 괜히 개랑 싸우는 건 바보짓이지.

놈불라는 하이에나가 잠깐 딴짓하는 사이에 문을 따고 나와서 냅다 뛰었어. 그러다 어느 바위틈으로 쏙 들어가서 숨었지. 뒤따라오던 하이에나가 휙 지나치더니 한참 만에 투덜거리면서 돌아와. 놈불라는 개가 사라진 걸 확인하고 바위틈에서 기어 나왔어. 그러곤 오두막 반대 방향으로 달리는 거지.

근데 아무리 가도 모든 게 낯설어. 어디가 어딘지 알 수가 없지. 그때 웬 여자들이 커다란 물동이를 하나씩 머리에 이고 나타난 거야. 놈불라는 '이제 살았구나.' 싶었지. 근데 이 여자들이 이렇게 말하는 거라.

"오오, 오늘 먹을 음식이 여기 있어!"

"내가 먼저 봤어. 재는 내 거야!"

그게 식인종이지 뭐야. 정확히 말하면 사람 모습을 한 식인 괴물. 놈불라는 '앗 뜨거라' 싶어서 다시 뛰기 시작했어. 식인종들이 물동이를 내려놓고는 우르르 뒤쫓아 오기 시작했지. 거리가 좁혀져서 잡히기 직전이야.

그때 구원자가 나타났어. 앞쪽에 어떤 여자들이 괭이로 땅을 일

구고 있는 거야. 놈불라가 그리로 달려가면서,
"살려주세요. 괴물들이 나를 잡아먹으려고 해요."
그러자 땅을 파던 여자들이 모두 괭이를 들고서 식인종들을 막는 거야.
"여기는 우리 땅이야. 당장 꺼져!"
그러니까 쫓아오던 식인종들이 얼굴을 찡그리면서 돌아가. 놈불라는 살았다 싶었지. 근데 괭이를 든 여자들이 놈불라를 작은 오두막에 밀어 넣고서 문을 턱 잠그네. 그러더니 웃고 떠들고 야단이야.
"킬킬킬. 먹을거리가 제 발로 들어왔어. 그 멍청이들이 몰아다 줬다구."
놈불라가 들으니까 이게 또 다른 식인종 무리지 뭐야. 식인종을 피하려고 다른 식인종 마을에 들어왔으니 늑대 피하려다 범 만난 꼴이지.
"아, 어떡하지? 누가 나 좀 도와줘."
그랬더니 벽에 걸려 있는 창이 몸을 부르르 떨면서 말하는 거야.
"이봐, 무뎌져 가는 내 날을 사용할 기회를 주지 않겠니? 이쪽으로 와서 네 머리카락을 창날로 깨끗이 자르는 거야. 그러면 내가 살아나갈 방법을 알려주지."
놈불라에겐 자기 머리카락이 보물 2호야. 하지만 여기서 그걸 아끼면 바보지. 놈불라는 창을 들어서 머리를 깨끗이 밀었어. 그랬더니 바닥에 머리카락이 가득하지.

"흐흐흐, 잘했어. 이제 좀 살 것 같다. 이제 내 말대로 해. 머리카락 한 움큼은 여기 놔두고, 나머지는 들고 나가서 우물과 창고와 쓰레기장에 한 움큼씩 던져둬. 그러고선 눈썹 휘날리게 달아나는 거야. 저쪽에 개구멍이 있으니 거기로 나가면 돼."

놈불라는 창이 알려준 대로 개구멍으로 빠져나왔어. 머리카락이 없으니까 움직이기가 편하지. 단번에 쏙! 놈불라는 마을 곳곳에 머리카락을 뿌려두고서 꽁지 빠지게 달렸지. 애가 워낙 작고 재빨라서 아무도 눈치를 못 채.

그때 식인종 여자들이 애가 잘 있나 확인하려고 오두막에 대고 소리쳤어.

"이봐, 너 오두막 안에 잘 있지?"

그러자 놈불라의 머리카락이 대신 대답하는 거야.

"네, 잘 있어요."

식인종 여자들은 안심하고 요리 준비를 하지. 애를 삶아 먹으려고. 근데 막상 오두막에 들어와 보니까 애가 없지 뭐야. 잘린 머리카락뿐이야. 여자들은 난리를 피우면서 애를 찾기 시작했어.

"어디 있는 거야? 빨리 대답해!"

그러자 우물에서, 창고에서, 그리고 쓰레기장에서,

"나 여기 있어."

"나 여기 있어."

"여기예요, 여기!"

식인종 여자들이 소리 나는 곳마다 달려가서 애를 찾는데 있을

리가 없지. 그게 다 머리카락이 낸 소리거든. 그 사이에 놈불라는 식인종 마을에서 멀리 떨어진 강에 이르렀어. 강을 보니까 어딘지 좀 알겠어. 그 강을 건너서 어찌어찌 가면 자기 사는 마을이야. 예전에 와본 적이 있거든.

문제는 그 강이 너무 크고 놈불라는 완전 지친 상태였다는 거지. 강을 헤엄쳐 건너는 건 불가능이야. 얘가 배를 찾으면서 방황하고 있는데 뒤쪽에서 누가 질풍처럼 달려오는 거라. 안 봐도 식인종들이지. 잡히면 그냥 죽는 거야. 결국 놈불라는 눈을 딱 감고서 거친 강물로 훌쩍 뛰어들었어. 그것도 자살행위지만 식인종에게 먹히는 것보단 낫지.

근데 얘가 물속에서 숨이 턱 막혀갈 때 앞에 웬 커다란 개구리가 보이지 뭐야.

"개구리님, 나 좀 살려줘요!"

그랬더니 개구리가 커다란 입을 쩍 벌려서 놈불라를 꿀꺽 삼키는 거야. 이건 뭐 갈수록 태산이지. 근데 그게 아니야. 개구리 뱃속에 들어가니까 숨을 쉴 만한 거라. 좀 축축하지만 보드랍고 따뜻해서 쉴 만해. 놈불라가 '에라 모르겠다.' 하면서 몸에 힘을 빼고 눈을 감으니까 잠이 살살 오지.

그때 식인종 여자들이 강물에 도착해서 놈불라를 찾는데 얘가 안 보여. 좀 전에 물에 뛰어드는 것 같았는데 말이지. 여자들은 창으로 물을 이곳저곳 찌르고, 잠수해서 물속을 뒤지고, 한참 동안 법석을 떨었어. 그 모양을 개구리가 눈을 껌뻑껌뻑하면서 보고 있지.

식인종 여자들이 아무 소득 없이 돌아가니까 개구리도 움직이기 시작했어. 놈불라가 사는 마을 쪽으로 폴짝폴짝. 근데 뱃속에 아이를 넣고서 뛰는 게 쉬운 일이 아니야. 한 번 폴짝, 쉬었다가 폴짝, 쉬었다가 폴짝. 이런 식이지. 그때 웬 사내 둘이 그 개구리를 발견한 거라.

"저것 좀 봐. 개구리가 저렇게 크다니! 창으로 찔러서 죽여버리자구."

그러자 개구리가 입을 열어서 말했어.

"워워. 제발 그러지 말아요. 지금 놈불라를 집으로 데려가는 중이에요."

그러자 한 사내가 말했어.

"놈불라? 사라져버린 내 딸이네. 내 아이 이름을 아는 개구리를 죽일 순 없지."

그래서 둘은 그냥 개구리를 지나쳐 갔어. 개구리가 계속 길을 가는데 이번에는 여자 둘이 애를 발견하고서,

"어머, 기분 나쁜 큰 개구리야. 호미로 찍어서 죽이자."

"노노. 제발 그러지 말아요. 지금 놈불라를 집으로 데려가는 중이에요."

그러자 한 여자가 말했어.

"놈불라? 내 딸 이름이랑 같네. 내 아이 이름을 아는 개구리는 못 죽여."

여자들은 개구리를 놔두고 지나쳐 갔어. 개구리는 한참 만에 드디어 놈불라 집에 도착했지. 그때 놈불라 할머니가 마당을 쓸다가 개구리를 발견하고서 한 방 먹이려고 빗자루를 쳐들었어.

"잠깐! 나를 때리지 마세요. 내가 놈불라를 데려왔어요."

"놈불라라고? 아, 사랑하는 손녀! 내 손녀를 아는 개구리라니, 너를 위해 집을 지어주고 보살펴 주마."

할머니는 집 주변 우거진 잡초를 정리하고 풀을 잘 엮어서 커다란 개구리 집을 만들었어. 그때 놈불라 아버지와 어머니가 집에 돌아온 거야. 개구리가 두 사람을 보더니,

"내가 놈불라를 이곳에 데려왔어요. 나를 위해 무엇을 해줄 건가요?"

"그게 정말이야? 네 말이 사실이라면 우리 세간을 전부 너에게 주지!"

"세간은 필요 없어요. 먹을 수 없잖아요."

"그렇다면 염소는 어때?"

"엥? 당신 딸 가치가 염소만큼밖에 안 돼요? 그걸로는 안 되죠! 살찐 암소 한 마리쯤은 돼야 하지 않겠어요? 내가 소고기를 먹은 지 오래됐거든요."

"그래. 딸을 찾을 수 있다면 소 열 마리도 안 아깝지!"

두 사람은 곧바로 가장 크고 살찐 암소를 잡았어. 가죽을 벗기고 내장을 빼서 먹기 좋게 준비했지. 그랬더니 개구리가 입을 커

다랗게 벌리면서 놈불라를 턱 토해내는 거야. 놈불라는 어떤 상태였냐고? 콜콜 숙면 중이지 뭐. 엄마 품에 안겨 있는 꿈을 꾸면서 말야. 하하.

그때 개구리가 어디론가 사라지더니 얼마 뒤 가족인지 친구인지 식구들을 잔뜩 데리고 다시 나타난 거야. 애들이 다 함께 소고기를 먹어 치우더래. 그러고는 할머니가 만들어준 새 보금자리에 자리를 잡고 살았다더군.

이야기에 대한 이야기

연이

퉁이

세라

꾸 아재

뭉이쌤

노고할망

퉁이 뭐 이런 이야기가 다 있어요? 상상 초월이네요. 개구리 회식 대목 너무 웃겨요. 한우면 끝장이었을 텐데.

연이 끝부분에서 마음이 따뜻해졌어요. 가족들이 놈불라를 아끼는 마음이 전해져서요. 진짜 소를 잡을 줄이야!

뭉이쌤 놈불라는 사랑받으면서 자란 아이라서 자존감이 크고 평화로운 것일 수 있어. 개구리 뱃속에서 잠자는 거, 느긋하잖아?

연이 그렇군요. 이해됐어요.

퉁이 근데 식인종이 진짜 있는 거예요?

꾸 아재 왜 없겠니? 우리나라에도 많은걸.

퉁이 진짜요? 쌤, 이거 맞아요?

뭉이쌤 맞고말고. 뉴스에 계속 나오잖니? 약한 사람들 못 잡아먹어서 안달인 인간들. 그런 사람들이 식인 괴물 아니겠니?

연이 그렇게 생각하니까 슬퍼져요. 놈불라 주변에는 진짜로 식인종이 많았던 거네요. 멀지 않은 곳에요.

세라 왜 식인종이 남자가 아닌 여자들이었나 궁금했는데 풀리는 것 같아요. 가까이에서 평범하고 온화한 모습으로 다가오는 사람들이 괴물일 수 있다는 뜻이겠죠? 소름 끼쳐요.

꾸 아재 너무 무겁게 생각하지 말아요. 이야기는 이야기일 뿐.

퉁이 한 편의 독특한 모험담으로 새겨두겠습니다. 어쩌면 개구리 뱃속 모양의 침구를 개발할지도 몰라요.

뀨 아재 오오, 굿 아이디어!

노고할망 개구리 뱃속이 편하긴 하지. 하하.

퉁이 오오, 진짜요? 정말 만들어야겠는걸요. 하지만 지금 할 일은 노고할머니 이야기를 듣는 일입니다!

연이 할머니, 들려주세요!

노고할망

이 할망이 이야기 하나 할게. 옛날이야기를 보면 아이들과 젊은이들의 모험담이 참 많아. 좋은 일이지. 미래의 주인공들이 씩씩하게 움직여야 세상이 좋게 변하는 법이니까. 하지만 도전과 모험에 나이는 중요하지 않단다. 그런 의미에서 내가 할머니 모험담을 하나 얘기해 볼게. 그리스에서 전해온 민담이야.

해를 찾아간 할머니

*

그리스 민담

옛날에 어떤 할머니가 암탉과 함께 살고 있었어. 문제는 없었지. 암탉이 매일 꼬박꼬박 알을 낳으니 그걸로 충분했어. 그런데 이웃집 영감이 문제야. 할머니가 외출하면 자꾸 달걀을 몰래 꺼내 갔지 뭐냐. 할머니가 돌아와 보면 누가 달걀을 꺼내 간 게 분명한데 범인이 누군지 알 수가 없어.

"그래. 해를 찾아가서 물어보자. 죽지 않는 해가 답을 알려줄 거야."

할머니는 바로 길을 떠났어. 한참 길을 잘 가고 있는데 세 자매가 다가오더니 어디에 가냐고 묻지 뭐냐.

"죽지 않는 해를 찾아가는 길이라오. 어떤 못된 놈이 이 불쌍한 늙은이의 달걀을 훔쳐 가는지 알아보려고 말야."

그러자 세 자매가 할머니 어깨에 매달리면서 부탁하는 거야.

"할머니, 제발 부탁이에요. 해를 만나시거든 우리가 왜 결혼을 못 하고 노처녀로 있어야 하는 건지 물어봐 주세요."

"그러지. 해님이라면 알려줄 거야."

그러고서 할머니는 또 계속 길을 갔어. 가다 보니 웬 노파가 덜덜 떨면서 서 있지 뭐냐. 할머니에게 어딜 가냐고 묻더니 손을 꽉 붙잡고서 애원해.

"해를 만나거든 내 일을 꼭 물어봐 줘요. 대체 무슨 문제가 있어서 털외투를 세 겹이나 입고도 덜덜 떨어야 하는지 알 수가 없어요."

"물어보지요. 근데 도움이 될지는 나도 몰라요."

그러고서 할머니가 또 길을 가다 보니까 이상한 강물이 앞을 딱 막지 뭐냐. 물이 진득한 핏빛인데 소리는 또 얼마나 험상궂은지 몰라. 할머니 다리가 후들거릴 정도니 말 다 했지.

"지금 어디를 가는 거요?"

"달걀 도둑에 대해서 물어보려고 죽지 않는 해를 찾아가는 길이라오."

"그래요? 물을 건너게 해줄 테니 내 일도 물어봐 주시오. 대체 왜 편안히 흘러갈 수 없는지 말이오."

할머니는 강을 건너서 다시 길을 떠났어. 이번에 마주친 건 거대한 바위야. 떨어질 듯 말 듯 위태하게 놓여 있는 바위였지.

"나는 왜 이 상태로 쉬지도 못하는 걸까요? 지나가는 사람마다 불안해하면서 욕하는 걸 듣기가 싫어요. 내가 어떻게 해야 하는지 해님에게 물어봐 줘요."

"알았어요. 어려운 일도 아닌데 뭘."

그렇게 가다 보니까 시간이 늦을 것 같아. 할머니는 부리나케 산으로 올라갔어. 꼭대기에 다다르니까 죽지 않는 해가 황금 빛으로 수염을 가다듬고 있었지. 할머니를 보더니 반가워하며 물어.

"사람이 날 다 찾아오다니! 그래, 무슨 일로 오셨소?"

"내 닭이 낳는 달걀을 누가 훔쳐 가는지 알려줘요. 범인을 알아야 마음이 편하겠어요. 엉뚱한 사람을 의심하면서 저주하지 않아도 될 테니까요."

"근데 맨입으로?"

그러자 할머니는 롤빵이 든 바구니와 배가 든 보따리를 내밀었어. 해에게 주려고 집에서 챙겨 온 거지.

"뭘 좀 아시는군. 달걀을 훔치는 사람은 이웃 가운데 한 명이오. 당신이 의심하는 그 사람이지. 따로 어떻게 할 필요는 없어요. 그냥 신에게 맡겨두구려."

할머니는 고개를 끄덕이고서 세 자매와 노파와 강물과 바위의 일에 대해서 물었어. 그러자 해가 헛기침을 한 번 하더니만,

"내가 늘 내려다보면서 참 답답했지. 자매들에게는 비질할 때 물을 좀 뿌리라고 해요. 먼지 때문에 내가 얼마나 성가셨는지! 추위에 떠는 노파는 외투 두 벌을 벗어서 다른 사람에게 주면 돼요. 강물은 한 사람을 익사시키면 편안해질 거고, 바위는 한 사람을 깔아뭉개면 고민 끝이에요. 강물과 바위를 지나간 다음에 말해야 하는 건 알죠?"

"고마워요. 이 늙은이도 그 정도는 알죠. 하하."

할머니는 해에게 입을 맞춘 뒤 가던 길을 돌아오기 시작했어. 먼저 바위를 만났지. 할머니는 서둘러서 바위를 지나친 다음 해가 한 말을 전해줬어.

"그렇구나. 진작 알았으면 당신을 깔아뭉개는 건데!"

"에이, 무슨 소리를!"

급히 그곳을 떠난 할머니는 강물을 만났어. 강물은 눈이 빠지도록 할머니를 기다리고 있었지.

"해님을 만나서 답을 들었소? 어서 말해줘요."

"서두르지 말고 일단 나를 건네줘요. 그러면 답을 알려줄게요."

강물이 할머니를 건네주니까 할머니는 해에게 들은 말을 전해줬어. 그랬더니 강물이 식식대면서,

"아이, 진작 알았으면 당신을 집어삼키는 건데!"

"답을 알려준 걸 후회하게 하지 말아요. 그럼 안녕!"

할머니는 급히 그곳을 떠나서 길을 재촉했어. 추위에 덜덜 떠는 노파가 목을 빼고 기다리다가 달려와서 손을 잡고는 할머니 입만 바라봐.

"외투 두 개를 벗어서 다른 사람에게 줘봐요. 그럼 마음이 따뜻해질 거예요."

노파는 주저하다가 외투를 벗어서 할머니에게 줬어. 그러자 신기하게도 추위가 가시지 뭐냐. 노파는 식사를 준비해서 할머니를 잘 대접했단다. 둘이 함께 앉아서 밥을 먹으니까 더 따뜻해지지.

그다음은 세 자매야. 할머니가 세 자매에게 말했어.

"마당을 쓸려면 물을 뿌려야지 그냥 쓸면 어떡해? 나라도 안 데려가겠다. 먼저 물을 뿌리고서 청소를 해봐. 어때, 됐지?"

그러고서 할머니는 길을 떠났어. 세 자매는 배운 걸 바로 실행에 옮겼지. 그랬더니 구혼자들이 착착 찾아오지 뭐냐. 얼굴도 이쁘고 착한 애들이었거든. 그런데 제대로 배우질 못했던 거야.

할머니가 집에 돌아올 즈음, 달걀을 훔쳐 가던 영감은 끔찍한 일을 겪고 있었어. 할머니가 해를 찾아 떠난 걸 알고서 겁에 질렸거든. 근데 얼굴에서 암탉 깃털이 자라나기 시작한 거야. 그래가지고는 살 수가 없지. 영감은 한 번 가면 돌아오지 못하는 큰 마을로 떠나버렸단다.

이제 달걀을 잃어버릴 일이 없지. 할머니는 죽을 때까지 하루에 하나씩 달걀을 잘 먹었어. 할머니가 죽자 암탉도 따라서 죽었대. 끝!

이야기에 대한 이야기

연이

퉁이

세라

뭉이쌤

노고할망

동이

연이 재미있어요! 이 할머니 뭔가 멋지다.

노고할망 그렇지? 할머니라고 무시하면 안 돼. 하하.

퉁이 근데 바위하고 강물은 어떻게 된 거예요?

노고할망 어떻게든 됐겠지 뭐.

퉁이 걔들도 문제가 풀린 걸까요? 할머니를 희생양으로 삼지 못한 걸 아쉬워하는 것 같았거든요.

연이 맞아. 답을 찾아준 할머니를 죽이려 하다니 못됐어!

세라 쌤, 그건 어쩔 수 없는 본성인 걸까요?

뭉이쌤 둘 다 아주 안 좋은 상태에 있었잖아요? 그러니 마음 쓰는 것도 거친 게 아닐까 싶어요.

세라 아, 문제가 풀리고 나야 평화가 찾아오는 거군요. 아직은 그렇지 않은 거고요?

뭉이쌤 내 생각은 그래요.

퉁이 강물하고 바위에 걸리게 된 사람이 좀 안됐네요. 어떤 사람이 걸렸으려나?

연이 할머니, 누가 걸렸다는 얘기는 없어요?

노고할망 하하. 얘기한 게 다야.

뭉이쌤 잘 찾아보면 답이 있을지도 몰라. 달걀을 훔치던 영감이 어떻게 됐지?

퉁이 신에게 벌을 받았어요. 인과응보로요.

연이 아아, 강물하고 바위에도 그런 사람이 걸렸겠군요! 쌤, 맞죠?

뭉이쌤 하하. 그건 나도 몰라. 상상에 맡길게.

동이 (이야기판으로 다가오며) 어허, 안녕들 하십니까? 오늘도 즐거운 이야기판?

연이 동이, 반가워! 이야기하러 온 거 맞지?

동이 시켜주면 내가 또 사양을 못 하지. 하하.

세라 어서 해줘. 지금 주제는 모험담이야.

동이

안녕! 이야기하는 당나귀 동이야. 짧고 재미있는 이야기를 특히 좋아하지. 내가 그런 이야기 하나 해줄게. 모험담인데 주인공은 사람이 아니고 빵이야. 살아 있는 작은 빵. 얘가 이름도 있어. 칼라복! 이게 꽤 유명한 이야기야. 러시아 민담으로 알려져 있는데 카자흐스탄이나 우즈베키스탄에도 비슷한 이야기가 있더라고. 그러니까 중앙아시아 공통의 이야기지. 어느 나라 건지가 뭐 그리 중요하겠어? 재미있으면 그만이지. 이제 시작!

둥근 빵 칼라복의 여행

✴

중앙아시아 민담

옛날, 한 마을에 할머니랑 할아버지가 살았어. 하루는 할아버지가 할머니를 찾더니만,

"할멈, 나 배가 많이많이 고파. 귀엽고 동그란 롤빵 만들어줄 수 있지?"

"알았어, 알았어. 근데 밀가루가 있으려나? 다 쓴 거 같은데."

할머니는 그릇을 바닥까지 닥닥 긁어서 빵 한 개 겨우 만들 만큼의 밀가루를 모았어. 우유로 반죽하고 버터를 발라서 돌돌 말아 벽난로에 구우니까 자그마한 둥근 빵 칼라복이 만들어졌지. 손으로 집으려니까 너무 뜨거워. 할머니는 빵을 식히려고 집게로 턱 집어서 창턱에 턱 올려놨단다. 이거 라임이 턱턱 맞네.

"칼라복, 여기 가만히 있어야 해. 알았지?"

그러고서 할머니가 잠깐 상을 차리려는데 칼라복이 창턱을 폴짝 뛰어넘어서 데굴데굴 구르는 거야. 창턱에서 의자로, 의자에서 바닥으로, 바닥에서 문으로 데굴데굴 또르르르. 다시 문에서 마당

으로, 마당에서 한길로 데굴데굴 또르르르.

할머니와 할아버지가 놀라서 쫓아갔지만 데굴데굴 또르르르 얼마나 빠른지 따라갈 수가 없어. 칼라복은 할머니랑 할아버지를 멀찌감치 따돌리고 숲속으로 또르르르 똑똑똑! 숲에 들어간 칼라복은 토끼하고 마주쳤어. 토끼가 칼라복을 보면서,

"칼라복 칼라복, 맛있게도 생겼구나. 내가 너를 꿀꺽 삼켜주겠어!"

"토끼야 토끼야, 나를 먹지 마. 내가 너를 위해 노래를 불러줄게."

그러더니 칼라복은 몸을 흔들며 노래를 시작했어.

칼라복 칼라복, 똑똑한 칼라복!
밀가루를 닥닥 긁어서 우유로 반죽하고 버터로 구웠지.
창턱을 폴짝 넘어서 할머니 할아버지한테서 도망쳤다네.
토끼한테서도 홀딱 도망갈 거야.

토끼가 칼라복을 붙잡으려고 펄쩍 뛰어들었지만 헛수고야. 칼라복은 재빠르게 데굴데굴. 어찌나 빠른지 따라갈 생각도 못 해.

데굴데굴 또르르르 굴러가던 칼라복은 다시 곰을 만났어.

"칼라복 칼라복, 맛있게도 생겼구나. 내가 너를 꿀꺽 삼켜주겠어!"

"곰아 곰아, 나를 먹지 마. 내가 너를 위해 노래를 불러줄게."

칼라복 칼라복, 똑똑한 칼라복!
밀가루를 닥닥 긁어서 우유로 반죽하고 버터로 구웠지.
창턱을 폴짝 넘어서 할머니 할아버지한테서 도망쳤다네.
토끼한테서도 도망쳤다네.
곰한테서도 홀딱 도망갈 거야.

곰이 덤벼드니까 칼라복이 재빨리 데굴데굴 또르르르. 어찌나 빠른지 따라가질 못하지.

또르르르 굴러가던 칼라복은 다시 여우를 만났어.

"칼라복 칼라복, 예쁘게도 생겼구나. 내가 너를 꿀꺽 삼켜주겠어!"

"여우야 여우야, 나를 먹지 마. 내가 너를 위해 노래를 불러줄게."

칼라복 칼라복, 똑똑한 칼라복!
밀가루를 닥닥 긁어서 우유로 반죽하고 버터로 구웠지.
창턱을 폴짝 넘어서 할머니 할아버지한테서 도망쳤다네.
토끼한테서 도망치고 곰한테서도 도망쳤다네.
여우한테서도 홀딱 도망갈 거야.

그러자 여우가 웃으면서 말했어.

"칼라복 칼라복, 똑똑한 칼라복! 너 노래 참 잘하는구나. 한 번 더 들려주지 않겠니? 이번에는 제대로 감상할 수 있게 내 코 위에서 불러줘."

"그래그래. 여우가 뭘 좀 아네. 내가 다시 불러줄게."

칼라복은 또르르르 여우 콧등으로 올라가 앉아서 몸을 흔들며 노래하기 시작했어.

칼라복 칼라복, 똑똑한 칼라복!

밀가루를 닥닥 긁어서 우유로 반죽하고 버터로……

노래를 듣던 여우가 갑자기 혀를 날름 내밀어서 칼라복을 꿀꺽 삼켜버렸대. 끝!

이야기에 대한 이야기

연이 통이 세라 뭉이쌤 동이

통이 에이, 이 이야기 뭐야? 좀 엉터리다. 하하.

동이 도전도 좋고 모험도 좋지만 세상을 너무 우습게 보지 말란 이야기야. 그러다 큰코다칠 수 있거든.

연이 동이 말이 맞아. 재미는 있는데 칼라복이 먹히는 게 좀 슬펐어.

세라 내 생각엔 칼라복이 허영심과 자만심이 좀 있었던 것 같아. 그래서 당한 거 아닐까?

연이 그런가요? 난 여우가 못됐다고만 생각했는데…….

세라 쌤, 이 이야기도 새드 엔딩일까요? 칼라복이 먹히는 장면에서 웃음이 나서……. 내가 좀 못됐나?

통이 내 생각엔 웃긴 게 정상이에요. 이야기인데요 뭘!

뭉이쌤 그래. 이야기일 뿐이니까 심각할 건 없어. 하지만 마음이 시리는 건 사실이야. 칼라복에게서 어린아이가 연상돼서 더 그런 듯.

세라 앗! 그게 어린아이라고 생각하니까 슬퍼지네요. 늙은 할머니와 할아버지의 아이라고 생각하면 더더욱요. 노인들을 따돌리고 밖에 나가 놀다가 사고를 당한 셈이잖아요.

연이 앞으로 빵을 먹을 때 조금 미안해질 것 같아요. 근데 먹기 전에 데구르르 굴려볼지도 모르겠어요. 이거 모순이네. 크크.

storytelling time
나도 이야기꾼

기본 스토리텔링

이번 스테이지에서 만난 이야기 중 가장 마음에 드는 것을 골라서 다음과 같은 단계로 스토리텔링 활동을 해보자.

step 1: 책에 쓰인 그대로 이야기를 소리 내어 읽는다.

step 2: 책에 쓰인 그대로 이야기를 소리 내어 읽되, 가상의 청자에게 말해주듯이 읽는다.

step 3: 청자에게 이야기를 전달하되, 틈틈이 책을 참고한다.

step 4: 청자에게 이야기를 전달하되, 책을 참고하지 않는다.

step 5: 청자에게 이야기를 전달하되, 표현과 내용을 조금씩 자신의 방식대로 바꿔본다.

step 6: 완전히 내 것이 된 이야기를 구연 환경과 청자의 성향에 맞춰 내용과 표현을 자유자재로 조절하며 전달한다.

이야기별 재창작 스토리텔링

다음은 이번 스테이지에서 만난 이야기들에 대한 활동거리이다. 이 중 하나 이상을 골라 스토리텔링 활동을 해보자.

<소 모는 아이의 모험>

① **숨은 이야기 상상하기:** 엘프들이 초록언덕에 왔다가 물건들을 잃어버리게 된 과정을 상상해 이야기로 만들어보자.

② **생략된 내용 채우기:** 목동이 거인을 죽인 뒤 성을 어떻게 정리했을지 이야기해 보자.

<나 홀로 숲에>

③ **숨은 이야기 상상하기:** 부채가 든 마법 상자가 왜 만들어지게 되었는지, 또 부채에는 어떻게 왕자의 혼이 깃든 것인지 숨은 이야기를 상상해 보자.

④ **뒷이야기 만들기:** 왕자를 해치려 했던 다섯 공주는 그 뒤 어떻게 됐을지 이야기를 만들어보자.

<넝마외투>

⑤ **랩 가사 쓰기:** '넝마외투'를 화자 또는 대상자로 삼은 랩 가사를 써보자. 랩 가사 대신 시를 써도 좋다.

⑥ **게임 캐릭터 설정하기:** '넝마외투'를 몬스터들과 대전하는 게임의 주인공 캐릭터로 설정해서 이미지를 만들고 특성과 능력치를 부여해 보자.

<놈불라의 여행>

⑦ **이야기에 대한 의견 나누기:** 놈불라가 위험을 벗어나 집으로 돌아올 수 있었던 가장 큰 동인이 무엇이었을지 자유롭게 의견을 나누어보자.

⑧ **상품 설계하기:** 커다란 개구리 모양의 숙면용 침구를 상품화한다고 가정하고 모양과 기능을 설계해 보자.

<해를 찾아간 할머니>

⑨ **뒷이야기 만들기:** 이야기 속의 바위와 강물에게 이후 어떤 일이 벌어졌을지 상상해 보자.

<둥근 빵 칼라복의 여행>

⑩ **세상에 대한 이야기 나누기:** 칼라복 사건을 소재로 삼아 위험이 가득한 지금의 현실을 현명하게 헤쳐나가는 방법에 대해 이야기해 보자.

이야기 연계 스토리텔링

1. 〈소 모는 아이의 모험〉의 조력자를 엘프들이 아닌 넝마외투로 설정해서 이야기를 재구성해 보자. 단, 넝마외투의 동생도 등장시킨다.

2. 〈나 홀로 숲에〉의 주인공이 연 마법 상자 속에서 칼라복이 나왔다고 생각하고 이어지는 이야기를 만들어보자. 단, 말하는 독수리와 앵무새는 반드시 등장시킨다. 왕자는 필요에 따라 넣거나 뺀다.

3. 〈넝마외투〉의 넝마외투, 〈놈불라의 여행〉의 큰 개구리, 〈해를 찾아간 할머니〉의 할머니, 〈둥근 빵 칼라복의 여행〉의 칼라복이 함께 등장하는 새로운 이야기를 만들어보자.

4. 이 외에 이야기들을 흥미롭게 연계할 수 있는 여러 가지 방법을 찾아보고, 이를 토대로 다양한 스토리텔링 활동을 해보자.

stage 02

낯선 세계 속으로

안녕하세요, 엄지예요. 이번 스테이지는 제가 열게요. 주제는 '낯선 세계'예요. 제가 인디언 이야기를 좋아하거든요. 남아메리카 잉카왕국에 대한 설화를 준비했어요. 에콰도르 지역에서 전해온 이야기입니다.

세상 끝의 마법 호수

✴

에콰도르 민담

옛날, 잉카왕국에 외아들을 둔 왕이 있었어요. 왕은 하나뿐인 왕자를 아주 많이 사랑했죠. 그런데 왕자는 태어날 때부터 몸이 약했어요. 청년이 되자 깊은 병이 들어서 누웠습니다. 어떤 의사도 고칠 수 없었죠.

그곳에서는 제단에 불을 피우고 비는 풍습이 있었대요. 왕은 제단의 불 앞에서 빌고 또 빌었어요. 왕자를 살릴 방법을 찾기 위해서요. 그때 타오르는 불꽃에서 소리가 들려온 거예요.

"세상 끝에 있는 마법 호수의 물을 마시면 왕자의 병이 나을 것이다."

그러더니 불이 탁 꺼져요. 놀라서 살펴보니까 불 꺼진 자리에 황금 물병이 놓여 있었어요. 작은 병인데 아무도 그걸 들 수가 없었죠. 제사장이 말했어요.

"이건 마법의 병입니다. 마법 호수의 물이 담겨야 움직일 것입니다."

문제는 호수의 물을 길어 오는 일이에요. 세상 끝이 어디인지, 어떻게 찾아가야 하는지 알 수 없었죠. 그게 힘들고 위험한 일이라는 것만 알아요. 왕은 생각 끝에 세상에 널리 포고문을 내걸었습니다.

세상 끝의 호수에서 마법의 물을 길어 와서 황금 물병을 가득 채우는 사람에게는 세 가지 소원을 들어주겠노라.

그러자 많은 사람들이 마법 호수를 찾으러 길을 떠났어요. 하지만 성공한 사람은 없었습니다. 그때 어느 산골 구석에 늙은 부모와 함께 가난하게 지내는 삼남매가 있었어요. 둘은 아들이고 막내는 딸이에요. 두 아들이 부모에게 말했어요.

"마법 호수를 찾으러 가게 해주세요. 한 달 안에 돌아와서 옥수수와 감자를 수확하겠습니다."

부모는 자식들을 보내고 싶지 않았지만 형제는 뜻을 굽히지 않았어요. 결국 허락을 얻어낸 형제는 의기양양하게 길을 떠났습니다. 해낼 수 있을 거라고 믿었죠. 하지만 현실은 달랐어요. 황량한 곳을 한없이 가다 보니 춥고 배고파서 견딜 수 없는 거예요. 호수를 몇 개 찾았지만 건너편에 다른 땅이 보였어요. 세상 끝의 호수가 아닌 거죠.

"형! 더는 무리야. 그냥 돌아가자. 추수하기 전에 간다고 약속했잖아?"

"하지만 이대로 돌아가기에는……."

"그냥 다른 호수에 있는 물을 떠 가면 어떨까? 효과가 있으면 좋고, 없으면 할 수 없고. 어떻든 그것도 성의 아니겠어?"

그래서 형제는 근처에 있는 호수의 물을 길어서 돌아갔어요. 그러고선 왕에게 마법 호수의 물을 떠 왔다고 했죠. 왕은 기뻐하면서 물을 왕자에게 먹였습니다. 하지만 아무 변화도 없었어요. 그때 제사장이 말했어요.

"아마도 물을 황금 병에 담아서 마셔야 하는 것 같습니다."

왕이 들으니까 그럴듯해요. 왕은 형제가 길어 온 물을 황금 물병에 붓게 했습니다. 하지만 그건 불가능했어요. 마치 뚜껑이 막힌 것처럼 물이 옆으로 흐르고 한 방울도 병에 담기지 않는 거예요.

"전하! 황금 물병이 이 물은 가짜라고 말하고 있습니다."

두 형제는 이미 몸을 바들바들 떨고 있었어요. 묻고 말고 할 것도 없죠. 왕은 두 사람을 감옥에 가두라고 명령했어요.

"이놈들에게 아무것도 주지 말고 자기들이 길어 온 물만 한 모금씩 주거라."

그래서 형제는 감옥에서 물만 한 모금씩 받아먹는 신세가 됐어요. 그 소문은 나라에 널리 퍼졌죠. 사람들은 혀를 차며 형제를 욕했습니다. 형제의 부모는 절망했어요. 하늘이 무너지는 것 같았죠. 그때 막내가 나섰어요. 이름이 수막이에요.

"어머니, 아버지. 제가 마법의 물을 길어 오겠어요. 그래서 왕자님을 살리고 오빠들을 구하겠어요."

부모님은 당연히 말도 안 된다면서 말리죠. 하지만 수막의 결심은 강철 같았어요. 부모님은 결국 허락할 수밖에 없었죠. 엄마는 딸을 위해 정성껏 음식을 챙겨줬습니다. 잘 볶은 옥수수 씨눈을 가방에 가득 넣어줬어요.

그 나라에서는 야마를 말이나 나귀처럼 키웠어요. 야마는 낙타 비슷한 동물이에요. 수막은 야마를 한 마리 끌고서 길을 나섰습니다. 하지만 쉬운 일은 아니었어요. 밤이 되니까 굶주린 퓨마들이 날뛰는데 야마가 그 소리를 듣고 덜덜 떨지 뭐예요. 수막은 날이 밝자마자 야마를 집으로 돌려보냈어요. 그러고서 혼자 길을 떠났습니다.

다시 밤이 되니까 퓨마들이 울부짖고 난리를 쳤어요. 수막은 높은 나뭇가지에 올라가 잠을 청했습니다. 먹을 것은 나무 구멍 속에 숨겨놓고서요. 그렇게 밤이 지나고 해가 떠오를 무렵에 참새들이 하는 얘기가 들려왔어요.

"불쌍한 아이 같으니라고. 얘는 마법 호수로 가는 길을 찾지 못할 거야."

"우리가 도와주면 안 될까? 얘가 낮에 우리에게 옥수수 씨눈을 나눠줬잖아!"

그러자 다른 참새들이 이구동성으로 소리쳤어요.

"그래, 우리가 돕자. 비밀 깃털을 나눠주는 거야."

그때 수막이 나서서 말했어요.

"제발 도와주세요. 그리고 용서하세요. 제가 허락도 없이 나무에 들어왔어요."

참새들이 그렇게 말하는 사람은 처음 봐요. 대장 참새가 말했어요.

"당신은 착한 사람이에요. 우리에게 먹을 것도 나눠줬죠. 당신을 돕겠어요. 우리 몸엔 하늘을 편히 날도록 하는 비밀 깃털이 있어요. 그걸 하나씩 뽑아줄 테니 모아서 부채처럼 만드세요. 그게 당신을 원하는 곳으로 데려다줄 거예요. 누가 공격해 오면 부채로 얼굴을 가리세요."

대장 참새가 말을 마치고 손짓을 하니까 참새들이 각자 몸에서 깃털을 하나씩 뽑았어요. 수막은 진심으로 감사 인사를 하고서 그걸 받았습니다. 깃털들을 끈으로 잘 이으니까 멋진 부채가 됐죠.

"부채님, 저를 세상 끝에 있는 마법 호수로 데려다주세요."

그랬더니 몸이 훨훨 날아오르는 거예요. 수막의 몸은 바람을 타고서 하염없이 너울너울 흘러갔어요. 넓은 들을 지나고, 거친 숲을 지나고, 눈 쌓인 봉우리를 지났어요. 그때 수막의 눈앞에 수정처럼 맑은 호수가 펼쳐졌습니다. 호수 건너편에는 아무것도 없었어요. 푸른 하늘뿐이었죠.

"드디어 도착했구나. 여기가 세상 끝의 호수야!"

수막은 조심스레 호숫물을 한 모금 떠서 마셨는데, 온몸에 생기가 돌았습니다.

"마법의 물이 맞아! 그런데 이걸 어디에 담아 가지?"

물을 담을 그릇을 깜빡하고 안 챙겨 온 거예요. 손으로 떠서 갈 수도 없고 옷에 적셔 갈 수도 없고 참 곤란해요. 그때 수막의 발 앞에 뭔가가 톡 떨어지는 거예요. 자그마한 황금 물병이었어요. 수막이 그 물병을 기울여서 호숫물을 담으려 하는데 갑자기 뒤에서 무시무시한 고함 소리가 들려오지 뭐예요.

"당장 내 호수에서 떠나라. 안 그러면 집게발로 네 목을 싹둑 자르겠다."

보니까 엄청나게 큰 검은 게예요. 집게발이 수막의 몸통보다 커요. 수막은 얼른 깃털 부채를 꺼내서 얼굴 앞에 쫙 펼쳤죠. 그랬더니 게는 부스스 눈을 감고서 모래에 쓰러져 깊은 잠이 들었어요.

수막이 다시 물을 담으려는데 이번엔 물속에서 뭐가 불쑥 솟아나면서 소리쳤어요.

"얼른 내 호수에서 꺼져라. 안 그러면 너를 통째로 삼켜버리겠다!"

그건 아주아주 커다란 녹색 악어였어요. 수막은 다시 깃털 부채를 얼굴 앞에 쫙 펼쳤죠. 악어는 조용히 호수 바닥으로 가라앉아서 잠이 들었습니다.

그다음은 커다란 뱀이었어요. 피처럼 붉은 뱀이 공중에서 날아와서 소리쳤어요.

"즉시 내 호수에서 꺼져라. 안 그러면 너를 물어서 녹여버리겠다!"

하지만 뱀도 깃털 부채를 이길 수 없어요. 수막이 부채를 얼굴 앞에 쫙 펼치자 뱀은 땅에 내려앉아 똬리를 틀더니 코를 골기 시

작했습니다.

수막은 놀란 가슴을 진정하기 어려웠어요. 다행히 괴물이 더 나타나지는 않았죠. 수막은 황금 물병에 물을 가득 채운 뒤 부채에게 말했어요.

"부채님, 저를 우리 궁전으로 데려다주세요."

그러자 다시 너울너울 훨훨. 높은 데서 내려다보니까 세상이 한 폭의 그림 같았어요. 살아 움직이는 그림이죠. 경치를 감상하다 보니 어느새 궁전에 도착했어요.

그때 왕은 절망에 빠져 있었어요. 꼼짝도 하지 않던 황금 물병이 온데간데없이 사라졌으니 그럴 수밖에요. 왕은 아들이 죽을 징조라고 생각했죠. 그때 웬 소녀가 황금 물병을 들고서 자기를 찾아온 거예요. 병에 물을 가득 채워서요.

"아아, 마법의 물이로구나! 네가 세상 끝 마법의 호수에 다녀온 것이냐?"

수막은 말없이 고개를 끄덕이고서 왕자에게 다가가서 입에 물을 흘려 넣었어요. 그러자 죽어가던 왕자의 얼굴에 밝은 기운이 돌면서 두 눈이 떠졌죠. 눈빛이 초롱초롱해요.

"뭐지? 이런 느낌 처음이야. 날아갈 것 같아!"

그 모습을 본 왕과 왕비가 아들을 껴안고 이어서 수막을 껴안았어요. 이제 약속을 지킬 차례죠.

"얘야, 정말 고맙구나. 뭐든 소원이 있으면 말하거라. 다 들어주마."

"저에게는 세 가지 소원이 있어요. 다 들어주실 수 있나요?"

"물론이지. 다 말해보거라."

"첫 번째 소원입니다. 오빠들이 임금님을 속인 죄로 감옥에 갇혀서 굶고 있어요. 오빠들을 석방해서 부모님과 함께 옥수수와 감자를 수확하게 해주세요."

그러자 왕은 호탕하게 웃고서 곧바로 오빠들을 풀어줬어요. 먹을거리도 잔뜩 챙겨줬죠.

"두 번째 소원입니다. 부모님과 마을 사람들이 오랫동안 가난하게 살아왔어요. 농장과 가축을 나눠줘서 편안히 먹고살 수 있게 해주세요."

왕은 두 번째 소원도 들어줬어요. 가난한 사람들에게 땅과 가축을 골고루 나눠주도록 했죠. 사람들이 얼마나 좋아했을지는 말하지 않을게요.

"아직 한 가지 소원이 남았구나. 마저 말해보도록 해라."

그러자 수막은 깃털 부채를 꺼내 들고서 말했어요.

"참새들이 저를 위해 소중한 깃털을 뽑아줬어요. 이 깃털들에게 제자리를 찾아주는 것이 세 번째 소원입니다."

이건 왕이 어떻게 할 수 있는 소원이 아니잖아요? 하지만 이 소원도 곧바로 이뤄졌어요. 요술 부채가 저절로 공중에 떠서 창밖으로 날아가더니 수많은 깃털로 흩어졌죠. 언제 왔는지 수많은 참새들이 깃털을 하나씩 챙겨서 훨훨 날아올랐습니다.

"고마워, 수막! 너는 최고야."

그 모습을 보고 사람들은 박수를 치면서 환호했어요. 박수 소리는 그칠 줄 몰랐죠.

뒷이야기가 하나 있어요. 그 황금 물병의 물은 저절로 계속 채워졌대요. 하지만 누구나 마실 수는 없었죠. 자격 없는 사람에겐 꼼짝도 안 했거든요. 지금도 그곳 어딘가에 황금 물병이 남아 있다고 해요.

이야기에 대한 이야기

통이

엄지

이반

세라

로테 이모

뭉이쌤

약손할배

통이 엄지야, 멋지다. 근데 수막이 왕자하고 결혼 안 한 거야? 당연히 커플이 될 줄 알았는데.

엄지 그런 말은 없었음. 그게 이 이야기의 매력.

통이 클리셰를 깨는 반전이란 말이지? 역시 인디언 이야기!

세라 마지막에 깃털 부채를 참새들에게 돌려보내는 부분에서 반했어. 자연과 어울려 사는 사람들의 감각이겠지.

이반 맞아요. 그게 세 번째 소원일 줄은 상상도 못 했어요. 나도 통이처럼 '왕자와 결혼하게 해주세요.' 이런 걸로 예상했었다는.

로테 이모 주부로서 한마디 하자면, 수막의 어머니가 정성껏 준비해 준 음식이 한몫했다는 점을 잊지 말아주세요.

통이·이반 넵!

약손할배 뭔가 평화로운 이야기야. 호수에서 만난 괴물들을 죽이는 게 아니라 조용히 잠들게 하잖아?

뭉이쌤 맞아요. 그것도 중요한 부분이죠. 공생의 세계관을 보게 됩니다.

로테 이모 엄마의 부채질에 고이 잠드는 아기 같아서 재미있었어요

세라 정말! 수막이 어리지만 엄마 같은 면이 있어요.

뭉이쌤 대자연의 모성과 통하는 존재로 볼 수 있지요. 그렇기 때문에 자연 속을 자유롭게 움직일 수 있었고 세상 끝까지 도달할 수 있었

을 거예요.

엄지 그렇군요. 이야기를 하면서도 그 생각은 못 했었어요.

뭉이쌤 내가 엄지에 이어서 이야기를 하나 해볼게. 멋진 이야기가 하나 생각났거든.

뭉이쌤

내가 들려줄 이야기의 원제목은 '젊음의 땅'이야. 영어로는 'The Land of Youth'. 한국에 번역된 적 없는 이야기지. 오래된 설화집에서 발견했는데 아주 걸작 민담이더군. 긴 이야기인데 조금 압축해서 들려줄게. 주인공이 찾아가는 장소의 모습을 잘 상상하면서 들으면 더 재미있을 거야.

젊음의 땅을 찾아서

✴

스웨덴 민담

먼 옛날, 지구가 지금보다 젊었던 시절의 일이야. 한 곳에 큰 나라를 다스리는 왕이 있었지. 그는 용감하고 지혜로운 데다 하는 일마다 행운이 따랐어. 하지만 나이를 거스를 순 없었지. 어느새 늙어버린 왕은 살날이 얼마 안 남았다는 사실에 절망했어.

왕은 나라의 현자들에게 죽음을 피할 수 있는 방법을 물었어. 하지만 원하는 답을 해주는 사람은 없었지. 그런데 어느 날, 늙은 여자 예언가 한 명이 왕을 찾아온 거야. 대륙과 바다 너머까지 아주 많은 곳을 여행한 특별한 현자였지.

"왕께서 죽음 때문에 괴로워한다는 소식을 들었습니다. 젊음을 되찾을 방법을 알려드리죠."

왕이 간절히 원했던 말이야. 왕은 귀가 번쩍 뜨였지.

"멀리, 아주 멀리 수만 리 떨어진 곳에 '젊음의 땅'이라고 불리는 곳이 있습니다. 그곳에는 신기한 물이 솟아나고 신비한 사과가 열려요. 그 물을 마시고 사과를 먹으면 아무리 늙은 사람도 다시 젊어질 수 있답니다. 하지만 아직까지 그걸 얻은 사람은 못 봤어요. 그곳은 아주 멀고 위험이 가득하거든요."

그 말을 들은 왕은 너무 기뻐서 예언가에게 두둑이 답례를 했어.

왕은 이리저리 생각한 끝에 그 일을 아들에게 맡기기로 마음먹었어. 큰아들에게 필요한 물품과 돈을 충분히 주고서 젊음의 땅을 찾아가게 했지. 하지만 큰아들은 나라를 벗어난 뒤 마음에 꼭 드는 도시를 발견했어. 먹을거리와 놀거리가 가득한 환상적인 곳이었지. 그는 거기서 돈을 다 써버렸단다.

왕이 노심초사 아들을 기다리는데 애가 돌아올 리 없지. 왕은 기다리다 못해 둘째 아들을 불러서 일을 맡겼어. 애도 물품과 돈을 잔뜩 챙겨서 떠났지. 그런데 둘째도 그 도시에 주저앉았지 뭐냐. 돈을 물 쓰듯 하면서 말이지.

둘째 아들도 영 안 오니까 왕은 병이 날 지경이야. 그때 막내 왕자가 자기에게 맡겨달라는 거야. 젊음의 땅을 꼭 찾아내겠다면서 말이지. 왕에게는 그게 하나 남은 아들이거든. 집에 아들 하나는 있어야 하잖아? 하지만 왕은 막내아들의 고집을 꺾을 수 없었어. 막내 왕자는 결국 길을 떠났고 아버지는 혼자 남겨졌지. 젊음을 되찾기는커녕 되레 더 늙게 생겼어.

길을 떠난 막내는 한참 만에 환락의 도시에 다다랐어. 형들도 만났지. 형들이 막내한테 자기들이랑 함께 있자고 해. 하지만 막내는 유혹을 뿌리치고 길을 떠났단다. 낯설고 험한 큰 나라들을 지나고 또 지나면서 계속 앞으로 나아갔지. 길에서 만난 수많은 사람에게 젊음의 땅에 대해 물었지만 아는 사람은 아무도 없었어. 이게 참 막막한 일이지. 어느 쪽으로 가야 할지도 모르니 말야.

하지만 막내 왕자는 가고 또 갔어. 그러다가 큰 숲에서 길을 잃었지 뭐냐. 사실 길이 없었다는 게 맞아. 아무도 거기까지 간 사람이 없으니 말이지. 얘가 이리저리 헤매다가 밤이 돼서 쉴 곳을 찾는데 멀리서 작은 불빛이 깜빡이는 거야. 다가가 보니까 작은 오두막인데, 안에 폭삭 늙은 할머니가 앉아 있어. 왕자가 하룻밤 묵어가도 되냐니까 그러래. 그러면서 이것저것 물어보는 거야. 어디 사는 누군지 뭐 그런 거. 왕자는 하나하나 대답하고서 젊음의 땅을 찾아가는 중이라고 했어.

"혹시 그곳이 어디인지 아시나요? 젊음의 땅이요."

"내가 여기서 겨울을 삼백 번 났지만 그런 곳은 못 들었어. 하지만 나를 따르는 동물들이 알지도 몰라. 내일 아침에 물어보지 뭐."

그 말에 왕자는 마음이 활짝 열렸어. 감사 인사를 드리고 들뜬 마음으로 밤을 보냈지. 해 뜰 무렵이 되니까 할머니가 밖으로 나가서 뿔피리를 부는 거야. 그랬더니 아주 난리법석이 나지 뭐냐. 온갖 종류의 동물들이 다 모여드는 거야. 얘들이 다 모여서 인사를 올리는데, 이 할머니가 여왕 격이야.

"너희들 중에 젊음의 땅으로 가는 길 아는 애 있니?"

그러자 동물들이 한참 웅성대는데 막상 안다는 애가 없어. 할머니가 왕자를 돌아보면서,

"내가 더 해줄 게 없네. 근데 나에겐 세상의 모든 새를 거느린

언니가 있거든. 찾아가서 내 얘길 하면 도와줄 거야."

할머니는 늑대에게 왕자를 태워서 언니에게 데려가라고 시켰어. 왕자가 늑대 등에 올라탔는데 얘가 초고속이야. 들판과 숲과 언덕과 골짜기와 기타 등등, 거침없이 쫙쫙 달려가지 뭐냐. 근데 참 멀기도 멀어. 해가 지고 나서야 목적지에 도착했지. 나무 사이로 작은 불빛이 깜빡이고 있었어.

"저기가 우리 여왕님의 언니가 사는 곳이에요. 그럼 안녕!"

늑대가 이렇게 말하고서 훌쩍 떠나가는 거야. 왕자가 불빛을 찾아서 가보니까 땅속으로 이어진 동굴이야. 아주아주 늙은 할머니가 나오더니 어디서 온 누구냐고 물어. 왕자는 착실히 대답하고서 동생의 안부 인사도 전했지. 그러고서 공손히 물었어.

"젊음의 땅이 어디 있는지 아시나요?"

"젊음의 땅? 내가 여기서 겨울을 육백 번 났지만 그런 곳은 못 들었어. 하지만 나를 따르는 새들이 알지도 몰라. 내일 아침에 물어보지 뭐."

왕자는 감사 인사를 드리고서 거기서 밤을 보냈지. 다음 날 새벽이 되자 할머니는 밖으로 나가서 뿔피리를 불었어. 그랬더니 새라는 새는 다 몰려드는 거야. 날개를 펄럭이면서 말이지. 얘들이 다 모여서 인사를 올리니까 할머니가 쫙 둘러보면서,

"얘들아, 너희 중에 젊음의 땅으로 가는 길 아는 애 있니?"

그러자 새들이 한참 웅성대는데 막상 안다고 나서는 애가 없어. 할머니가 왕자를 돌아보면서,

"내가 더 해줄 게 없네. 나에게 바다의 모든 물고기를 거느린 언니가 있거든. 찾아가서 내 얘길 하면 도와줄 거야. 그 언니가 모르면 아무도 모른다고 보면 돼."

그러더니 할머니는 독수리에게 왕자를 태우고 언니에게 데려가라고 시켰어. 왕자가 독수리 날개에 올라탔더니 늑대보다 더 빨라. 둘은 푸른 숲과 물결치는 바다를 폭풍처럼 지나쳐 갔지. 밤이 깊었을 때 그들은 나무 사이로 작은 불빛이 깜빡이는 곳에 도착했어.

"저기가 우리 여왕님의 언니가 사는 곳이에요. 그럼 안녕!"

왕자가 독수리를 보내고서 불빛을 찾아서 다가갔더니 작은 오두막이야. 아주아주 늙은 할머니가 나오더니 왕자에게 어디서 온 누구냐고 물어. 왕자는 이번에도 착실히 대답하고 동생의 안부 인사도 전했어. 그러고는 물었지.

"젊음의 땅을 찾고 있어요. 어디 있는지 아시나요?"

"젊음의 땅? 내가 여기서 겨울을 구백 번 났지만 그런 곳은 못 들었어. 하지만 나를 따르는 물고기들이 알지도 몰라. 내일 아침에 물어보지 뭐."

왕자는 감사 인사를 드리고서 거기서 밤을 보냈어. 다음 날 새벽에 할머니가 뿔피리를 부니까 크고 작은 물고기들이 산더미처럼 몰려오는 거야. 애들이 다 모여서 인사를 올리니까 할머니가 척 내려다보면서,

"얘들아, 젊음의 땅으로 가는 길 아는 애 있니?"

그러자 물고기들이 한참 웅성대는데 막상 안다고 나서는 애가

없어. 왕자는 힘이 쭉 빠지지. 그때 할머니가 물고기들을 보면서 뭐라느냐면,

"근데 너희들 다 모인 거 맞아? 늙은 고래가 없는 거 같은데?"

그때 바다에 엄청난 소음이 일어나더니 늙은 고래가 파도를 가르며 무서운 속도로 헤엄쳐 왔어. 얘가 도착하니까 할머니가,

"너는 왜 다른 애들이랑 같이 안 왔니?"

"죄송해요. 워낙 먼 데서 오느라고 늦었어요."

"어딜 갔었는데?"

"수만 리 떨어진 곳들을 여행했죠. 여기 오기 전에는 젊음의 땅에 있었어요."

그러자 할머니가 기뻐하면서 말했어.

"지각한 벌칙으로 그곳을 한 번 더 가야겠다. 이 젊은이를 거기로 안전하게 데려다줘."

할머니는 왕자를 축복해 주고서 고래 등에 올라앉게 했어. 둘은 질풍처럼 바다를 가르면서 앞으로 나아갔지. 이 고래 속도가 독수리보다도 빨라. 그들은 하루 종일 여행한 끝에 늦은 밤에 젊음의 땅에 도착했단다. 왕자가 마침내 그곳에 다다른 거야. 그때 고래가 말했어.

"네 일이 성공하려면 내 충고를 잘 들어야 해. 자정이 되면 마법의 성 안에 있는 모든 것들이 잠들지. 그때 성으로 들어가면 돼. 사과는 딱 하나만 따고, 마법의 물은 한 병만 담도록 해. 그리고 곧바로 돌아오는 거야. 만약 지체하면 너뿐만 아니라 내 목숨도

위험해져."

왕자는 고래의 충고에 감사해하면서 그 말대로 하겠다고 약속했어. 그러고는 자정이 되자 마법의 성으로 들어갔지. 고래 말대로 모든 게 잠들어 있었어. 보기만 해도 무서운 사자와 늑대와 곰이 잠들어 있고, 드래곤들도 코를 골고 있었지. 왕자가 안으로 들어가서 보니까 그렇게 화려한 성은 처음이야. 안쪽으로 갈수록 더 대단해.

왕자는 커다란 홀에 이르렀어. 호화롭기가 이루 말할 수 없었지. 홀의 한가운데에 사과나무가 서 있고, 그 옆에 금처럼 반짝이는 샘물이 흐르고 있었어. 그토록 찾아 헤맨 게 눈앞에 나타난 감동의 순간이지.

지체하면 안 되잖아? 왕자는 얼른 병에 생명의 물을 채운 뒤 사과나무로 다가갔어. 왕자는 홀린 듯이 사과를 몇 개 따서 가방에 넣었단다. 그러고서 돌아 나오려는데, 성을 좀 더 둘러보고 싶은 마음을 참을 수가 없는 거야. 안쪽에 아직 못 본 방이 있었거든.

결국 왕자는 그곳에 다다르고 말았어. 어디냐고? 공주가 잠든 곳! 그 방은 다른 어느 곳보다 화려했지. 하지만 최고의 보물은 잠들어 있는 공주였어. 이렇게 아름다운 사람이 있을 줄이야! 전 세계에서, 아니 온 우주에서 가장 아름다운 여자가 눈앞에 누워 있었지.

공주를 보는 순간, 왕자는 하늘이고 땅이고 다 잊어버렸어. 늙은 아버지도, 고래의 충고도 온데간데없었지. 세상에 오직 자기와 그녀뿐! 왕자는 몸을 숙여서 공주에게 키스를 했단다. 그러고서

잉글랜드 왕자
베니우스가
이곳을 다녀가노라.

돌아 나오려는데 갑자기 한 가지 생각이 스치는 거야. 그녀에게 입을 맞춘 사람이 누군지 알려야 한다는 생각이었지. 왕자는 펜을 들고는 온 정성을 다해서 멋진 글씨로 벽에 글을 남겼어.

잉글랜드 왕자 베니우스가 이곳을 다녀가노라.

그러고 나서 왕자는 서둘러 성을 빠져나왔어. 아주 아슬아슬했지. 모든 것들이 깨어나기 직전에 문을 빠져나온 거야. 그가 빠져나온 순간 맹수들이 깨어나서 으르렁대고 온 성이 시끌벅적 살아났지. 왕자는 재빨리 달려서 고래 등에 올라타는 데 성공했어. 고래는 파도를 가르면서 쏜살같이 달렸지.

그런데 바다 한가운데서 고래가 갑자기 물속으로 쑥 가라앉는 거야. 왕자를 태운 채로 말이지. 고래는 한참 만에 겨우 물 밖으로 나왔어. 왕자는 너무나 놀랐어. 죽는 줄 알았지.

"무서웠니?"

"그래요. 이렇게 놀랍고 무서운 건 처음이에요."

"나는 얼마나 놀랐겠니? 사과를 그렇게 많이 가져왔을 줄이야. 내가 죽다 살아난 것만 알아줘."

그게 사과 때문이었다니 놀라운 일이지. 근데 그게 끝이 아니야. 고래가 물살을 헤치며 나아가다 다시 물속으로 쑥 들어가지 뭐냐. 이번에는 전보다 더 깊고 더 길었어. 고래가 물 밖으로 몸을 내밀었을 때 왕자는 반죽음 상태였지.

"무서웠니?"

"네. 살면서 이렇게 놀라고 무서운 건 처음이었어요."

"나는 얼마나 놀랐겠니? 마법의 성에 있는 공주에게 키스를 했을 줄이야!"

그 말을 들으니까 왕자가 뜨끔하지. 자기가 어떤 엄청난 짓을 했는지 깨달은 거야.

하지만 그것도 끝이 아니었어. 고래가 앞으로 나아가다가 다시 물속으로 들어갔는데 이번엔 끝이 나질 않았어. 왕자는 이걸로 모든 게 끝이구나 싶었지. 모든 걸 포기하고 죽었다고 생각하고 있을 때 환청처럼 말이 들려왔어.

"무서웠니?"

왕자가 겨우 정신을 차려보니까 물 밖이야. 정말로 죽다 살아난 거지.

"정말 무서웠어요. 죽음이란 이런 거군요. 이번에는 무슨 잘못 때문이죠?"

"상상도 못 했어. 그 방에다 자기 이름을 써놓다니!"

왕자가 꿀 먹은 벙어리지 뭐. 하지만 그 일이 후회가 되진 않는 거야. 얘도 보통은 넘지.

그들은 여행을 계속한 끝에 드디어 맞은편 땅에 다다랐어. 왕자는 고래와 작별하고서 구백 번의 겨울을 보낸 할머니에게 가서 인사를 드렸지.

"왔구나! 성공한 거야?"

왕자가 고개를 끄덕이니까 할머니가 아주 기뻐해. 왕자는 감사의 뜻으로 가방에서 사과를 하나 꺼내서 내밀었어. 그리고 생명의 물을 마시도록 권했지. 얘가 그러려고 사과를 따 왔던 거야.

할머니가 사과를 먹고 물을 마시는 순간, 그야말로 대변신이 펼쳐졌단다. 할머니 얼굴에 있던 주름이 싹 사라지고, 입안에 하얀 치아가 가지런히 돋아나고, 처졌던 가슴이 봉긋 솟아나고…… 머리에서 발끝까지 모든 것이 변했어. 할머니는 활짝 피어난 꽃 같은 젊은 아가씨가 됐단다. 물고기들의 여왕은 왕자의 손을 꼭 잡았어.

"고맙구나! 행운을 빌게."

둘이 작별하는데 누가 봐도 청춘 남녀의 이별이야. 그때 여왕이 말했어.

"나도 선물을 주마. 이 고삐를 받아. 이걸 흔들면 말이 나타날 거야. 바람처럼 빠른 말이지. 원하는 곳 어디로든 데려다줄 거란다."

왕자가 고삐를 받아서 흔드니까 바람처럼 빠른 말이 나타나서 히이힝! 말은 왕자를 태우고 바람처럼 달려서 육백 번의 겨울을 보낸 할머니 앞에 딱 멈춰 섰어. 어떤 일이 벌어졌을지 말 안 해도 알겠지? 왕자는 그 할머니에게도 사과와 물을 줬고, 새들의 여왕은 언니보다 조금 더 젊고 아름다운 여자로 변신했단다. 그 여왕님도 선물을 빠뜨리지 않았지.

"이 보자기를 받아. 어디서든 이걸 펼치면 멋진 식사가 차려질 거야."

그러니까 그게 마법의 식탁보야. 왕자는 선물을 챙긴 뒤 말을 타고서 바람처럼 달려서 짐승들의 여왕이 있는 곳으로 향했어. 거기서 다시 같은 일이 벌어졌지. 겨울을 삼백 번 지낸 할머니는 마법의 사과와 물을 먹고서 언니들보다 더 젊고 아름다운 여자로 변신했단다. 세상에 그보다 아름다운 여자는 단 한 명뿐이야. 마법의 성에 있는 공주! 그때 짐승들의 여왕은 왕자에게 무슨 선물을 줬을까?

"이 칼을 받아. 이걸 겨누면 누구라도 무릎을 꿇게 되지. 아무리 사나운 짐승들이라도."

왕자는 선물을 감사히 받은 뒤 짐승들의 여왕과 작별하고 길을 떠났어. 그러고선 어디로 갔을까? 본국으로 가기 전에 갈 곳이 있었지. 형들이 있는 환락의 도시야.

동생을 다시 만난 형들은 아주 반가워했어. 그런데 사람 마음이 참 이상하지? 동생이 성공했다고 하니까 형들에게 시기심이 피어난 거야. 그들은 동생이 잠든 사이에 마법의 물과 사과를 똑같이 생긴 가짜로 바꿔치기해 버렸어.

막내 왕자는 아무것도 모른 채 말을 타고서 바람처럼 본국으로 달려갔어. 아버지에게 가서 자랑스러운 표정으로 자기가 해낸 일을 말했지. 왕이 얼마나 기뻐했을지는 두말하면 잔소리야. 왕은 아들이 가져온 사과를 먹고 물을 들이켰지. 하지만 아무 일도 일어나지 않았어. 늙은 모습 그대로였지. 왕은 아들이 자기를 조롱

했다고 믿고서 불같이 분노했어. 형들에게 배반당한 사실을 깨달은 왕자는 절망했지.

얼마 뒤 두 형이 왕국에 도착했어. 그들은 아버지에게 젊음의 땅을 다녀오느라 겪은 위험을 그럴싸하게 얘기했단다. 동생한테 들은 내용에 살을 붙여서 말이지. 그러고는 사과와 물을 왕에게 드렸어. 짜자잔! 왕은 멋진 청년으로 대변신을 했지. 한창 젊었을 때 모습 그대로야.

왕은 뛸 듯이 기뻐했어. 두 아들을 칭찬하며 큰 상을 내렸지. 그리고 자기를 속인 막내 왕자를 사자의 소굴에 처넣으라고 했어. 명령은 곧바로 이행됐지. 그 뒤로 막내 왕자는 까맣게 잊힌 존재가 됐단다. 거기서 살아남았을 리가 없으니까 말야.

하지만 막내 왕자에게는 여왕님들한테서 받은 선물이 있었어. 사자가 무섭게 달려들었지만 짐승의 여왕에게 받은 칼을 겨누자 곧바로 꼬리를 내리며 무릎을 꿇었지. 먹는 것도 문제없었어. 새들의 여왕이 준 식탁보가 있었으니까. 막내 왕자는 사자의 소굴에서 그렇게 버티면서 살아남았단다. 무려 7년 동안을 말이지.

막내 왕자가 이런 일을 겪는 동안 멀리 젊음의 땅에서도 대혼란이 벌어지고 있었어. 왕자가 한 일 때문이었지. 마법의 물은 더 이상 흐르지 않았고 사과들은 떨어져 사라졌어. 아름다운 공주는 명예를 잃었지. 그 공주가 글쎄 임신해서 아들을 낳았지 뭐냐. 아들의 왼손에는 사과 모양의 큰 혹이 있었대. 그건 아무리 해도 사라지지 않았지. 왕국의 현명한 여인들이 말했어.

"왕자님은 아버지를 만나야만 정상으로 돌아오실 것입니다."

공주는 고개를 끄덕였어. 하지만 어린아이를 데리고 그곳을 떠날 순 없었지. 세월이 흘렀고 아이는 쑥쑥 자라났어. 아이는 아주 총명하고 기억력이 비상했지. 일곱 살이 되니까 아버지가 벽에 남긴 글을 또박또박 읽을 수 있었어.

잉글랜드 왕자 베니우스가 이곳을 다녀가노라.

공주는 베니우스를 찾아서 떠날 때가 됐음을 깨달았지. 엄청난 위세를 갖춘 함선들이 잉글랜드를 향해 출항했어. 듣도 보도 못한 대함대야. 대장함에는 공주와 어린 아들이 최정예 장병들을 거느리고 올라탔지. 함대는 썰매가 미끄러지듯이 거침없이 질주했어.

잉글랜드 해변에 함대가 다다르자 사람들은 공포에 휩싸였어. 딱 봐도 무적함대야. 공주는 잉글랜드 왕에게 메시지를 보냈어.

베니우스 왕자를 내놓으시오.

메시지를 받은 왕은 완전 당황했지. 그게 막내 왕자 이름인데 사자 우리에 처넣은 지 오래잖아? 살아 있을 리가 없지 뭐. 왕은 메신저를 보내서 베니우스가 내일 갈 거라고 전했어. 일단 상황을 모면하고 보자는 거지.

다음 날이 되자 공주는 화려하게 차려입고서 땅으로 내려섰어.

베니우스 왕자를 맞으려고 한 거지. 그때 공주를 향해 다가간 것은 왕의 큰아들이었단다. 얘가 한껏 차려입었는데 공주의 모습을 보니까 기가 탁 꺾이지 뭐냐. 그때 공주의 어린 아들이 외쳤어.

"이 사람은 내 아버지가 아니에요!"

공주는 분노했어. 진짜 베니우스가 올 때까지 군대를 물리지 않겠다고 선언했지. 말하자면 그 나라를 박살 내겠다는 말이야. 다음 날, 왕이 둘째 아들을 보냈지만 통할 리 없지. 공주의 아들이 다시 외쳤어.

"이 사람이 내 아버지일 리가 없어요!"

그래서 둘째 왕자도 형처럼 망신만 당하고 물러났어. 속임을 당한 공주는 격노했지. 전사들을 가득 상륙시킨 뒤 왕에게 최후통첩을 보냈어.

"베니우스를 보내시오. 그렇지 않으면 온 나라에 돌멩이 하나도 안 남을 것입니다."

그건 괜한 엄포가 아니었어. 직면한 현실이었지. 완전 초비상 상황이야. 왕은 사람들을 사자 소굴로 보내서 막내아들의 뼈라도 수습해 오게 했어. 근데 이게 웬일이야. 사람들이 가보니까 왕자가 멀쩡하게 살아서 짐승들과 놀고 있는 거야. 사람들은 반색하면서 왕자에게 어서 밖으로 나오라고 했지. 하지만 왕자가 딱 잘라서 거절해.

"아버지가 직접 와서 무릎을 꿇고 잘못을 바로잡겠다고 맹세하기 전에는 한 발짝도 안 움직입니다."

그러니까 사람들이 어쩌지 못하지. 사자 소굴로 들어가서 끌어낼 순 없잖아?

해가 뜨고 새날이 밝았어. 공주는 금으로 된 카펫을 펼쳐놓고서 베니우스 왕자를 기다리는 참이야. 어린 아들은 공주 옆에 서 있고 무적의 전사들이 쫙 둘러싸고 도열했지. 그때 멀리 눈부시게 차려입은 젊은이가 턱 나타난 거야. 허리에는 칼을 차고 손에는 고삐를 들었지. 고삐를 한 번 흔들더니 명마에 올라타고 바람처럼 휘리릭 척! 어느새 그는 황금 카펫을 지나 공주 앞에 와서 한쪽 무릎을 꿇으며 오른손을 가슴에 척 얹었지. 그때 어린 왕자가 소리쳤어.

"우리 아버지예요!"

그 순간, 어린 왕자의 손에 있던 사과가 감쪽같이 사라졌단다.

공주는 자리에서 일어나 베니우스를 향해 다가갔어. 넘치는 기쁨과 사랑으로 그를 받아들였지. 양편에 모여선 군중들의 쏟아지는 박수와 환호! 이때 공주가 베니우스에게 꿀밤을 한 방 제대로 먹였다면 좀 이상할까? '너, 그때 왜 그런 거야?' 하면서 말이지. 하하.

흔적도 없이 궤멸할 뻔했던 나라는 완전히 되살아났어. 공포 대신 기쁨과 영광이 넘쳐났지. 왕은 즉시 최고의 결혼식을 준비하도록 명령했단다. 전 세계에 소문날 정도로 멋지게 말이지. 성대한 결혼식이 끝나자 왕은 베니우스에게 나라를 맡아달라고 했어.

"아닙니다. 저는 이 사람과 함께 떠날 겁니다. 젊음의 땅으로요."

베니우스는 곧바로 사랑하는 사람과 함께 대함대에 올라 길을 떠났어. 자기에게 어울리는 그곳, 북쪽 바다 너머 젊음의 땅을 향해서. 그들은 지금까지도 거기서 잘 살고 있단다.

아, 잉글랜드의 두 왕자는 어찌 됐을까? 사자 소굴에 던져졌지 뭐. 그들이 돌아왔는지는 아무도 모른대. 모르지 뭐. 거기서 각성했을지도. 끝!

이야기에 대한 이야기

통이

엄지

이반

세라

로테 이모

뭉이쌤

약손할배

통이 쌤, 최고예요! 세상에 이런 이야기가 있다니. 가슴이 웅장해지네요.

엄지 저도요.

뭉이쌤 하하. 이야기를 들려준 나의 가슴도!

로테 이모 정말 매력적인 이야기예요. 왕자가 잠든 공주에게 몰래 키스하는 장면은 좀 그렇지만…….

엄지 근데 공주가 어떻게 아들을 낳은 걸까요? 키스만 했다고 돼 있는데…….

뭉이쌤 그건 비밀! 옛날이야기잖아? 그러려니 하렴.

엄지 네!

세라 배경이 되는 나라가 잉글랜드라는 게 신기했어요. 스웨덴 민담인데 왜 잉글랜드일까요?

이반 그러게요. 잉글랜드는 크고 강한 나라였다고 알고 있는데 공주의 함대에 꼼짝 못 하는 게 이상했어요.

뭉이쌤 조금만 더 생각해 봐. 그 젊음의 땅이 바다 건너 멀리 있잖아? 할머니들이 겨울을 수백 번 났다고 한 것도 힌트가 될 수 있지.

세라 어머! 그 젊음의 땅이 북유럽 나라일 수 있군요. 스웨덴 사람들이 자기네 땅을 그렇게 말한 걸까요?

뭉이쌤 단정할 수는 없지만 그럴 가능성이 있어요.

이반 ‘잉글랜드 너희는 우리한테 한주먹 거리밖에 안 돼. 제대로 안 하면 국물도 없어.’ 이런 식이군요.

퉁이 갑자기 공주의 대함대가 바이킹 함대와 겹쳐지네요.

엄지 저는 이야기에서 막내 왕자가 사과를 여러 개 딸 때 짜증 났었거든요. 근데 그걸 할머니들에게 줘서 반전이었어요. 사랑받을 만한 남자 같아요.

세라 아버지가 직접 와서 무릎 꿇고 사과해야 한다고 말하는 것도 멋졌어.

퉁이 끝부분에서 곧바로 젊음의 땅을 향해서 떠나는 것도!

뭉이쌤 한번 최고를 맛본 사람은 평범한 것에 머무르지 않는 법이지.

약손할배 그나저나 그런 사과나 물이 어디 없나 몰라. 꼭 필요한 사람이 여기 있는데. 허허.

엄지 할아버지, 지금도 충분히 멋지세요! 마음은 청춘이시잖아요.

약손할배 그건 그렇지. 허허.

뭉이쌤 근데 다들 그거 아는가 몰라요. 지금 우리가 생명의 물을 마시고 있는 중이라는 거.

퉁이 오오, 옛날이야기?

로테 이모 그러네요. 이야기를 듣는 동안 아주 젊어졌거든요.

약손할배 그렇군. 그렇담 이제 내가 생명의 물을 한 병 길어보지요.

일동 좋아요!

퉁이 잠깐만요! 제가 얼른 연이 불러올게요. 이제 시간 될 거예요.

약손할배

이 할배가 들려줄 이야기는 우리나라에서 입에서 입으로 전해온 신화예요. 신화 제목은 '이공본풀이'인데, 들어봤으려나? 아마 '할락궁이'라는 이름은 들어봤을 거예요. 요즘에 꽤 유명해졌더군. 원래 이름은 더 길어요. 신산만산할락궁이! 얘가 태어나기 전부터 고생깨나 해요. 하지만 결국 뭐가 된다? 그건 이야기를 들어보면 알게 돼요.

신비의 땅 서천꽃밭 할락궁이

*

한국 신화

먼 옛날, 서로 친하게 지내는 두 사람이 있었어요. 그 이름이 짐진국과 원진국이야. 좀 특이하죠? 두 사람은 한날한시에 태어난 동갑내기인데 처지는 달랐어요. 원진국은 아주 잘살았는데 짐진국은 몹시 가난했답니다. 공통점도 있었어요. 둘 다 나이 마흔이 되도록 자식이 없었지요. 결혼한 지 20년이 넘었는데 말이에요. 어느 날, 원진국이 친구에게 말했어요.

"여보게, 우리 한번 명산대찰을 찾아가서 함께 빌어보지 않겠나? 그렇게 자식을 얻은 사람들이 있다더군."

"그러세. 사실 나도 비슷한 생각을 하고 있었어."

그래서 두 사람은 아내를 데리고 이름난 산에 찾아가서 천지신명께 빌기 시작했어요. 자식을 점지해 달라고 말이지. 부자인 원진국은 제물을 많이 준비하고 가난한 짐진국은 조금 준비했답니다. 그렇게 빌고 나서 진짜로 두 집에서 한날한시에 자식을 낳았는데, 짐진국 자식은 아들이고 원진국 자식은 딸이었어요. 짐진국의 아들 이름은 사라도령, 원진국의 딸 이름은 원강아미가 됐지요.

두 아이가 자라나서 열다섯 살이 되니까 양가에서는 둘을 부부로 맺어줬어요. 옛날에는 열다섯이 결혼 적령기였거든. 몇 년이 지난 뒤 원강아미가 임신을 했어요. 두 사람은 부모가 될 생각에 아주아주 행복했지요.

그런데 원강아미 배가 잔뜩 불렀을 때 난데없이 하늘에서 전갈이 온 거예요. 두 사람 꿈에 무섭게 생긴 신령이 나타나서 말했어요.

"천신께서 사라도령을 서천꽃밭 꽃감관으로 낙점하셨다. 곧바로 떠날 수 있도록 준비하거라."

잠에서 깬 부부는 서로 꿈 얘기를 하면서 놀랐어요. 그리고 곧 깊은 근심에 빠져들었지요. 서천꽃밭은 이 세상에 속하지 않은 머나먼 곳이거든요. 그건 사라도령이 이 세상을 떠나야 한다는 말과 같아요. 아내와 뱃속의 아이를 두고 말이지. 그러니 심란할 수밖에요. 원강아미가 더 그랬어요.

"안 돼요! 나를 두고 당신만 갈 수는 없어요. 나도 따라가겠어요!"

원강아미 결심이 쇳덩이 같아요. 신령도 떼놓을 수가 없었지. 사라도령을 데리러 온 저승사자들은 결국 원강아미를 함께 데려갈 수밖에 없었답니다. 그러다 보니 훌쩍 떠날 수 있는 길이 한없이 더뎌졌어요. 가면 안 될 사람이 함께 움직이니까 그럴 수밖에.

원강아미가 아기 때문에 배가 부르잖아요? 걷기가 너무 힘들어요. 한참을 가다 보니 황량한 들판인데, 발병이 나서 움직일 수 없었답니다. 해가 져서 날은 추워지는데 쉴 곳을 못 찾은 두 사람은 억새밭에 들어가 뜬눈으로 밤을 새웠어요. 그때 어디선가 '꼬끼오' 닭 우는 소리가 들려온 거야.

"근처에 인가가 있나 봅니다. 누구 집인지 한번 알아보고 오세요."

그러자 사라도령이 살펴보고 와서 말했어요.

"이곳 제일 부자인 천년장자 집에서 나는 소리였어요."

그때 원강아미가 닭똥 같은 눈물을 주룩주룩 흘리더니 뜻밖의 말을 하는 거예요.

"서방님, 나를 그 집에 종으로 팔고 가세요. 발병이 나서 더는 갈 수 없습니다. 이러다간 아이까지 죽을 거예요."

남편은 안 된다고 하고 아내는 꼭 그래야 한다고 하고, 두 사람은 한참 동안 실랑이를 했어요. 남편은 아내를 이길 수 없었죠. 결국 사라도령은 아내를 데리고 천년장자 집에 가서 종을 팔러 왔다고 말했답니다. 천년장자가 딸들을 시켜서 살펴보게 했더니, 큰딸이 보고서는 집안 망할 종이라며 사지 말라고 해요. 둘째 딸도 마찬가지였죠. 하지만 막내딸은 달랐어요.

"앞이마에 달님, 뒷이마에 해님이 서리고, 두 어깨에 오송송 별이 박힌 여인입니다. 어서 사세요."

그 말에 천년장자는 돈을 조금 주고서 원강아미를 샀어요. 부부는 눈물로 작별하게 됐지요. 그게 생이별이고 영이별인 거라. 원강아미가 사라도령을 바라보면서,

"서방님, 뱃속에 있는 아이 이름이나 지어주고 가세요."

"아들을 낳으면 '신산만산할락궁이'라 하고 딸을 낳거든 '할락데기'라고 하세요."

그러고 나서 사라도령은 먼 길을 떠나갔지요.

원강아미가 종살이를 하면서 아이를 낳고 보니까 아들이었답니다. 그래서 아이 이름은 '신산만산할락궁이'가 됐어요. 이제부터 그냥 할락궁이라고 할게요.

거기가 고향도 아닌 낯선 땅이잖아? 일가친척 하나 없는 데서 종살이를 하려니 고통을 이루 헤아릴 수 없어요. 험한 노동보다 더 힘든 건 심리적 괴롭힘이었지요. 천년장자가 밤에 자꾸 찾아와서 수작을 거는 거예요. 멀리 떠난 남편은 잊고서 자기랑 살자는 거지. 원강아미가 워낙 아름다웠거든.

원강아미는 천년장자의 유혹을 거절했어요. 떠나간 남편이 있고 어린 자식이 있는데 그럴 순 없었답니다. 게다가 천년장자가 늙고 음흉한 사람이라서 누가 봐도 어울리는 짝이 아니었지요.

그런데 이 양반이 아주 끈질겨요. 욕심을 내려놓지 않고 계속 압박하는 거예요. 원강아미가 자꾸 거절하니까 보복이 들어와요. 원강아미에게 도저히 감당 못 할 많은 일을 시키고, 어린 할락궁이에게도 온갖 험한 일을 시키는 거예요.

할락궁이가 어리지만 알 건 다 알아요. 마음속에 분노가 들끓지. 하지만 어린 종이 감히 주인에게 대들 수는 없어요. 그랬다가는 매타작을 당해서 피투성이가 되거든. 할락궁이는 이를 악물고서 천년장자가 시킨 일을 다 해냈어요. 그러니까 천년장자는 애가 더 미운 거예요. 한마디로 눈엣가시지.

천년장자는 딸들에게 종을 죽여야 할지 살려야 할지 물었어요. 위의 두 딸은 말 안 듣는 종을 죽여야 한대요. 천년장자가 원한 대답이지요. 그런데 셋째 딸은 달랐어요.

"그 종을 죽일 이유가 없습니다. 그냥 일을 더 시키세요. 새끼를 낮에도 쉰 동, 밤에도 쉰 동 짜게 하면 어떻습니까?"

천년장자는 그 말대로 할락궁이에게 일을 시켰어요. 사실 한나절에 새끼 한 동 짜는 것도 쉽지 않아요. 하지만 얘는 그걸 다 해냈어요. 새끼 한 동을 짜면 쉰 동이 저절로 짜졌지요. 천년장자는 다시 할락궁이에게 하루에 나무 쉰 바리를 해 오게 했어요. 아이는 그 일도 해냈답니다. 얘가 나무 한 바리를 하면 저절로 쉰 바리가 착착 쌓이는 거예요.

그렇게 날이 가고 달이 가서 할락궁이가 열 살이 넘었어요. 요즘으로 치면 사춘기지. 어느 날, 비가 촉촉 내리는데 할락궁이가 일을 하다 말고 엄마에게 물었어요.

"어머니! 아버지는 어디 계시죠? 아버지를 찾고 싶습니다."

얘가 평생 가슴에 품고 있던 말이지. 원강아미는 아들과 헤어질 때가 됐다는 걸 느꼈어요. 하지만 아들을 갑자기 떠나보내고 싶지가 않았지요. 아들이 떠나면 곁에 아무도 없잖아요.

"천년장자 주인님이 아버지 아니더냐. 그분을 잘 모시는 게 너의 도리야."

그러자 할락궁이가 말했어요.

"어머니, 먹고 싶은 게 있습니다. 콩 한 되만 볶아주세요."

원강아미가 콩 한 되를 가져다가 솥에 넣고서 볶을 때 할락궁이가 젓개를 슬쩍 숨겨놨어요.

"얘야, 젓개 못 봤니? 콩이 타려고 한다."

"어머니, 자식 먹을 콩을 볶는데 급하면 손으로라도 못 젓습니까?"

그러자 원강아미는 손으로 콩을 젓기 시작했지요. 그때 아들이 다가와서 어머니 손을 솥 바닥에 꾹 누르면서 말했어요.

"어머니, 말해주세요! 내 아버지는 누구시고, 지금 어디 계십니까?"

목소리에 피눈물이 맺혀 있어요. 원강아미는 결국 자식을 떠나보내야 할 운명임을 깨달았지요.

"알려주마. 너희 할아버지와 외할아버지는 짐진국 대감과 원진국 대감이고 아버지는 사라도령이시다. 하늘의 명으로 서천꽃밭에 꽃감관으로 가셨지. 내가 함께 가다가 발병이 나서 가지 못하고 이 집에 종으로 들어와서 너를 낳았단다."

원강아미의 목소리에도 피눈물이 가득해요. 아들이 진작에 손을 놓았는데도 여전히 솥 바닥을 꾹 누르면서 떼지를 않아요.

"내일 아버지를 찾으러 떠나겠습니다. 소금을 잔뜩 넣어서 떡을 해주세요."

그게 아들에게 해줄 수 있는 마지막 선물이에요. 원강아미는 소금을 가득 넣어서 짜디짠 떡 두 덩이를 해줬지요. 할락궁이는 그

떡을 가지고 집을 몰래 빠져나와서 길을 떠났어요. 머나먼 서쪽으로 가고 또 가는 거지요. 서천꽃밭이 서천서역 저승에 있다는 건 알고 있었거든.

얼마 뒤 할락궁이가 없어진 걸 안 천년장자는 불같이 화를 냈어요.

"흥! 제 녀석이 뛰어봤자 벼룩이지. 여봐라, 천리동이! 어서 가서 할락궁이를 잡아 와라!"

천리동이가 사람이 아니고 개예요. 근데 영물이야. 주인 말을 다 알아들어요. 얘가 크고 사나운 데다 얼마나 빠른지 하루에 천 리를 가요. 천리동이는 쏜살같이 달려서 할락궁이 뒤를 쫓았답니다. 미처 천 리를 못 갔던 할락궁이는 천리동이에게 딱 잡혔지요. 그러자 할락궁이가 떡 한 덩이를 던져주면서 말했어요.

"천리동이야, 나를 데려갈 땐 데려가더라도 이걸 좀 먹어라."

천리동이가 그 떡을 삼켰는데 어찌나 짠지 참을 수가 없어요. 천리동이가 물을 먹으려고 천 리 밖으로 뛰어간 사이에 할락궁이는 다시 부지런히 길을 갔답니다.

천리동이가 실패하고 돌아오자 천년장자는 다른 개를 불렀어요.

"여봐라, 만리동이! 당장 가서 할락궁이를 잡아 와라!"

만리동이는 천리동이보다 더 크고 빨라요. 하루에 만 리를 가니까 말 다 했지. 하지만 얘도 소금 떡에 당할 운명이었어요. 만 리를 달려서 할락궁이를 붙잡았지만 소금 떡을 먹고서는 만 리 밖으로 물을 먹으러 갔다가 할락궁이를 놓쳤답니다.

할락궁이는 천리동이와 만리동이를 겨우 따돌리고 계속 서쪽으

로 향했어요. 가다 보니 이상한 물이 세 개 나왔답니다. 첫 번째는 뽀얀 물인데 무릎까지 차고, 두 번째는 노란 물인데 허리까지 차고, 세 번째는 빨간 물인데 목까지 찼어요. 그 물을 다 건너고 나니까 처음 보는 낯선 세상이 나타났지요. 가지각색 꽃들이 만발한 꽃밭이에요.

그때 할락궁이가 이리저리 살펴보니까 한쪽에 우물이 있고 그 옆에 수양버들이 서 있어요. 할락궁이는 버드나무에 올라가서 나뭇가지 속에 몸을 숨겼답니다. 그리고 아이들이 와서 물을 길을 때 피 한 방울을 내서 물동이에 떨어뜨렸어요. 아이들이 꽃밭에 그 물을 뿌리니까 꽃들이 힘없이 시드는 거예요. 아이들은 깜짝 놀라서 꽃감관에게 달려갔어요. 사라도령이 물동이를 살펴보더니만,

"물에 산 사람의 피가 섞였구나. 원한이 가득한 피야. 가서 데려오너라. 나무 위에 앉아 있을 거야."

명령을 받은 시종은 우물가로 가서 할락궁이를 데려왔어요. 그러니까 그게 아버지와 아들이 처음 만나는 순간이에요.

"너는 어디서 온 누구인데 이런 부정한 짓을 하느냐?"

"나는 신산만산할락궁이입니다. 할아버지는 짐진국 대감이고 외할아버지는 원진국 대감이며 어머니는 원강아미입니다. 아버지는 사라도령인데 꽃감관을 살러 갔습니다."

그러니까 사라도령이 깜짝 놀라요. 아들이 찾아올 거라곤 생각하지 못했거든요.

"아들아, 내가 네 아비다. 이리 가까이 오너라. 얼굴 좀 보자꾸나."

그러자 할락궁이가 아버지 앞으로 가서 말했어요.

"아버지! 어머니하고 제가 얼마나 고생했는지 모르실 거예요. 그 설움을 다 말하자면 백 날 천 날도 모자랍니다."

"내가 어찌 모르겠느냐? 하지만 나도 여기서 너를 도왔단다. 새끼를 꽐 때 쉰 동이가 절로 짜이고 땔나무를 할 때 쉰 바리가 저절로 쌓이지 않더냐? 저절로 그리된 일이 아니란다."

그건 할락궁이가 전혀 생각지 못했던 일이었지요. 아버지가 보이지 않게 자기를 도왔다는 말에 억울한 마음이 많이 풀렸어요. 하지만 다는 아니지.

"남들이 아버지 무릎에서 재롱을 부리고 아양을 떨 때 저는 혼자 울기만 했습니다. 아버지 무릎에 앉아보고 싶습니다."

아버지가 고개를 끄덕이니까 다 큰 아들이 아버지 무릎에 올라앉아요. 그러더니 안겨도 보고 만져도 보고 울어도 보고 웃어도 보면서 어리광을 부리는 거예요. 그렇게 어린아이 짓을 실컷 하고 나니까 비로소 마음이 풀렸답니다. 그때 아버지가 말했어요.

"네 어머니가 어찌 됐는지 아느냐? 원귀가 돼서 이승을 떠돌고 있다. 여기 올 때 무릎에 차는 물과 허리에 차는 물, 목에 차는 물을 건넜을 게다. 그게 네 어머니가 천년장자한테 죽임을 당할 때 세 번이나 명령을 거역하면서 흘린 눈물이로다."

그 말대로였어요. 할락궁이를 놓친 천년장자는 원강아미에게 분풀이를 하면서 당장 수청을 들라고 했지요. 원강아미가 끝내 거절하니까 그대로 죽여서 시신을 대나무밭에 내던졌어요. 그러니 원귀가 될 수밖에.

사실 할락궁이도 길을 떠나오면서 어머니가 무사하지 않으리란 걸 예감했어요. 그래도 눈물이 나는 건 어쩔 수 없지.

"아버지! 어머니를 살릴 수 있도록 해주세요."

"너에게 보여줄 것이 있다. 따라오너라."

사라도령은 할락궁이를 이끌고 서천꽃밭 꽃구경을 시켜줬어요. 형형색색 많은 꽃들이 피어 있었지요.

"여기 있는 꽃들은 생불꽃이다. 삼승할망께서 꽃 하나를 세상에 전해주면 새 생명이 생겨나게 되지. 삼승할망께서 하늘나라 꽃씨를 받아다가 여기에 꽃밭을 만든 거야. 그 꽃을 관리하는 게 내 일이지."

그러면서 사라도령은 꽃에 물을 주고 있는 아이들을 가리켰어요.

"저승할망께서 데려온 아이들이야. 아이들을 저승으로 데려오는 신이시지. 그들은 시왕님께 불려가지 않고 여기서 꽃에 물을 주다가 좋은 곳으로 가게 된단다. 말하자면 여기는 치유의 공간이야."

할락궁이는 그 말을 들으면서 많은 걸 깨달았어요. 원망과 분노로 가득했던 자기 인생이 하나의 아름다운 꽃이었다는 걸 생각하니까 마음이 새로웠지요. 사라도령은 아들을 꽃밭 한 곳으로 데려가서 말했어요.

"여기 있는 꽃들은 좀 특별해. 이건 뼈오를꽃이지. 이 꽃을 문지르면 뼈가 살아난단다. 이건 살오를꽃, 이건 피오를꽃. 살과 피를 살아나게 하는 꽃이야. 오장육부생길꽃, 숨살이꽃, 힘오를꽃, 말가를꽃도 있단다. 죽은 사람을 살려내는 꽃들이지. 너에게 필요한 것들이니 잘 챙기도록 해라."

할락궁이는 꽃을 종류별로 잘 챙겼어요. 그때 사라도령이 다른 곳을 가리키며 말했어요.

"저건 웃음웃을꽃이야. 그 옆에는 멸망악심꽃과 불붙을꽃. 그 꽃도 챙기거라."

할락궁이는 그 꽃들까지 잘 챙겨 넣고서 아버지와 헤어졌어요. 마음이 급했지요. 서천꽃밭에서의 하루가 인간 세상에서는 1년이거든.

할락궁이가 천년장자 집으로 돌아오니까 사람들이 다들 깜짝 놀라죠. 천년장자가 할락궁이에게 불호령을 내리면서 당장 잡아 죽이려고 들었어요.

"천년장자님, 제가 귀한 보물을 구해 왔습니다. 식구들이 다 모이면 보여드리지요."

그 말에 천년장자가 솔깃했어요. 그가 식구들을 한자리에 불러 모으니까 할락궁이가 품속에서 뭘 꺼내기 시작했지요. 얘가 처음 꺼낸 꽃은 웃음웃을꽃이었어요.

"남을 괴롭히면서 웃기를 좋아했으니 한번 실컷 웃어보세요."

천년장자 일가족이 그 꽃을 보더니 배를 잡고 웃기 시작해요.

웃음은 통 멈추질 않았죠. 그들이 웃다가 지쳐 쓰러지자 할락궁이는 멸망악심꽃을 꺼내 보였어요. 그 꽃을 보더니 천년장자 일가족이 나쁜 마음을 내서 서로 때리고 쥐어뜯으며 싸우다가 쓰러졌답니다. 이때 할락궁이가 불붙을꽃을 꺼내 보이자 천년장자 일가족 몸에서 불이 활활 일어나면서 다들 까맣게 타서 재가 됐어요.

그때 천년장자 막내딸은 밖으로 나오지 않고 혼자 방 안에 숨어 있었어요. 할락궁이는 막내딸을 찾아내서 자기 어머니가 어디에 있는지 물었지요.

"아버지가 뒷산 동백나무에 목매어 죽이고서 시신을 대밭에 버렸습니다."

할락궁이가 동백나무 아래로 가서 대나무 사이를 헤치고 보니까 살은 다 흩어지고 뼈만 남아 있어요. 할락궁이는 뼈를 잘 모아 놓고서 뼈오를꽃을 문질렀지요. 그러자 뼈들이 착착 살아나면서 서로 붙어서 사람 형체를 이뤘어요. 다음은 살오를꽃과 오장육부생길꽃, 피살이꽃과 숨살이꽃, 힘살이꽃과 말가를꽃, 웃음웃을꽃 순서였지요. 꽃을 차례로 문지르자 원강아미는 벌떡 일어나 앉더니 활짝 웃으면서 말했어요.

"아들아, 내가 잠을 깊게 잤구나. 이상한 꿈이었어."

아들은 말없이 어머니를 꼭 껴안았어요. 두 사람 눈에서 뜨거운 눈물이 흘렀답니다.

할락궁이는 어머니가 누워 있던 흙을 잘 챙겨 넣은 뒤 천년장자 막내딸을 데리고 서천꽃밭으로 향했어요. 그리고 그곳에서 신이 됐답니다. 아버지는 죽어서 신이 됐는데 아들은 살아서 신이 된 거예요. 어머니는 죽었다 살아나서 신이 됐고요. 사라도령과 원강아미는 저승아버지와 저승어머니가 되고, 할락궁이는 아버지 뒤를 이어서 서천꽃밭 꽃감관이 됐어요. 천년장자 막내딸은 이들을 도우면서 저승할망이 데려온 아이들을 보살피게 됐다고 해요.

이야기에 대한 이야기

연이 통이 엄지 이반 세라 로테 이모 뭉이쌤 약손할배

연이 할아버지, 너무 좋아요. 통이 오빠, 이 이야기 들을 수 있게 해줘서 고마워.

통이 역시 오길 잘했지? 사실 제가 이 이야길 전에 읽은 적이 있거든요. 웹툰으로도 봤고요. 근데 할아버지 이야기로 들으니까 더 생생한 것 같아요. 감사합니다.

엄지 저도 그랬어요. 할락궁이 심정이 더 잘 이해돼요. 아버지 무릎에 앉아서 어리광 부리는 장면에서 눈물 날 뻔했어요.

로테 이모 나는 실제로 눈물이 났지 뭐니. 실은 원강아미가 손으로 콩을 젓는 장면에서부터.

세라 뭔가 이 신화는 인간 감정의 결정판 같아요. 희로애락이 생생하게 담겨 있는 느낌.

꾸 아재 애오욕도 넣어주세요. 사랑, 미움, 그리고 욕망.

세라 맞아요. 그것도 있어요. 칠정(七情)에 해당하는 모든 것들이요.

뭉이쌤 이 신화 속의 꽃들은 일반적으로 생명의 상징으로 풀이되고 있지요. 하지만 나는 꽃을 인간의 감정과도 연결할 수 있다고 보고 있어요. 인간의 감정과 꽃, 뭔가 잘 연결되지 않나요?

이반 갑자기 '꽃말'이 생각나요. 꽃말에도 갖가지 감정이 다 담겨 있잖아요?

퉁이 오, 그러네!

세라 근데 할락궁이가 천년장자에게 웃음웃을꽃을 보이고 엄마에게도 보이잖아요? 효과가 다른 게 신기했어요. 천년장자는 악을 쓰며 웃다가 죽고 엄마는 아름답게 활짝 웃고⋯⋯ 살짝 다른 꽃이었을까요?

뭉이쌤 사실 그 꽃은 내면을 비춰주고 이끌어내는 거울 같은 걸로 볼 수 있어요. 천년장자 내면엔 흉한 웃음이 들어 있고 원강아미 내면엔 자애로운 웃음이 담겨 있던 것 아닐까요?

엄지 오, 그렇구나. 재미있어요.

퉁이 지금 엄지의 미소, 귀여웠음. 내면의 귀여움으로 인정하도록 하지. 하하.

연이 지금 오빠의 웃음은 좀 음흉했음. 크크크.

로테 이모 이 이야기에서 마음에 쏙 든 내용이 있어요. 어려서 죽은 아이들은 시왕에게 심판을 받지 않고 꽃밭에서 물을 주다가 좋은 곳으로 간다는 부분요. 어린 자녀를 잃은 부모에게 최고의 위로가 되는 내용이에요.

세라 쌤, 여기서 어린아이의 기준이 뭘까요?

뭉이쌤 우리 기준으로, 성인 이전으로 보면 되지 않을까요?

세라 실은 세월호 희생자들이 생각나서 여쭤봤어요. 그들도 서천꽃밭을 거쳐서 좋은 곳으로 갔겠지요?

로테 이모 아, 또 눈물 나려고 해요.

이반 저도요. 이 이야기, 생각할수록 최고인 것 같아요.

약손할배 노인네의 이야기를 다들 좋아해 주고 멋지게 풀이해 주니 감사해요. 퉁이한테 배운 말로, 가슴이 웅장해지는군요.

퉁이 오오, 할아버지 멋쟁이!

세라 이제 제가 이야기 하나 해봐도 되겠죠?

뭉이쌤 물론이죠!

세라

입에서 입으로 전해온 신화를 하나 더 들려줄게. 한국은 아니고 남태평양 지역에 있는 스람(Seram) 섬의 원주민들 사이에서 전해온 이야기야. 스람 섬은 지금 인도네시아 영토인데 위치가 적도보다 남쪽이야. 그러니까 남반구에 속하지.

투왈레의 하늘 여행

*

남태평양 신화

먼 옛날, 투왈레라는 사람이 살았어. 야자로 술을 빚는 방법을 알았던 사람이야. 야자나무에 대나무통을 잘 걸어놓으면 야자액이 떨어져서 발효가 되는 거지. 근데 하루는 술을 가지러 가보니까 통이 텅 비어 있지 뭐니. 늘 가득 고이던 술이 하나도 없으니까 이상하지. 근데 같은 일이 다음 날 또 벌어진 거야.

'누가 술을 훔쳐 가는 게 분명해.'

투왈레는 이리저리 발자국을 찾기 시작했어. 근데 아무 흔적도 없는 거야. 투왈레는 발자국이 잘 남게끔 야자나무 주변에 나뭇잎과 잔가지를 뿌려놨어. 하지만 다음 날 아침에도 역시나 흔적은 보이지 않았어. 술은 사라졌는데 말이지.

'밤새 숨어서 살펴야겠어.'

투왈레는 음식을 챙겨 온 뒤 대나무통에서 멀지 않은 곳에 잘 숨었어. 거기서 밤을 새우면서 지키는 거지. 술과 음식을 나무와 땅에게도 나눠줬대. 늘 하던 일이야. 정령들에게 바치는 거지.

얼마나 지났을까. 찰랑찰랑, 쇠사슬이 찰랑거리는 소리가 들려왔어. 하늘에서 하얀 빛이 나타나더니 야자나무 쪽으로 내려왔지. 잘 보니까 빛 속에 웬 사람이 있어. 황금 바구니 위에 앉아 있는데, 그게 금사슬로 해서 위로 연결돼 있는 거야. 그 사람이 대나무통에 손을 대려고 할 때 투왈레가 확 달려들어서 한 손으로 사슬을 움켜잡고 다른 손으로 망치를 쳐들었어. 한 방 먹이려는 거지.

"잠깐! 멈춰요! 나를 죽이면 큰 불행이 올 거예요."

그 말을 들으니까 투왈레가 멈칫하지. 상대방 정체가 궁금해.

"너는 도대체 누구냐?"

"나는 투왈레입니다."

"투왈레? 투왈레는 난데?"

"나도 투왈레 맞아요."

이름이 같으니까 그것도 인연이지. 둘은 서로 얘기를 나누다가 친구가 됐어. 야자 술도 한몫했지. 그때 하늘 투왈레가 땅 투왈레에게 자기가 탄 바구니로 올라와 보래. 둘이 바구니에 함께 앉으니까 그게 사사삭 움직이더니 어느새 투왈레의 집이야. 땅 투왈레네 집. 하늘 투왈레가 전부터 거길 가보고 싶었던가 봐.

투왈레 집 주변에는 커다란 대나무가 많았어. 하늘 투왈레가 대나무밭을 가리키면서,

"친구야, 대나무 하나만 잘라서 줘봐."

그래서 땅 투왈레가 대나무를 잘라서 주니까 하늘 투왈레가 그걸 땅에 착 던지는 거야. 그러자 거기서 그릇이랑 술잔들이 좌르르 생겨나지 뭐니. 하늘 투왈레가 다시 널따란 나뭇잎을 땅에 던

지니까 접시들이 좌르르 생겨나. 둘은 거기 음식을 담아서 밤새도록 먹고 마셨대.

동이 터오려고 하자 하늘 투왈레는 하늘로 올라갔어. 그랬다가 날이 어두워지니까 다시 친구 집을 찾아온 거야. 그런데 변변하게 먹을 게 없었지 뭐니. 야채랑 풀떼기뿐이야. 하늘 투왈레가 말했어.

"여기서 막대기를 들고 서 있다가 뭐가 나타나면 잘 때려잡아. 알았지?"

그러고서 얘가 나무 위로 올라가더니 엉덩이를 내밀고 똥을 누지 뭐니. 똥 덩어리들이 투두둑! 이게 뭔가 싶지. 근데 똥 덩어리들이 땅에 떨어지더니 짐승이 돼서 살아 움직이는 거야. 땅 투왈레는 막대기로 짐승들을 제대로 사냥했어. 똥 다음은 뭐? 오줌! 하늘 투왈레가 나무 위에서 오줌을 누니까 이번엔 큰 뱀들이 생겨나서 스르르르. 땅 투왈레는 다시 막대기를 휘둘러서 뱀을 잡았어. 그렇게 계속 사냥을 하니까 먹을 게 충분하지. 둘은 고기 안주에 야자 술로 실컷 먹고 마셨대.

그런 날들이 흐르던 어느 날, 하늘 투왈레가 말했어.

"늘 내가 여기로 왔잖아? 이번엔 네가 우리 집으로 가자. 나도 손님 대접을 해야지."

그래서 땅 투왈레는 친구를 따라서 하늘나라에 가게 됐어. 방법은 간단해. 황금 바구니에 올라타면 금사슬이 하늘로 쭉 끌어 올리는 거야. 좀 아찔하긴 하지.

하여튼 하늘에 도착하고 보니까 말 그대로 딴 세상이야. 신기하

게도 사람들이 천장에 거꾸로 매달려서 얘기를 나누고 있더래. 그게 휴식이라는 거야.

땅에서 손님이 왔으니까 대접을 해야 하잖아? 하늘 사람들이 음식을 준비하는데 얘가 기대가 크지. 천상의 음식이잖아. 근데 음식을 받고 보니까 기가 막히지 뭐니. 한 그릇에는 지네가 가득하고 또 한 그릇에는 나무뿌리가 수북해. 뿌리를 입에 넣어봤더니 딱딱해서 씹을 수가 없어. 지네는 뭐 쳐다보기도 싫지.

"도저히 못 먹겠어요. 다른 음식은 없나요?"

"이것 말고는 개가 먹는 것뿐인데 그거라도 먹을래요?"

그러면서 새로 음식을 내왔는데 보자마자 입에 침이 도는 거야. 그 중 최고는 수북하게 담긴 쌀밥이었지. 땅에서 못 보던 음식이야. 입에 넣고서 씹어보니까 그렇게 맛난 건 처음이야.

"이거 진짜 맛있네요. 씨앗을 얻을 수 있을까요?"

"아뇨. 절대로 안 돼요. 단 한 톨도요."

딱 잘라서 거절하니까 어쩔 도리가 없지. 거기서 많이 먹는 수밖에. 얘가 쌀밥을 실컷 먹고 나니까 슬슬 잠이 와. 눈을 감고서 꾸벅꾸벅 쿨쿨. 그러자 하늘 사람들이 다들 깜짝 놀라는 거야. 그 사람들은 잠이란 걸 몰랐거든. 그때 투왈레 엉덩이에서 자기도 모르게 방구가 뽕! 냄새가 퍼지니까 사람들이 질겁을 해.

"으아악! 이런 지독한 악취는 처음이야!"

"이 사람 죽었어! 개 음식을 먹어서 그런가 봐."

이러면서 아주 야단이야. 한참 만에 투왈레가 눈을 뜨고 일어나니까 깜짝 놀라면서 신기해하지. 하여튼 얘가 거기서 신기한 구경거리야. 반대로 얘는 하늘 세상이 다 구경거리지. 그래서 얘가 자주 하늘로 올라가게 됐어. 무엇보다도 쌀밥이 최고지. 어느 날, 하늘나라 사람들이 친한 척을 하면서,

"이봐, 오늘은 우리랑 통돼지 한 마리 먹을래요?"

"좋지요!"

그러자 하늘 사람들이 돼지 한 마리를 통째로 옮겨 왔는데, 세상에나 그게 사람 시체지 뭐니. 투왈레가 보니까 자기 마을에 함께 살던 여자야. 투왈레가 울부짖으면서 소리쳤어.

"이게 뭐 하는 짓이에요? 깨끗한 척, 고귀한 척은 다 하더니! 아아, 말도 안 돼!"

투왈레가 난리를 치니까 하늘 사람들이 당황하지. 걔들한테는 그게 좋은 음식이었거든.

"당장 내려갈래요. 가서 사람들에게 다 말하겠어요!"

그러면서 계속 발악하니까 하늘 사람들은 그를 달래려고 이것저것 귀한 물건들을 챙겨 줬어. 좋은 그릇도 주고 지상에 없는 악기들도 주고. 하지만 투왈레가 진짜 원하는 건 주지를 않아. 볍씨 말이지.

사실 투왈레는 몇 번이나 볍씨를 가져가려다가 실패했어. 귀에도 넣고 입에도 넣어봤지만 소용없었지. 투왈레는 생각 끝에 볍씨를 숨길 좋은 방법을 생각해 냈어. 바로 자기 똥구멍에다 숨기는 거였지. 거기 쏙 집어넣으니까 감쪽같지. 결과는 대성공이야. 하

늘 사람들도 그건 찾아내지 못했지.

지상으로 내려온 투왈레는 집 안 외진 곳에 볍씨를 심어서 잘 키웠어. 벼가 자라나서 열매를 맺으니까 씨앗이 확 불어나지. 그걸 다시 심어서 수확하니까 볍씨가 수천 개야. 그걸 다시 심으니까 벼 포기가 확 퍼지지. 근데 그걸 하늘 투왈레가 발견한 거야.

"하늘이 금지한 일을 결국 저질렀구나. 너와 나의 인연은 이걸로 끝이야."

그러면서 하늘 투왈레는 곧바로 떠나갔대. 그 뒤로는 그를 다시 볼 수 없었지.

투왈레 덕분에 사람들은 벼를 심어서 쌀밥을 먹게 됐어. 근데 그 전에는 없던 작은 짐승이 잔뜩 생겨나서 벼를 먹어 치우지 뭐니. 그 동물이 뭐냐면 쥐야. 하늘에서 지상의 볍씨를 없애려고 보낸 거지. 걔들한테 그냥 당할 순 없잖아. 사람들은 쥐들하고 싸우면서 식량을 지켜내게 됐지. 그 전쟁은 지금까지도 계속되는 중이야. 끝!

이야기에 대한 이야기

퉁이 누나, 이 이야기 특이하다. 하늘에서 사람 시체 먹는 거 충격!

연이 그러게. 깜짝 놀랐어요.

이반 쌤, 거기에도 무슨 특별한 의미가 있을까요?

뭉이쌤 글쎄. 인간이나 동물의 시신이 오래 노출되면 살이 분해되고 풍화가 일어나잖아? 그것과 관련되지 않을까?

세라 그게 자연의 이치와 통한다는 말씀이군요. 하긴, 이 이야기가 신화니까! 하늘 투왈레의 똥과 오줌이 짐승과 뱀이 됐다는 건 신기한 창조 화소였어요.

이반 어쩌면 인간도 하늘이 낸 분비물 가운데 하나일 수 있겠군요.

엄지 아, 그건 좀 상상하기 싫다.

뭉이쌤 하하. 똥이나 오줌을 너무 리얼하게 생각하지 마. 눈이나 비 같은 것일 수도 있거든.

연이 근데 그 지역은 눈이 없지 않나요?

뭉이쌤 오오, 예리한걸! 그렇다면 똥은 뭘로 연결되려나? 하여튼 하늘에서 내려오는 게 많으니까!

세라 대나무와 나뭇잎이 그릇으로 변하는 건 자연의 문명적 변화를 상징하는 것이겠죠?

뭉이쌤 그렇죠.

연이 하늘은 텅 비어서 아무것도 없을 것 같은데 이런 이야기가 있는 게 신기해요.

약손할배 하늘에서 곡식 씨앗을 가져왔다는 이야기가 우리나라에도 전해진단다.

뭉이쌤 맞아요. 〈세경본풀이〉의 자청비가 하늘에서 씨앗을 가져오지요.

로테 이모 주몽의 어머니인 유화도 비둘기에게 씨앗을 받았었어요. 그것도 하늘 씨앗일까요?

뭉이쌤 그럴 수 있어요.

퉁이 우리가 먹는 음식이 하늘에서는 개가 먹는 음식이라는 게 좀 짜증 났어요.

이반 그래도 개네들이 먹는 것보다는 훨 낫잖아?

퉁이 그렇기는 해. 지네랑 나무뿌리라니. 그리고 시체…… 으윽!

세라 하하. 어떻든 재미있지 않니? 괜찮으면 내가 이 지역 신화 이야기 하나 더 할게. 짧은 걸로.

퉁이·연이 좋아요!

세라

이번에 들려줄 이야기도 스람 섬에서 전해온 설화야. 이번에는 하늘나라가 아니고 땅속나라를 다녀온 이야기인데, 이것도 신화로 분류되는 것 같아. 내용은 좀 짤막해. 뭔가 더 있을 것 같은데 책에 자세한 내용은 없었어. 시작할게.

땅속나라로 들어간 소년

✷

남태평양 신화

옛날 한 마을에 오누이가 살았어. 오빠 이름은 자나시하이자이고 여동생 이름은 수완이야. 어느 날, 자나시하이자가 길을 가면서 보니까 아이들이 공을 가지고 놀고 있었어. 나무를 둥글게 깎아서 밧줄을 감아 만든 공이야. 아이들 아버지가 만든 특별 발명품이지. 근데 자나시하이자가 웬 구덩이 옆을 지나갈 때 공이 굴러와서 구덩이로 쏙 떨어졌지 뭐니.

그게 전에 못 보던 이상한 구덩이야. 자나시하이자가 아이들과 함께 구덩이를 살펴보는데 바닥이 보이질 않지 뭐니. 입구는 자그마한데 그 안은 끝을 알 수 없을 만큼 깊은 거야.

"공을 찾아야 돼. 못 찾으면 아버지한테 죽도록 맞을 거야."

하지만 딱 봐도 공을 찾는 건 불가능해. 괜히 거기 들어갔다간 저세상으로 가기 십상이지. 아이들은 어쩔 줄 몰라 했어. 그때 한 아이가 집으로 달려가서 아버지를 데려온 거야. 그러더니 이렇게 말하지 뭐니.

"아버지, 이 형이 공을 구덩이 속으로 차 넣었어요."

그게 멀리서는 그렇게 보였을지도 몰라. 공이 자나시하이자의 발을 스쳐서 구덩이로 빠졌거든. 아이들 아버지가 노발대발 난리도 아니야.

"너 뭐야! 당장 내려가서 공을 찾아와!"

이게 변명을 한다고 통할 만한 상황이 아니야. 못 하겠다고 하면 뼈도 못 추릴 상황이지 뭐니. 자나시하이자는 어쩔 수 없이 구덩이 속으로 몸을 밀어 넣었어. 쭈우욱! 으아악! 그야말로 자동 낙하야.

구덩이는 밖에서 본 것보다 훨씬 깊었어. 한참을 계속 떨어지는 거야. 자나시하이자는 이대로 죽는구나 싶었지. 그런데 몸이 어딘가 푹신한 데 탁 걸리지 뭐니. 정신을 차려보니까 잎이 잔뜩 달린 나뭇가지야. 그게 쿠션 역할을 해준 덕분에 얘는 무사히 바닥에 내릴 수 있었어.

신기한 게, 거기에 지상과 비슷한 세상이 있는 거야. 집들도 있고 나무와 풀도 있고 사람들도 보여. 그러니까 거기가 땅속나라지. 근데 구경도 구경이지만 공을 찾아야 하잖아? 자나시하이자가 이리저리 둘러보는데 한 예쁘장한 소녀가 나무 공을 가지고 놀고 있지 뭐니. 자나시하이자가 다가가서 말했어.

"그 공을 줄 수 있나요? 주인에게 돌려줘야 해요."

"당신은 하늘 사람이군요. 이름이 뭔가요?"

"자나시하이자예요."

"나는 아소타카쿠암이랍니다. 공을 드릴게요. 근데 어떻게 돌아갈 거죠?"

자나시하이자가 그걸 알 리가 없지. 대답을 못 하니까 아소타카쿠암이 웃으면서,

"이걸 타고 가요."

그러면서 옆에 있는 걸 가리키는데 그게 커다란 돼지야.

"근데 얘하고 함께 꼭 돌아와야 해요. 약속할 수 있죠?"

"알겠어요. 꼭 돌아올게요."

그때 자나시하이자가 돼지에 올라타니까 뭐가 번쩍하는 것 같더니 어느새 지상이지 뭐니. 근데 아무도 보이진 않았어. 그사이에 시간이 많이 흘러서 다들 흩어진 거지.

자나시하이자는 먼저 여동생 수완에게 갔어. 오빠가 돌아오지 않아서 울고 있던 수완이 깜짝 놀라지. 둘은 돼지를 감춰놓고서 아이들 집에 찾아가서 나무 공을 돌려줬어. 사람들도 다들 깜짝 놀라. 얘가 구덩이에 빠져서 죽은 줄로만 알았었거든.

할 일을 마친 자나시하이자가 수완에게 말했어.

"아소타카쿠암에게 돌아간다고 약속했어. 함께 땅속나라로 가자. 여기보다 아름다운 곳이야."

수완이 망설이고 있을 때 돼지가 두 사람에게 다가왔어. 오누이의 몸은 어느새 돼지 위에 있었지. 한번 번쩍하더니 어느새 땅속나라야. 아소타카쿠암이 두 사람에게 다가오면서,

"왔군요. 우리 마을 주민이 된 걸 환영해요."

자나시하이자는 아소타카쿠암이 내민 손을 잡았어. 둘은 부부가 돼서 거기서 함께 살았대. 동생은 어떻게 됐냐고? 수완도 거기서 함께 사는 거지 뭐. 거기 멋진 남자들도 많았나 봐.

근데 그거 아니? 이게 먼 옛날 일인데, 그들은 지금까지도 거기서 잘 살고 있대.

이야기에 대한 이야기

연이

퉁이

엄지

이반

세라

로테 이모

뭉이쌤

약손할배

퉁이 이번에도 돼지가 나오네. 근데 이 돼지 신기하다.

연이 그러게. 돼지를 타고서 날아다니는 건 상상도 못 했어.

엄지 아소타카쿠암이 자나시하이자를 하늘 사람이라고 부르는 게 신기해요.

퉁이 우리 사는 세상이 지하에서 보면 하늘인 걸까?

이반 쌤, 그 지하 세계가 혹시 저승 같은 곳이었을까요? 왠지 이승이 아닌 듯한 느낌이…….

연이 진짜? 그럼 오누이가 죽었다는 말이야?

뭉이쌤 글쎄. 간단치는 않아. 하지만 그럴 가능성도 있어. 많은 나라에서 지하 세계는 저승과 통하지. 사람이 죽으면 땅속으로 들어가기 때문일 거야.

세라 오누이가 지금까지 잘 지내고 있다고 말하면서도 그곳이 저승일 수 있다는 생각은 미처 못 했어요. 그렇게 풀이하면 돼지가 일종의 저승사자인 셈이네요.

퉁이 저승사자 돼지라니! 재미있다. 게임 아이템으로 삼고 싶네.

엄지 그곳이 저승이라고 생각하면 좀 슬프네요. 동생까지 함께 가서 더 그래요.

뭉이쌤 하나의 가능성일 뿐이야. 그리고 꼭 슬프게만 생각할 일은 아니란다. 사람의 삶이 어디론가 계속 이어진다면 좋은 일 아닐까?

약손할배 맞아요. 나 같은 노인에게는 위로가 되는 이야기예요. 실은 요즘 자꾸 이 세상이 다가 아니란 생각이 들어요.

로테 이모 맞아요. 보이는 게 다는 아니죠. 우리가 잘 모를 뿐이에요.

뭉이쌤 모르는 건 모르는 대로 두기. 그리고 우리 해야 할 일은 하기. 이게 답이 아닐까요? 이반, 다음 이야기 가능하겠지?

이반 넵.

이반

저는 일본에서 전해온 이야기를 하나 해보겠습니다. 일본이 섬나라라서 그런지 바다와 물에 관한 이야기들이 눈에 띄었어요. 제가 들려드릴 이야기는 한 청년이 용궁에 다녀온 이야기입니다. 우리나라에도 토끼가 용궁에 다녀오는 이야기가 있는데 색깔이 조금 달라요. 일본에서는 이게 무척 유명한 이야기라고 합니다. 한국에 사는 일본인 아주머니께서 이 이야기를 해주셨어요.

우라시마 타로의 용궁 여행

✴

일본 민담

옛날, 어느 바닷가에 '우라시마 타로'라는 젊은이가 살았어요. 아버지는 돌아가시고 어머니와 단둘이서 아주 가난하게 살았습니다. 하루하루 끼니를 때우기도 힘들었어요.

어느 날, 타로가 바닷가에 갔는데 아이들이 옹기종기 모여서 떠들고 있었습니다. 가까이 가보니까 아이들이 커다란 바다거북이를 둘러싸고 장난을 하고 있었어요. 거북이를 뒤집어놓고서 돌로 때리고 나뭇가지로 찌르면서 괴롭히는 거예요. 거북이가 버둥대면서 타로를 쳐다보는데 마치 도와달라는 것 같았습니다.

"애들아, 거북이를 괴롭히지 마. 불쌍하잖아. 바다에 놔주자."

"싫어요. 우리가 힘들게 끌어냈어요."

그러자 타로는 주머니에 있던 돈을 아이들에게 내밀었습니다.

"이거 가지고 맛있는 거 사 먹어. 거북이는 나한테 맡기고."

그러자 아이들이 얼른 돈을 받아가지고 깔깔대면서 사라졌어요. 타로는 거북이를 바로 돌려놓고서 바다 쪽으로 인도해 줬습니니다. 거북이가 물에 도착하니까 이제 자유예요. 거북이가 땅에서는 느려도 물에서는 빠르잖아요.

근데 이 거북이가 물로 들어가질 않고 타로를 보면서 뭐라 뭐라 신호를 보내는 거예요. 꼬리로 자기 등짝을 톡톡 치기도 하고 고개를 쭉 빼서 등을 가리키기도 해요.

"거기 타라는 말이니?"

거북이가 고개를 끄덕여요. 타로가 예전부터 바닷속은 어떤 세상인지 궁금했었거든요. 그는 잠깐 고민하다가 거북이 등에 올라탔습니다. 그러자 거북이가 물속으로 쑥 들어가는데 정말 빨라요. 근데 신기하게 숨도 안 막히고 편안했어요. 눈을 뜨고 주변을 볼 수도 있었습니다.

물속 세상은 화려하고 아름다웠어요. 색색의 물고기가 떼를 지어서 헤엄치고 예쁜 풀도 많았어요. 하지만 제일 신기한 건 따로 있었습니다. 물속에 커다란 대궐이 나타난 거예요.

'우와, 이게 말로만 듣던 용궁이구나. 신기하다!'

거북이가 용궁 안으로 들어가더니 사람처럼 일어나서 걸어요. 용왕이 앉아 있는 곳으로 가더니,

"대왕님, 이 젊은이 덕분에 제가 살아났습니다. 그래서 이렇게 초대했어요."

그 거북이가 용궁의 높은 신하예요. 용왕에게도 아주 다행스런 일이지요.

"고맙습니다, 젊은이. 여기서 마음껏 즐기시구려."

용왕이 손짓하니까 진수성찬이 나오고 용궁 선녀들이 춤을 추는데 정말로 장관이에요. 타로가 집이 가난하다 보니 연애도 한번 못 했거든요. 용궁 선녀들을 보니까 눈이 동그래졌습니다. 그 중에도 한 명이 특히 예뻐서 눈을 떼지 못했어요.

"저 용녀가 마음에 드나요? 짝을 이루어서 함께 지내시구려."

그래서 우라시마 타로는 그 용녀하고 커플이 됐어요. 용궁에서 예쁜 아내랑 살면서 맛있는 걸 실컷 먹고 수많은 신기한 구경을 하니까 하루하루가 꿈만 같았습니다.

그렇게 날이 얼마나 갔는지 몰라요. 타로는 용궁 생활이 즐거우면서도 마음 한구석이 늘 불안했어요. 어느 날, 그는 참지 못하고 용녀에게 말했습니다.

"집에 한번 가봐야겠어요. 혼자 계신 어머니가 걱정입니다."

"지상으로 가면 다시 돌아오지 못할 수도 있는데 괜찮겠어요?"

"그래도 가서 어머니를 만나야겠어요."

용녀는 더 말리지 않았습니다. 그 대신 타로에게 작은 상자를 하나 줬어요.

"이게 있으면 생활하는 데 불편이 없을 거예요. 하지만 꼭 기억하세요. 상자를 열면 절대 안 됩니다."

타로는 상자를 받아들고 지상으로 향했어요. 거북이가 바다 밖으로 옮겨줬습니다. 전에 둘이 만났던 장소로요.

이때 타로가 마을을 둘러보는데 이전하고 아주 딴판인 거예요. 온통 처음 보는 집들이고 아는 사람이 하나도 없었습니다. 자기 살던 곳에 가보니까 집은 사라지고 터만 남아 있어요. 어머니도 안 계셨지요. 여기저기 물어도 아는 사람이 없었습니다. 거기 집이 없어진 지 수십 년 됐다는 거예요.

'내가 용궁에서 지내는 동안 여기는 수많은 세월이 흘렀구나! 신선놀음을 하느라 시간 가는 줄 모르고 있었어.'

타로는 갑자기 모든 게 허무하다는 생각이 들었습니다. 무엇을 어떻게 해야 할지 알 수가 없었죠. 그때 용녀가 준 상자가 떠올랐어요. 그게 분명 보물인데 상자를 열면 어떤 일이 생길지 궁금했습니다. 어쩌면 시간을 되돌려 줄지도 모른다고 생각했어요. 꿈에서 깨어나는 것처럼 말이죠. 결국 우라시마 타로는 그 상자를 열었습니다.

그 순간, 상자에서 푸시시시 소리가 나면서 연기가 뿌옇게 뿜어져 나왔습니다. 잠시 후 자기 손을 본 타로는 깜짝 놀랐습니다. 노인처럼 주름이 가득했어요. 거울을 찾아서 얼굴을 비춰보니까 젊은이가 아니라 호호백발 할아버지였죠. 상자 속에 봉인돼 있던 수십 년 세월이 단번에 흘러간 거예요.

'아아, 이제 용궁으로 돌아갈 수 없게 됐구나. 이곳에도 저곳에도 내가 머물 곳은 없어.'

우라시마 타로는 상자를 거기 놔둔 채로 터덜터덜 발걸음을 옮겨서 어디론가 사라졌습니다. 그 뒤로 그 마을에서 타로를 본 사람은 아무도 없다고 해요.

이야기에 대한 이야기

연이

퉁이

엄지

세라

로테 이모

뭉이쌤

퉁이 형, 뭔가 요상한 이야기다. 기분이 이상해.

연이 맞아. 하루아침에 할아버지가 되면 어떤 기분일까? 타로가 불쌍해. 거북이를 구해준 걸 보면 착한 사람이었는데…….

퉁이 쌤, 타로 입장에서 너무 억울한 거 아니에요?

뭉이쌤 글쎄. 간단한 문제는 아닌 것 같구나. 다른 분들 생각이 궁금하네.

로테 이모 엄마를 잊어버린 채 너무 오래 있었던 것 같아요. 용궁에서 살더라도 일단 먼저 엄마를 찾았어야죠.

세라 타로가 착한 사람이긴 하지만 눈앞에 보이는 좋은 것에 취해서 길을 잃은 게 아닌가 싶어요. 욕망에 사로잡혔다고나 할까?

엄지 내 생각엔 용궁 사람들도 나빠요. 미리 좀 알려주지.

뭉이쌤 하지만 결국 자기가 선택한 일이니까 책임도 스스로 져야겠지.

퉁이 근데 타로가 그냥 용궁에서 살았으면 되는 거 아닌가요? 아니면 상자를 열지 않고 다시 돌아가든가.

뭉이쌤 그것도 하나의 선택이겠지. 어쩌면 양쪽을 다 가지려고 한 게 문제일지도 몰라.

세라 그게 사람의 본성이라서 좀 어려운 것 같아요.

뭉이쌤 분위기가 좀 무거워지네요. 로테 이모님이 멋진 이야기로 분위기를 바꿔주세요.

로테 이모

내가 스페인에 살 때 들었던 이야기를 하나 해볼게요. 신기한 마법이 펼쳐지는 곳들에 대한 이야기예요. 거인도 나오고 말하는 새도 나와요. 특별한 주문과 보물도 나오고요. 원래 제목은 '금으로 된 공'인데 내가 새 제목을 붙여봤어요. '즐거운 마법의 나라' 시작할게요.

즐거운 마법의 나라

*

스페인 민담

옛날에 어떤 부부가 아들하고 살았는데 너무나 가난해서 먹을 게 없었어요. 하루는 오후에 아이가 낮잠을 자고 있을 때 부부가 조용히 이야기를 나누었답니다.

"여보, 이제 먹을 게 떨어져서 굶어 죽을 텐데 이 아이를 어쩌죠?"

"아이를 깊은 숲에 두고 오는 게 어때요? 요정이 도와주고 보호해 줄지 몰라요."

"그래요. 숲에는 아이가 먹을 만한 것도 있으니까요."

그때 아이는 잠에서 깨어 그 말을 다 듣고 있었답니다. 아이는 부모님이 자기를 버리게 하느니 제 발로 나가는 게 좋겠다고 생각했어요. 그래서 한밤에 부모님이 잠들었을 때 몰래 집을 빠져나왔답니다.

그러고는 길을 따라서 밤새 걷고 또 걸었어요. 그렇게 가다 보니까 춥고 배고파서 견디기 어려웠죠. 아이는 잎이 우거진 큰 나무로 다가가서 둥치에 기대앉아 몸을 웅크렸어요.

얼마나 지났을까, 아이 귀에 어디선가 소곤소곤 얘기를 나누는 소리가 들려왔어요. 아주 작고 귀여운 소리였지요. 아이가 살짝 살펴보니까 나뭇가지 위에서 새 두 마리가 재재거리고 있었어요. 아이는 새들이 내는 소리에 조용히 귀를 기울였지요. 그랬더니 새들이 하는 말을 알아들을 수 있었답니다.

"어떤 아이가 춥고 배고픈 채로 숲속을 다니고 있대요. 불쌍하기도 하지! 금으로 된 공을 손에 넣으면 행복을 누릴 텐데. 그 공이 세 가지 소원을 들어주잖아요."

"걔가 어떻게 그 공을 발견하겠어요? 무서운 거인 집에 꽁꽁 숨겨져 있는데."

"세상에 쉬운 일이 어디 있어요? 포기하지 않고 도전하면 찾을 수 있어요."

"그건 그래요. 본인 의지에 달린 일이니까."

새들은 이렇게 대화를 나누다가 헤어져서 날아갔어요. 아이의 마음에는 금으로 된 공 생각이 가득 들어찼지요. 어떻게든 그걸 손에 넣겠다고 결심했어요.

아이가 일어나서 걷고 또 걷다 보니 다시 날이 어두워졌어요. 하루 종일 사람은 한 명도 보지 못했답니다. 마치 딴 세상에 들어와 있는 느낌이었지요.

"왜 마을이 없고 사람도 없을까?"

그때 누가 어깨를 툭 치는 거예요. 보니까 길게 늘어진 코를 가진 폭삭 늙은 할머니예요.

"날이 저물었는데 여기서 뭘 하니? 그러다 짐승들에게 당하기 십상이야. 우리 집으로 가자꾸나. 내가 먹을 것을 주고 침대에 재워줄게."

아이가 보니까 생김새가 흉하고 눈빛이 번득여서 몹시 의심스러워요. 하지만 아이는 먹을 것과 쉴 곳이 간절히 필요했습니다. 그래서 결국 할머니를 따라가게 됐지요. 둘은 얼마 안 가서 언덕 꼭대기에 있는 크고 멋진 집에 도착했어요. 큰 돌로 지어진 집이었는데 이상하게도 문이 보이질 않았답니다. 그때 할머니가 벽을 바라보면서 이렇게 외쳤어요.

"벽아, 열려라 닫혀라 열려라."

그랬더니 돌로 된 벽이 스르르 열리지 뭐예요. 안으로 들어오더니 할머니가 또 이렇게 외쳐요.

"벽아, 열려라 닫혀라 닫혀라."

그러자 벽이 다시 꽁꽁 닫혔답니다.

그 집에는 할머니가 세 명 살았어요. 아이를 데려간 할머니는 그중 막내였답니다. 세 할머니는 좋은 음식을 잔뜩 차려 와서 아이가 실컷 먹게 했어요. 오랜만에 배불리 먹은 아이는 자리에 누워서 스르르 눈을 감았지요. 아이는 곧 코를 코록코록 골기 시작했답니다.

"허락도 없이 우리 땅을 침범했으니 살려둘 수 없어. 아궁이 불이 달아오르면 거기 던져버리자."

그때 아이는 잠을 자지 않고 있었어요. 느낌이 이상해서 자는 척하면서 엿듣고 있었죠. 그곳이 마녀 소굴이라는 걸 알아차린 아이는 온몸에 식은땀이 흘렀어요. 난로에 던져져 구워진다니 끔찍한 일이죠. 아이는 계속 자는 척하면서 머릿속으로 탈출 방법을 생각했답니다.

아이가 있는 곳은 높은 탑이었어요. 문도 창도 하나도 없었죠. 아이는 할머니들이 잠깐 나간 사이에 자리에서 일어나 벽을 향해 말했어요.

"벽아, 열려라 닫혀라 열려라."

그랬더니 진짜로 벽이 열리면서 창문이 생기는 거예요. 아이는 곧장 아슬아슬하게 벽을 타고 기어 내려와서 힘껏 달리기 시작했답니다. 혹시라도 할머니들이 뒤따라올까 봐 아주 먼 곳까지 쉬지 않고 달렸어요.

한참을 달린 아이가 나무 그루터기에 털썩 주저앉았는데 누군가가 다가왔어요. 예쁜 옷을 입고 머리를 뒤로 땋아 내린 아름다운 아가씨였답니다. 아가씨는 상냥한 표정으로 아이에게 말을 건넸어요.

"너는 누구니? 왜 여기 혼자 앉아 있는 거야? 우리 집으로 가지 않을래?"

그래서 아이는 아가씨를 따라서 그녀의 집으로 갔어요. 아주 멋지고 아름다운 집이었지요. 아가씨는 집에 있던 두 언니와 함께 아이에게 맛난 음식을 대접했답니다. 아이는 긴장이 풀려서 곧 잠이 들었지요.

"허락도 없이 우리 땅에 들어온 녀석이야. 내가 내일 나무로 만들겠어."

"오오, 재미있겠다. 함께 할래."

그런데 아이가 이걸 다 들은 거예요. 이번에도 자는 척을 한 거였죠. 밤에 아이가 살짝 일어나서 문을 밀어봤더니 꽁꽁 잠겨 있었어요. 아이는 벽을 향해서 마법의 주문을 외웠답니다.

"벽아, 열려라 닫혀라 열려라."

그러자 벽에 진짜로 구멍이 생겨났어요. 집에서 빠져나온 아이는 땅이 두 조각 날 정도로 힘껏 달렸답니다. 전날보다 더 빨라야 했지요. 젊은 마녀들은 걸음이 더 빠를 테니까요.

충분히 영역을 벗어났다고 생각한 아이는 나무 그루터기에 앉아서 숨을 돌렸어요. 그때 멀리 큰 저택이 눈에 들어왔답니다. 다가가서 보니까 으리으리한 집인데 어딜 봐도 문은 없었어요. 벽은 아주 크고 단단했답니다. 그래도 한번 해봐야죠.

"벽아, 열려라 닫혀라 열려라."

그랬더니 벽에 커다랗게 구멍이 났어요. 아이가 안으로 들어가서 보니까 거인의 집이 분명했죠. 방 높이가 웬만한 집의 몇 배나 되고 식탁과 그릇, 숟가락까지 모든 게 아주 컸어요.

'내가 진짜로 무서운 곳에 들어왔구나. 어서 여기서 빠져나가야겠어.'

구멍으로 나가려던 아이는 잠깐 동작을 멈췄어요. 마법의 공 생각이 난 거예요. 이곳저곳을 몰래 살펴보던 아이는 한 구석에 꽃으로 된 공이 있는 걸 발견했어요.

'황금 공이 아니고 꽃으로 된 공이네. 어떻든 좋아. 이걸 가져가겠어.'

아이는 공을 집어 들었어요. 그랬더니 공 속에서 달콤한 음악이 울려 퍼지면서 매혹적인 목소리가 들려왔답니다.

"무엇을 해주기를 원하시나요?"

말하는 공이라니 참 신기하지요. 그게 새들이 말한 금으로 된 공이었답니다. 거인이 일부러 꽃으로 위장해 놓은 것이었죠.

"나를 안전하게 이곳에서 꺼내주세요."

그 말이 떨어지자마자 순식간에 공간이 싹 바뀌었어요. 거인의 집에서 멀리 떨어진 안전한 곳이었죠. 그리고 아이의 손에는 공이 그대로 있었답니다.

"또 무엇을 해드리면 될까요?"

"나를 궁궐로 데려가서 공주님을 볼 수 있게 해주세요."

그러자 아이는 어느새 궁궐에 서 있었어요. 공주님이 보이는 곳에요. 그 공주가 젊은이들 사이에 아이돌 같은 존재예요. 모든 청년이 그녀를 사랑했지요. 이 아이도 공주를 직접 보고는 단숨에 사랑에 빠지고 말았답니다. 그때 왕이 소리쳤어요.

"저 더러운 거지 녀석은 뭐냐? 어떻게 들어온 거야? 당장 내쫓아라."

하인들에게 붙잡혀서 공을 뺏기면 큰일이잖아요? 아이는 얼른

손으로 공을 문질렀어요.

"마지막으로 무엇을 해드릴까요?"

"공주님이 나를 사랑하게 해주세요."

그 말이 떨어지자마자 공주가 울음을 터뜨리면서 왕에게 말했어요.

"아버지, 이 사람을 혼내지 마세요. 차림새는 허름해도 꽃미남이에요. 아, 샛별 같은 눈동자! 이분과 결혼하고 싶어요."

공주는 아이에게 다가와서 손을 꼭 잡았어요. 공주가 남자와 사랑에 빠진 건 이게 처음이에요. 다들 깜짝 놀라지요. 왕이 호탕하게 웃으면서 말했어요.

"드디어 사랑하는 남자를 찾은 거냐? 좋다. 어서 결혼식을 올리자꾸나."

궁궐은 갑자기 결혼식 준비로 바빠졌어요. 결혼식을 하려면 양가 부모가 있어야 하잖아요? 아이는 사람을 시켜서 부모님을 모셔 오게 했습니다. 두 사람이 와서 얼마나 놀랐을지는 말할 필요도 없지요.

이제 결혼식 전날 밤이에요. 신랑의 귀에 누군가가 창밖에서 소곤대는 소리가 들려왔답니다. 문을 열고서 살펴보니까 전날 숲에서 봤던 새들이었어요.

"여보, 안녕?"

"안녕, 마이 달링!"

"당신 그 얘기 들었어요? 전에 숲속을 방황하던 소년이 금으로 된 공을 찾아서 행운을 잡았어요. 소원 세 가지를 멋지게 썼지 뭐예요. 머지않아 왕이 될 거예요. 이런 행운아는 다시없을걸요!"

"당신 말이 맞아요."

"여기까지예요, 여보. 편히 쉬세요."

"당신도 잘 자요. 아침에 봐요."

그 소리를 들으면서 신랑은 마음이 더없이 편안해졌어요. 참으로 아름다운 밤이었지요. 그는 창문을 닫고서 잠자리에 들어갔답니다. 포근한 이불 속으로요.

이야기에 대한 이야기

연이

퉁이

엄지

이반

세라

로테 이모

뭉이쌤

약손할배

세라 정말로 '즐거운 마법의 나라'네요. 말하는 새들, 귀엽고 사랑스러워요.

연이 '열려라 닫혀라 열려라' 이 주문도 재미있어요. 왠지 열리다가 한 번 덜컹거릴 것 같은 느낌.

이반 공 속에서 달콤한 음악과 함께 고운 목소리가 들려오는 게 매력적이에요. 여자 목소리였겠죠?

로테 이모 아마도 그렇겠지?

세라 쌤, 이거 너무 판타지 아닌가요?

뭉이쌤 그럴까요? 실제 현실도 그렇지 않나요? 깜짝 놀랄 일이 착착 펼쳐지는 곳이 이 세상이잖아요.

퉁이 맞아요, 쌤!

엄지 저는 아이를 잡아먹으려는 할머니들과 아가씨들이 기억에 남아요. 그게 현실 같아요.

약손할배 그래, 세상에는 이런저런 면이 다 있지. 이왕이면 좋은 걸 많이 보면 좋겠구나.

엄지 네, 할아버지.

퉁이 그런데 왜 램프도 아니고 공일까요? 스페인이 축구를 좋아하는 것과 관련이 있을까요?

연이 엥? 진짜로 오빠다운 생각이다.

세라 근데 그럴 수도 있을 것 같아.

퉁이 그렇죠, 누나? 저는 앞으로 공을 찰 때마다 소원을 하나씩 빌어보겠어요.

연이 소원이 딱 세 개라는 거 잊지 마셈.

이반 근데 공을 차면서 소원을 빌면 과격한 걸 말하게 되는 거 아냐?

퉁이 그런가? 그럼 공을 받으면서 빌까? 아니면 공을 깨끗하게 닦으면서?

연이 오오, 닦으면서 비는 거 어울린다. 하하.

뭉이쌤 로테 이모님 덕분에 이번 이야기판이 즐겁게 마무리됐네요. 우리가 있는 이곳은 어디?

일동 ?

뭉이쌤 방금 들었던 이야기 제목을 참고해 주세요. 우리가 있는 이곳은 어디?

일동 즐거운 마법의 나라!

storytelling time

나도 이야기꾼

기본 스토리텔링

이번 스테이지에서 만난 이야기 중 가장 마음에 드는 것을 골라서 다음과 같은 단계로 스토리텔링 활동을 해보자.

step 1: 책에 쓰인 그대로 이야기를 소리 내어 읽는다.

step 2: 책에 쓰인 그대로 이야기를 소리 내어 읽되, 가상의 청자에게 말해주듯이 읽는다.

step 3: 청자에게 이야기를 전달하되, 틈틈이 책을 참고한다.

step 4: 청자에게 이야기를 전달하되, 책을 참고하지 않는다.

step 5: 청자에게 이야기를 전달하되, 표현과 내용을 조금씩 자신의 방식대로 바꿔본다.

step 6: 완전히 내 것이 된 이야기를 구연 환경과 청자의 성향에 맞춰 내용과 표현을 자유자재로 조절하며 전달한다.

이야기별 재창작 스토리텔링

다음은 이번 스테이지에서 만난 이야기들에 대한 활동거리이다. 이 중 하나 이상을 골라 스토리텔링 활동을 해보자.

<세상 끝의 마법 호수>

① **내용에 대해 토론하기:** 수막이 세상 끝 마법 호수를 찾아낼 수 있었던 가장 큰 힘은 무엇이었을지에 대해 이야기해 보자.

② **이야기 변형하기:** 수막이 말한 세 가지 소원 가운데 한 가지를 바꿔서 새로운 이야기로 만들어보자.

<젊음의 땅을 찾아서>

③ **이야기 내용 바꾸기:** 이야기에서 마음에 안 드는 부분을 한 군데 골라 마음에 들게 고치고 그 내용을 발표해 보자.

④ **화소 설정 바꾸기:** 생명의 물과 마법의 사과에 사람들이 몰랐던 부작용이 있었다고 설정을 바꿔 왕과 세 할머니 이야기에 반전을 만들어보자.

<신비의 땅 서천꽃밭 할락궁이>

⑤ **삽화 그리기:** 서천꽃밭에 특별한 꽃들이 피어 있는 모습을 담은 그림책 삽화를 그려보자. 단, 꽃들의 개별적 특징을 잘 살리도록 한다.

⑥ **작중인물이 되어 일기 쓰기:** 할락궁이, 원강아미, 천년장자 막내딸 중 한 명을 골라서 그가 겪은 특별한 하루에 대한 일기를 써보자.

<투왈레의 하늘 여행>

⑦ **숨은 이야기 상상하기:** 이름이 같은 두 명의 투왈레가 본래 하나의 존재였다고 가정하고 그들이 하늘과 땅으로 분리된 사연을 상상해 보자.

<땅속나라에 들어간 소년>

⑧ **이야기 확장하기:** 땅속나라에 지상과 다른 특별한 점이 있다고 가정하고, 오누이가 그곳에서 겪게 될 낯선 사건 하나를 구성해 보자.

<우라시마 타로의 용궁 여행>

⑨ **인물의 선택에 대해 토론하기:** 우라시마 타로의 다음 선택들이 옳았는지, 혹은 옳지 않았는지 토론해 보자.

(1) 용궁에 간 일 (2) 용궁을 떠난 일 (3) 상자를 연 일

<즐거운 마법의 나라>

⑩ **나만의 마법 주문 만들기:** 나아갈 길이 막히거나 어딘가에 갇힌 느낌이 들 때 사용할 나만의 마법 주문을 만들어보자. 이야기 속의 "열려라, 닫혀라, 열려라!"보다 더 멋진 명령어를 찾도록 한다.

이야기 연계 스토리텔링

1. 이 스테이지에서 만난 이야기들 속에 나오는 특별한 장소 중 가장 인상 깊었던 곳을 골라 그 이유를 말해보자. 각자가 고른 장소에 또 다른 특징을 추가한다면 무엇일지도 함께 이야기해 보자.

2. 〈젊음의 땅을 찾아서〉에서 젊음의 땅을 찾아간 인물이 베니우스 왕자가 아닌 〈세상 끝의 마법 호수〉의 어린 소녀 수막이었다면 어떤 이야기가 펼쳐졌을지 상상해 보자. 깃털 부채를 가지고 젊음의 땅에 도착한 장면에 초점을 맞추도록 한다.

3. 〈투왈레의 하늘 여행〉의 하늘 투왈레, 〈땅속으로 들어간 소년〉의 하늘을 나는 돼지, 〈신비의 땅 서천꽃밭 할락궁이〉의 천리동이와 만리동이, 〈즐거운 마법의 나라〉의 금으로 된 공을 등장시켜 새로운 이야기를 만들어보자.

4. 이 외에 이야기들을 흥미롭게 연계할 수 있는 여러 가지 방법을 찾아보고, 이를 토대로 다양한 스토리텔링 활동을 해보자.

3

stage 03

강적과의 한판 승부

겁 없는 왕자

잃어버린 태양을 찾아 나선 청년

바바야가를 찾아간 소녀

괴물과 거인과 빌런의 나라

녹메니 언덕의 전설

통이

이번 이야기판은 저 퉁이가 열도록 할게요. 주제는 '강적과의 승부'예요. 도전과 모험을 하다 보면 갖가지 무서운 적을 만나게 되잖아요? 제가 게임을 좋아하는데 그야말로 강적투성이예요. 이기려면 강해지는 수밖에 없지요. 제가 강한 왕자 이야기를 해볼게요. 그냥 힘만 강한 사람이 아니에요. 그 이상입니다.

겁 없는 왕자

*

독일 민담

옛날, 한 나라에 겁 없는 왕자가 살았어요. 그는 왕궁 생활이 너무 답답했어요.

'나도 이제 어른이야. 넓은 세상으로 나가 봐야겠어. 가서 새롭고 신기한 것들을 마음껏 경험하는 거야.'

왕자는 부모님과 작별하고 길을 떠났어요. 정해진 곳은 없었죠. 전에 가본 적 없는 방향으로 계속 걸어갔어요. 앞만 보면서요. 그렇게 며칠을 가다 보니 이상하게 생긴 큰 집이 떡 나타난 거예요.

"다른 집들과는 다르군. 뭔가 재미있는 곳일지 몰라."

왕자가 집 근처를 이리저리 살펴보니까 마당 한쪽에 한 아름이 넘는 커다란 공하고 사람만 한 핀들이 보여요. 세보니까 핀이 아홉 개예요. 왕자는 핀을 나란히 세워놓은 뒤 얼마쯤 떨어져서 공을 휙 굴렸어요. 그랬더니 핀이 한 번에 와그르르 쓰러져요.

"스트라이크!"

그때 집주인이 와서 그 모습을 본 거예요. 왕자보다 키가 서너 배쯤 큰 거인이에요.

"이봐, 꼬맹이! 내 장난감으로 뭐 하는 거지? 그 공을 어떻게 든 거야?"

"이봐, 너만 힘이 센 게 아니라구. 나는 원하는 걸 뭐든지 다 할 수 있는 사람이야."

그러니까 거인이 이렇게 말해요.

"그래? 그럼 생명의 나무에 가서 사과를 한 개 따 올 수 있겠어?"

"그건 뭔데? 사과는 뭐 하려고?"

"내 색싯감이 사과를 원하거든. 근데 그게 만만치 않은 일이란 말이지. 사과나무가 높다란 쇠울타리에 둘러싸여 있는 데다 사나운 짐승들이 지키고 있다더군. 게다가 사과를 따려면 고리 안에 손을 넣어야 하는데, 고리에 한번 걸리면 끝장이거든. 사람은 물론이고 거인 중에도 그 일을 해낸 자는 아무도 없어."

"그 말을 들으니까 마음이 불타오르는군. 내가 해 보이겠어."

왕자는 곧바로 생명의 나무를 찾아서 길을 떠났어요. 아무도 모르는 먼 곳이었지만 왕자는 결국 그곳을 찾아냈어요. 세상 끝 어디라도 찾아갈 태세였거든요. 보니까 정원 둘레에 높은 쇠담장이 둘러 있고 사나운 짐승들이 앉아 있었어요. 짐승들은 잠을 자고 있었죠. 왕자는 어려움 없이 다가가서 울타리를 넘어 나무 앞으로 다가갔어요. 그리고 고리에 손을 넣어서 사과를 하나 땄지요.

그런데 그 고리가 강적이에요. 팔을 꽉 조이는데 예상을 뛰어넘는 초강력 파워였어요. 피가 돌지 않아서 마비가 올 정도예요. 원래 사과를 서너 개 딸 생각이었는데 도저히 엄두가 안 나요. 왕자는 사과 한 개만 따서 문을 열고 울타리 밖으로 나왔어요. 그때 잠자고 있던 커다란 사자 한 마리가 눈을 뜨고 다가오는 거예요.

'저건 내가 이길 수 있는 상대가 아니야. 어떡한담?'

그런데 사자의 행동이 좀 이상해요. 발톱을 세우고 덤벼드는 게 아니라 꼬리를 흔들며 다가와서 고개를 숙이는 거예요. 강아지가 주인을 따르는 식이죠. 덕분에 왕자는 문제없이 거인에게 돌아올 수 있었어요.

"여기, 네가 말했던 사과!"

거인이 깜짝 놀라면서도 신이 났죠. 얼른 사과를 가지고 가서 색싯감에게 줬어요.

"이거 당신이 구해 온 거 맞아요? 고리는 어디 있죠? 고리가 있어야 믿을 수 있어요."

"그래? 가서 가져오면 되지 뭐."

거인이 왕자의 팔에 고리가 있는 걸 봤거든요. 그걸 뺏는 건 식은 죽 먹기라고 생각했어요. 하지만 왕자는 고리를 줄 생각이 전혀 없었어요. 그 고리랑 씨름하느라 몸에 힘이 잔뜩 붙어났거든요. 그게 초강력 운동기구 역할을 한 거예요. 팔에서 뺐다가 끼울 수도 있게 됐어요. 이제 다른 팔도 단련을 해야죠.

거인이 힘으로 고리를 뺏어보려 했지만 소용없어요. 힘으로 왕자를 이길 수가 없어요. 거인은 다른 방법을 생각했죠. 근처에 맑은 물이 흐르는 강물이 있는데 왕자가 목욕하는 장소예요. 거인은 떡갈나무 뒤에 숨어 있다가 왕자가 고리를 벗어놓고 물에 들어가서 몸을 씻을 때 고리를 훔쳐서 숨겼어요. 그리고 왕자가 나와서 옷을 입고 있을 때 몰래 뒤로 다가가서 두 눈을 확 찌르고 달아났어요. 눈이 찔린 왕자는 앞을 못 보게 됐어요.

하지만 거인은 고리를 차지할 수 없었어요. 사자가 거인을 쫓아가서 고리를 빼앗아다가 주인에게 돌려준 거예요. 왕자는 고리를 다시 팔에 찼어요. 하지만 앞을 보지는 못해요. 온 세상이 깜깜하죠.

거인은 어떻게든 고리를 빼앗으려고 다시 머리를 썼어요. 왕자를 도와주는 척 손을 이끌고서 낭떠러지로 가서 혼자 두고 사라진 거예요. 한 발만 잘못 디뎌도 떨어질 상황이에요. 하지만 이번에도 사자가 나섰어요. 사자는 주인의 옷을 물고 뒤로 잡아당겨서 안전한 곳으로 옮겼지요. 그리고 거인이 왕자가 죽었는지 확인하려고 왔을 때 발로 등을 툭 차버렸어요. 거인은 높은 낭떠러지 아래로 뚝 떨어져서 몸이 박살 났습니다.

사자는 주인을 연못가로 이끌고 갔어요. 그러더니 발에 물을 적셔서 왕자의 눈에 뿌리는 거예요. 맑은 물이 눈에 닿으니까 앞이 어렴풋이 보였어요. 그때 새 한 마리가 이리저리 나뭇가지에 부딪히면서 날다가 연못 속으로 쏙 들어가는 거예요. 물에서 나온 새는 나뭇가지 사이를 쏙쏙 잘 빠져나가면서 날아 올라갔어요. 그 모습을 본 왕자는 몸을 굽혀서 맑은 물에 얼굴을 푹 담갔어요. 그러고서 고개를 드니까 앞이 환하게 잘 보였죠. 왕자는 세상에 다시 태어난 것 같았어요. 그동안 너무 자만했었다는 사실도 깨달았어요.

시력을 되찾은 왕자는 사자와 함께 세상 이곳저곳을 돌아다녔어요. 그러던 어느 날, 왕자는 마법에 걸린 성에 이르렀어요. 문을 두드리니까 한 처녀가 모습을 나타냈죠. 행동이 예의 바르고 얼굴도 예쁜 처녀였어요. 하지만 피부가 불에 그슬린 것처럼 검었어요.

"이곳은 마법에 걸린 성이에요. 여기서 사흘 밤을 버틴 사람은 아무도 없답니다. 사흘은커녕 하룻밤도요. 겁이 없고 강인한 사람만 해낼 수 있는 일이에요. 아아, 당신이 나에게 걸린 나쁜 마법을 풀어줄 수 있다면!"

이렇게 말하는데 목소리가 너무 슬퍼요. 두 눈에 물기가 촉촉하고요.

"내가 그 겁 없고 강인한 사람입니다. 당신을 구하고 싶어요. 어떻게 하면 되나요?"

"이 성에서 사흘 밤을 묵으면서 어떤 일이 벌어져도 소리를 내지 않고 참아야 해요. 지옥 같은 일이지요. 악마들은 정말 잔인하거든요. 하지만 그들은 당신의 목숨을 빼앗지는 못할 거예요. 당신이 공격하지 않고 버티면 말이에요. 제 말처럼 할 수 있나요?"

왕자가 사자를 바라보며 고개를 끄덕이니까 사자도 머리를 끄덕였어요. 왕자는 사자를 보낸 뒤 홀로 성 안으로 들어갔습니다.

그리고 넓은 홀에 혼자 앉아서 밤이 되기를 기다렸어요. 밤이 되니까 성 안이 시끄러운 소리로 꽉 차면서 악마들이 잔뜩 모여들었죠. 악마들은 방 한가운데다 불을 피워놓고서 노름을 하기 시작했어요. 왕자는 본 척도 안 하고요. 편을 갈라서 한참 노름을 하더니 승부가 났는지 한 패는 신이 나서 낄낄거리고 한 패는 울그락불그락 짜증을 내요.

"이거 우리가 못해서 진 게 아니야. 저기 저 녀석 때문이라고! 아주 영혼까지 탈탈 털어주겠어."

그러더니 왕자를 끌어다 놓고서 괴롭히기 시작해요. 흔들고 찌르고 때리고 매달고…… 하여튼 고문이란 고문은 다 해요. 하지만 왕자는 아무 말도 안 하고 꾹 참았어요. 기나긴 고통의 시간이 지나고 마침내 날이 밝았지요. 악마들은 사라졌지만 왕자는 힘이 다 빠져서 꼼짝도 할 수 없었습니다. 그때 처녀가 들어와서 깨끗한 물로 왕자의 얼굴과 몸을 씻어주었어요. 그러자 아픔이 사라지면서 기분이 좋아졌답니다.

"정말 고생했어요. 이렇게 버티시다니 대단해요. 하지만 이틀 밤이 남아 있어요. 어제보다 더 힘든 밤이 될 거예요."

그때 왕자가 처녀를 보니까 검던 피부가 조금 하얗게 돌아온 거예요. 그걸 보니까 힘이 났지요.

"걱정 마세요. 할 수 있습니다."

처녀는 그 말을 듣더니 얼굴이 밝아졌어요. 피부도 더 하얘진 것 같아요.

그날 밤, 다시 지옥의 시간이 시작됐어요. 악마들은 말도 안 되는 핑계로 왕자를 괴롭히기 시작했죠. 이번에는 모두 다 합세해서 고문을 했어요. 왕자의 몸은 상처로 가득 차서 성한 곳이 안 남았습니다. 하지만 왕자는 이번에도 꾹 참고 버텼어요. 다음 날 만난 처녀는 피부가 더 하얗게 돌아와 있었죠.

마지막 밤은 진짜로 힘들었어요. 전날보다 몇 배나 많은 악마들이 나타나서 왕자를 괴롭혔죠. 악마들의 왕까지 나섰어요. 악마들은 왕자 몸에 상처를 내는 건 물론이고 영혼을 마구 흔들어댔습니다. 무섭게 협박도 하고 좋은 말로 꼬이기도 하면서요. 하지만 왕자는 굴하지 않고 버텼어요. 악마들에게 굴복하느니 차라리 죽겠다는 결심이었죠.

드디어 세 번째 날이 밝아오자 악마들은 더 버티지 못하고 사라졌어요. 그냥 돌아간 게 아니에요. 힘을 잃고 소멸한 거예요.

왕자 앞에 처녀가 환하게 웃으며 섰어요. 온몸이 본래대로 돌아와 있었지요. 처녀는 생명의 물로 왕자의 몸을 깨끗이 씻어주었습니다. 왕자의 상처는 사라지고 몸과 마음에 활력이 넘쳐났어요. 다시 태어난 것 같았습니다.

처녀가 말했어요.

"일어나서 칼을 세 번 휘두르면 모든 마법이 풀릴 거예요."

왕자는 일어나서 힘차게 칼을 세 번 휘둘렀어요. 용기의 칼, 믿음의 칼, 정의의 칼을요. 악마들이 다시는 세상에 발을 붙이지 못하게요.

이야기에 대한 이야기

연이 통이 엄지 이반 세라 뀨 아재 약손할배

연이 오빠, 멋있어. 이거 최고다!

이반 동감이야. 마지막 부분에 완전 몰입했어.

뀨 아재 '용기의 칼, 믿음의 칼, 정의의 칼', 이거 통이가 만든 거 맞지?

통이 하하, 맞아요. 살짝 각색해 봤어요. 원전에는 그냥 칼을 세 번 휘두르니까 나쁜 마법이 사라졌다고 돼 있는데, 그게 뭔가 정의 구현처럼 생각되는 거예요.

이반 저도 이야기에서 거인이나 악마를 보면서 세상의 간악한 범죄자들이 떠올랐어요. 함부로 약자를 괴롭히는 권력자들도 생각났고요.

세라 왕자가 그런 사회악과 맞서 싸우는 모습에 통이가 반한 거구나.

통이 맞아요. 하지만 그것보다 악마들에게 당하면서도 버티는 모습이 아주 감동적이더라고요.

엄지 근데 나는 왕자가 사과를 받은 처녀랑 결혼할 줄 알았거든요. 그냥 떠나버려서 뜻밖이었어요.

세라 그런 반전도 이 이야기의 매력 같아. 너희들은 어때?

이반 그 여자는 거인이 점찍어 뒀던 색싯감이잖아요? 그래서 마음에 안 찼던 것 아닐까요?

연이 맞아요. 이 왕자는 자기가 직접 찾아낸 상대라야 했을 듯. 성에서 만난 처녀라든가 말이죠.

퉁이 만약 이야기가 그 앞에서 끝났으면 싱거웠을 거예요. 내가 이 이야기를 들려줄 일도 없었겠죠.

세라 오케이. 우리 용감한 왕자님들의 말씀 인정! 아니, 사자님들이라고 해야 하나? 하하.

퉁이 그건 왕자와 사자가 한 몸이라는 말 맞죠? 이미 눈치채고 있었다는.

뀨 아재 이거 다들 이야기 전문가가 됐군. 대단해.

세라 말없이 계신 약손 할아버지, 다음 이야기 준비하고 계신 거 맞죠? 부탁드려요.

약손할배 하하. 하나 할게요.

약손할배

이 할배도 용감한 청년 이야기 하나 해볼게요. 중국 한족 사이에서 전해온 이야기예요. 이 이야기에도 <겁 없는 왕자> 속의 악마와 비슷한 존재가 등장한답니다. 이자들도 집단으로 뭉쳐서 나쁜 짓을 해요. 자, 시작합니다.

잃어버린 태양을 찾아 나선 청년

✴

중국 전설

옛날, 중국 항주 서호 근처 작은 산간마을에 젊은 부부가 살았어요. 남편은 농사를 짓고 아내는 베를 짜면서 평화롭게 살았답니다. 아내가 아기까지 임신해서 더 바랄 게 없었지요. 그런데 어느 날, 갑자기 재앙이 닥쳐왔답니다. 먹구름이 태양을 휘감더니 해가 영영 사라져 버린 거예요. 해가 없어지니까 세상은 온통 난리가 났죠. 그때 나이가 백여든 살 된 노인이 입을 열었어요.

"동쪽 바다 깊은 곳에 악귀들을 거느린 무서운 마왕이 사는데 태양을 노린다고 들었어. 그가 태양을 훔쳐 갔을 거야."

그 말에 다들 고개를 끄덕였어요. 문제는 누가 가냐는 거지. 그때 농사를 짓던 남자가 나섰답니다. 이름이 리우춘인데 아주 용감했거든. 임신한 아내도 그를 말릴 수 없었어요. 자기 머리카락을 잘라서 신발을 만들어 주면서 무사 귀환을 빌 뿐이었지요.

리우춘에게는 힘든 일이 있을 때 나타나는 불사조가 있었어요. 그는 불사조와 함께 길을 나서면서 아내에게, 만약에 태양을 못 찾고 죽으면 하늘에 올라가 별이 되겠다고 했어요. 그 말을 안 하는 게 나았을지도 몰라. 어느 날, 아내가 하늘을 보니까 못 보던 별이 떠 있는 거예요. 그때 불사조가 날아와서 아내의 어깨에 앉았지요. 그녀는 남편이 죽은 걸 알고서 하염없이 울었답니다.

그때 뱃속의 아이가 꿈틀거리더니 세상에 나왔어요. 아이는 단숨에 자라났지요. 미풍이 불자 말을 하고, 광풍이 불자 걸음을 걷고, 회오리바람이 몰아치자 건장한 청년이 됐어요. 그 아이 이름이 바오추예요. 어머니에게 아버지 얘기를 들은 바오추는 태양을 찾으러 가겠다고 나섰어요. 엄마는 아들을 말릴 수 없었지요. 다시 머리카락을 잘라서 신발을 만들어 줬답니다.

"저 별이 네 아버지의 영혼이다. 그 별을 따라서 가거라."

바오추가 고개를 끄덕이며 길을 나설 때 불사조가 날아와서 어깨에 앉았어요. 바오추는 어머니와 작별하면서 꼭 살아서 돌아오겠다고 다짐했지요. 마을 사람들이 먹을 것과 입을 것을 챙겨주면서 꼭 성공하라고 축복해 줬답니다.

태양이 없으니 세상이 온통 깜깜하지요. 바오추는 불사조와 함께 동쪽을 향해서 걷고 또 걸었어요. 길은 험난했답니다. 외투는 누더기가 되고 손발에는 피가 맺혔어요. 찢어진 옷 사이로 찬 바람이 파고들었지요.

바오추는 한참을 헤쳐 나간 끝에 한 마을에 도착했어요. 마을 사람들은 바오추가 태양을 찾으러 간다는 말을 듣고 감동했지요. 자기들 옷을 조금씩 잘라서 바오추의 해진 외투를 기워줬어요. 덧

댄 옷감이 백 개가 넘었대요. 그 옷을 입으니까 춥지 않았답니다.

바오추가 다시 한참을 가다 보니 이번에는 물이 길을 막았어요. 강 하나를 헤엄쳐 건너면 또 다른 강이 나왔죠. 그리고 끝이 안 보이는 거대한 강이 나왔어요. 얼음처럼 차가운 물이 파도처럼 일렁였답니다. 바오추는 그대로 물에 뛰어들었어요. 차가운 물살이 요동치는 데다가 우박을 동반한 돌풍까지 몰아쳤어요. 강물이 얼기 시작했고 불사조가 떨어져서 얼음에 갇혔지요. 바오추는 온 힘을 다해 얼음을 깨서 불사조를 꺼낸 뒤 가슴에 안았어요. 불사조를 안으니까 다시 힘이 났지요. 그는 마침내 강을 건널 수 있었어요.

강 건너편에는 또 다른 마을이 있었어요. 그곳 사람들도 바오추의 용기에 감동했어요. 그들은 조상들의 땀이 밴 흙을 가방에 넣어서 바오추에게 줬어요. 바오추가 그 가방을 메니까 신기하게도 몸이 가벼워졌지요. 그는 다시 힘을 내서 길을 나섰답니다.

그런데 이상한 일이었어요. 험하던 길이 갑자기 평탄해지면서 바람도 잔잔해진 거예요. 그때 한 마을이 나타났는데 집집마다 환하게 불이 켜져 있었답니다. 집은 하나같이 호화롭고 비단옷을 입은 사람들 얼굴에는 생기가 가득했어요. 그들은 바오추가 태양을 찾으러 간다는 말을 듣고 환호했답니다.

"오오, 우리의 영웅이시여! 감사합니다."

그러면서 그들은 좋은 술과 음식을 준비해서 바오추를 대접했어요. 바오추가 술잔을 기울이려 하는데 불사조가 날아오더니 술잔에 무얼 툭 떨어뜨리는 거예요. 바오추가 보니까 그게 신발인데

자기가 신은 것과 똑같아요. 어머니 머리카락으로 만든 신발이었지요. 바오추는 그게 아버지 신발이라는 것을 깨닫고 퍼뜩 정신을 차렸답니다. 그는 술잔을 땅바닥에 팽개치며 소리쳤어요.

"이 악귀들! 썩 물러가라!"

그러자 순식간에 마을이 없어지고 사람들도 사라졌어요. 초록색 눈을 가진 악귀들이 사방으로 달아나고 있었지요. 바오추는 아버지가 어떻게 당하셨는지를 비로소 깨달았답니다. 그는 자기를 깨우쳐준 아버지를 향해 큰절을 올렸어요. 하늘의 별을 바라보면서요.

이제 바오추의 길을 막을 수 있는 건 없었답니다. 그는 마침내 바다 앞에 섰어요. 어둠 속에서 거센 파도가 일렁였지요. 처음 보는 바다는 그야말로 망망했어요. 그 앞에 선 바오추도 막막할 수밖에 없었지요. 아무리 용감한 바오추라도 바다 한가운데까지 헤엄쳐 들어가는 일은 불가능했어요.

고민하던 바오추는 뭔가가 생각난 듯 메고 있던 가방에 손을 넣었어요. 흙을 한 줌 쥐어서 바다에 힘껏 던졌죠. 그러자 그 흙이 섬이 됐답니다. 바오추는 헤엄쳐서 그 섬으로 올라갔어요. 그가 다시 흙 한 줌을 던지니까 또 다른 섬이 생겨났지요. 바오추는 수많은 섬을 만들면서 나아가고 또 나아갔답니다.

흙을 마지막 한 줌까지 다 썼을 때, 바오추는 바다 한가운데에 있었어요. 그 아래 어디선가에서 빛이 느껴졌답니다. 바오추는 물속으로 잠수해서 아래로 또 아래로 내려갔어요. 그가 바다 밑바닥에 닿았을 때 거대한 암굴이 나타났어요. 안에서 강렬한 빛이 새어 나오고 있었지요. 마왕이 거기다 태양을 숨겨놨던 거예요.

이어진 건 마왕과의 싸움이에요. 마왕은 수많은 무리와 함께 바오추를 공격했답니다. 하지만 자기 힘으로 그곳까지 찾아온 바오추는 무적이었어요. 그리고 그에게는 불사조가 있었지요. 바오추의 일격을 맞은 마왕이 비틀댈 때 불사조가 달려들어서 눈을 쪼았어요. 마왕은 비명을 지르며 뒤로 자빠졌지요. 그는 머리를 바위에 쾅 찧고서 죽어버렸답니다.

마왕이 죽자 악귀들은 사방으로 흩어져 사라졌어요. 바오추는 숨을 가다듬고서 동굴을 막고 있는 바위들을 들어내기 시작했지요. 마침내 입구가 뚫리면서 태양이 모습을 나타냈어요. 바오추는 불사조와 함께 태양이 동굴 밖으로 나오는 것을 도왔지요. 드디어 동굴을 벗어난 태양은 바닷물을 쭈욱 관통해서 하늘로 훌쩍 솟아올랐답니다. 암흑천지가 계속되던 세상에 다시 광명이 찾아온 순간이었지요. 태양이 높이 떠오르자 도망치던 악귀들은 크고 작은 돌멩이로 변했다고 해요.

불사조와 함께 마을로 돌아온 바오추는 엄청난 환영을 받았어요. 그는 다시 일상으로 돌아가서 아버지 뒤를 이어 농사를 지었다고 해요. 어머니는 베를 짜고요. 그가 죽자 사람들은 그를 영원히 기억하기 위해 산 위에 탑을 세웠답니다. 어머니가 늘 아들을 기다리던 바로 그 장소예요. 이름이 '바오추 파고다'예요. 지금도 산에 탑이 남아 있답니다. 서호 근처 보석산 위에요.

이야기에 대한 이야기

연이 통이 엄지 이반 세라 끄 아재 약손할배

통이 할아버지, 감사해요. 가슴이 뜨거워지네요.

엄지 동감!

이반 바오추와 함께 움직인 불사조에게 마음이 가네. 뭔가 심리적 상징 같기도 해.

세라 그래. 그건 용기나 신념, 의지 같은 것 아니었을까? 절대 죽지 않는.

연이 오오, 아버지는 돌아가셨지만 그의 용기와 신념은 죽지 않고 살아남았던 거네요.

통이 그래서 불사조구나. 멋지다. 나도 하나 키워야겠어!

엄지 다른 사람들은 가만히 있고 아버지와 아들만 떠난 게 좀 그래요.

끄 아재 가만히 있었던 건 아니지.

세라 맞아. 이것저것 챙겨주잖아. 옷도 기워주고 흙도 떠주고.

엄지 그렇구나. 마음으로 다들 함께한 것이었군요.

약손할배 그래. 모두가 함께 떠난 셈이야.

이반 거대한 악과 싸우려면 한 명의 영웅만으로는 부족하죠.

통이 형도 이 악귀들을 사회의 거대한 악의 무리로 봤구나. 내 생각도 그래. 〈겁 없는 왕자〉에 나오는 악마들이랑 비슷해.

연이 암흑의 세력인가? 그 악마들도 밤에 설쳤었잖아.

끄 아재 빙고!

세라 근데 이자들이 태양까지 훔치려 했다니 참 무서워. 세상을 완전히 장악하려 한 거잖아.

이반 우리가 더 정신을 바짝 차려야겠어요.

세라 그래야지. 자, 약손 할아버지에 이어서 태양을 찾으러 갈 다음 용사는?

연이 저요!

연이

저도 악귀를 찾아가는 이야기를 하나 할게요. 악귀는 바바야가예요. 러시아의 유명한 괴물인데, 어린아이들을 잘 괴롭혀요. 최악이죠. 한 여자아이가 동생을 구하려고 이 괴물을 찾아가게 돼요. 러시아에서 오신 아주머니가 들려준 이야기랍니다. 러시아에서 무척 유명한 설화래요.

바바야가를 찾아간 소녀

✴

러시아 민담

옛날, 어떤 집에 엄마 아빠와 남매가 살고 있었어요. 딸은 좀 컸는데 아들은 많이 어렸답니다. 어느 날, 부모님이 일하러 나가면서 딸에게 말했어요.

"동생 잘 돌봐야 한다. 함부로 밖에 나가면 안 돼."

"네. 알겠어요."

그런데 부모님이 나가자마자 친구들이 놀러 왔지 뭐예요. 딸은 마당으로 나가서 친구들하고 놀았어요. 그러자 방에 있던 남동생도 따라 나왔죠. 누나는 친구들하고 노느라고 동생이 뭘 하는지 까맣게 모르고 있었답니다. 그러니까 동생이 제 맘대로 여기저기 왔다 갔다 하지요.

누나가 한창 잘 놀고 있는데 한 친구가 소리쳤어요.

"저것 봐! 저거 네 동생 아니니?"

얘가 고개를 들어서 보니까 큰 새가 동생을 움켜쥐고서 날아가고 있는 거예요. 깜짝 놀라서 쫓아갔지만 새를 따라잡을 수는 없었죠. 새는 멀리 사라졌답니다.

소녀는 동생을 찾으려고 길을 떠났어요. 새가 날아간 방향으로 무작정 가는 거예요. 그때 난로가 말을 걸어왔어요.

"동생을 찾아가는구나. 내 안에 있는 빵을 먹으면 동생 있는 곳을 알려줄게."

소녀가 빵을 보니까 맘에 안 들었어요.

"이런 못생기고 타버린 빵은 안 먹어!"

그러면서 소녀는 계속 길을 갔어요. 그때 길가의 사과나무가 말했어요.

"내 가지에 달린 사과를 먹으면 동생 있는 곳을 알려줄게."

"이런 작고 상처 난 사과는 안 먹어!"

다시 소녀가 길을 가는데 강물이 말했어요.

"이 물을 마시면 동생 있는 곳을 알려줄게."

"이런 흐리고 더러운 물은 안 마셔!"

그러고서 소녀는 계속 길을 갔어요. 가다 보니까 닭다리 기둥 위에 지어진 오두막이 보였죠. 소녀는 다리가 아프고 배가 고파서 오두막으로 들어갔어요. 그랬더니 웬 할머니가 동생을 데리고 있지 뭐예요. 소녀는 그게 바바야가라는 걸 알아차렸답니다. 하지만 소녀는 모른 척하고 공손히 말했어요.

"할머니, 배가 많이 고픈데 먹을 걸 좀 주실 수 있나요?"

"그래. 조금만 기다려라."

바바야가는 문을 닫고 밖으로 나갔어요. 아이들을 요리할 도구를 챙기러 나간 거예요. 소녀는 얼른 동생을 안고 집을 빠져나와서 달아나기 시작했답니다. 잡히면 끝이에요.

소녀는 흐린 강물에 다다랐어요. 뒤에선 바바야가가 쫓아오고 있었죠.

"내 물을 좀 마셔줘."

소녀는 얼른 흐린 물을 떠서 맛있게 마셨어요. 그러자 강물은 남매를 물속 깊은 곳에 안전하게 숨겨줬어요. 덕분에 바바야가를 따돌릴 수 있었죠.

소녀는 다시 동생을 데리고 집으로 향했어요. 그러자 바바야가가 또 쫓아오는 거예요. 그때 사과나무가 말했어요.

"내 사과를 먹어줘."

소녀는 얼른 사과를 따서 맛있게 먹었어요. 그러자 사과나무는 남매를 가지 속에 안전하게 숨겨줬습니다. 바바야가는 아무 소득 없이 되돌아갔죠.

소녀가 다시 동생을 데리고 집으로 향하는데, 이번엔 바바야가가 보낸 큰 새가 쫓아왔어요. 그때 난로가 말했어요.

"빵을 좀 먹어줘."

소녀는 난로에 있는 빵을 꺼내서 맛있게 먹었어요. 그러자 난로는 자기 몸 안에 남매를 안전하게 숨겨줬답니다. 새는 남매를 못 찾고서 되돌아갔죠.

소녀는 다시 동생을 데리고서 집으로 향했습니다. 새가 다시 쫓아왔지만 남매가 더 빨랐어요. 집으로 쏙 들어가서 부모님 품에 안기니까 새는 하늘을 맴돌다 떠나갔답니다.

"집에 있지 않고 어디를 다녀오는 거니?"

"그럴 일이 있었어요. 하지만 아무 일도 없었어요."

그러자 부모님은 말없이 웃었어요. 아무 일도 없었으니까요.

이야기에 대한 이야기

퉁이 자기도 어린데 동생을 구하려고 괴물을 찾아가다니, 대단하네.

이반 그러게. 바바야는 정말 무서운 괴물인데.

세라 소녀가 침착함을 잃지 않은 게 큰 것 같아. 그 상황에서 먹을 걸 달라고 한 건 신의 한 수.

퉁이 이야기 앞부분과 뒷부분에서 세상을 대하는 태도가 달라진 게 인상적이에요. 어떻든 다행이에요.

뀨 아재 힘든 일을 헤쳐 나가려면 좋은 관계가 필요하지.

연이 소녀는 도망가느라 마음이 아주 급했을 거예요. 그런데도 강물과 사과나무와 난로의 말을 들어준 게 대단하다고 생각됐어요.

약손할배 그렇지. 대단한 아이야.

엄지 바바야가가 죽지 않은 게 아쉬워요. 또 나쁜 짓을 할 수 있잖아요.

뀨 아재 악은 그리 쉽게 사라지지 않지.

이반 맞아요. 바바야가는 어디에든 있을 수 있어요. 역시 정신을 바짝 차려야겠어요.

약손할배 너희도 만만치 않은 사람이라는 걸 기억하려무나.

세라 자, 그럼 다음 이야기는 이반이 해볼래?

이반 네, 누나. 마침 생각난 이야기가 있어요.

멀리 멕시코에서 전해온 이야기를 해보겠습니다. 한 소녀가 무서운 괴물을 상대하는 이야기예요. 머리가 일곱 개 달린 괴물을요. 하지만 그보다 더 무서운 괴물은 따로 있어요. 누구인지 한번 찾아보세요.

괴물과 거인과 빌런의 나라

✴

멕시코 민담

옛날 어느 나라에 세 자매가 살았는데, 두 언니는 못생겼고 막내딸은 예뻤어요. 언니들은 동생을 아주 미워했습니다. 어느 날, 둘은 아버지 지갑에서 돈을 잔뜩 꺼내서 막내의 침대에 숨겨놨어요. 그러고서 아버지에게 막내가 돈을 훔쳤다고 일러바친 거예요. 막내딸 침대에서 돈을 발견한 아버지는 화가 잔뜩 나서 막내를 산속으로 끌고 갔어요. 죽여버리겠다면서요.

"아빠, 저를 죽이지 마세요. 멀리 떠나서 다시는 돌아오지 않을게요."

딸이 간절하게 비니까 아버지 마음이 약해졌어요. 아버지는 딸에게 빵 몇 개를 주고는 먼 곳으로 떠나라고 했습니다. 다신 눈에 띄지 말라면서요. 막내는 눈물을 흘리면서 혼자 낯선 곳으로 떠났어요.

애가 한참 가다 보니까 배가 고파요. 빵을 꺼내서 먹으려고 하는데 누더기를 걸친 노파가 다가와서 빵을 좀 나눠달래요. 이틀 동안 아무것도 못 먹었다면서요. 소녀가 보니까 자기보다 더 불쌍했어요. 그래서 할머니에게 빵을 다 드렸습니다.

"어린아이가 혼자 어디를 가는 거냐?"

"어디로 갈지 저도 몰라요. 집에서 쫓겨났거든요. 아빠가 다시는 돌아오지 말라셨어요."

그러자 노파가 말했어요.

"그렇구나. 일할 만한 곳을 내가 알려주지. 키리키리왕국을 찾아가 봐. 부자 나라인데 일자리를 줄 거야. 그리고 너에게 선물을 주마. 이 지팡이를 가져가거라. 미덕의 지팡이란다. 뭐든 알고 싶은 걸 물어보면 대답해 줄 거야."

생각지도 않은 선물이었어요. 사실 그 노파는 하늘나라 천사였습니다. 소녀는 노파에게 공손히 인사한 뒤 지팡이를 받아들고 키리키리왕국으로 향했어요. 한참 가다 보니 길이 세 갈래로 갈라져 있었죠. 지팡이를 시험해 볼 순간이에요.

"미덕의 지팡이야, 세 길이 어디로 향하는지 알려줘."

그러자 지팡이가 말했어요.

"오른쪽 길은 머리 일곱 개 달린 괴물이 사는 동굴로 통하는 길이야. 왼쪽 길은 무서운 거인 볼룸비가 사는 성으로 통하지. 가운데 길은 키리키리왕국의 궁전으로 향하는 길이란다."

소녀는 가운데 길로 나아가서 키리키리왕국의 궁전에 도착했어요. 왕은 소녀를 부엌에서 일하게 해줬습니다. 그런데 소녀가 보니까 왕의 표정이 아주 안 좋았어요. 걱정이 가득한 모습이었죠.

"미덕의 지팡이야, 왕이 왜 슬퍼하는지 알려줘."

"일곱 개 머리를 가진 괴물 때문이야. 그 괴물이 왕자를 먹이로 바치라고 했거든. 안 그러면 왕국으로 와서 백성들을 죽이겠다는 거야."

"미덕의 지팡이야, 그 괴물을 처치할 방법을 알려줘."

"그 괴물은 열두 시가 되면 늘 잠을 자. 그때 나를 들어서 꼬리를 세게 때리면 괴물이 죽을 거야. 머리 말고 꼬리를 때려야 해."

그 말을 들은 소녀는 지팡이를 들고서 혼자 괴물이 사는 동굴로 찾아갔습니다. 시간을 맞춰서 괴물에게로 다가갔죠. 괴물은 정말로 흉측했어요. 일곱 개 머리로 코를 콰르릉 골아대면서 잠꼬대를 하는데, 눈 몇 개는 뜨고 있었어요. 소녀는 마음을 굳세게 먹고 다가가서 괴물 꼬리를 지팡이로 세게 내리쳤습니다. 그러자 괴물이 그대로 죽어버렸어요. 소녀는 괴물의 입을 벌려 혀 일곱 개를 잘라서 주머니에 넣은 다음 왕궁으로 향했습니다.

소녀가 떠난 뒤 한 신하가 괴물이 있는 동굴로 왔어요. 보상을 노리고 찾아온 거예요. 괴물을 죽인 사람은 어떤 소원이든 왕에게 청할 수 있었거든요. 신하는 괴물이 죽은 걸 발견하고 웬 떡이냐 싶었죠. 그는 괴물의 머리 일곱 개를 잘라서 챙긴 뒤 왕궁으로 달려가서 말했습니다.

"제가 괴물을 죽였습니다. 여기 그 머리가 있습니다. 약속대로 소원을 들어주십시오. 공주님과 결혼하고 싶습니다."

괴물이 죽었다는 말에 왕은 얼굴이 환해졌어요. 곧바로 공주를 나오게 했죠. 그 모습을 본 소녀가 앞으로 나서며 말했습니다.

"임금님, 저 사람은 거짓말을 하고 있어요. 괴물의 입을 열어서 혀를 살펴보세요."

이게 무슨 말인가 싶죠. 그래도 왕은 미심쩍어서 괴물 입을 열어보게 했어요. 보니까 머리 일곱 개 모두 혀가 잘리고 없었습니다. 기세등등하던 신하가 당황해서 쩔쩔매죠. 딱 봐도 사기를 친 게 티가 나요.

"이상한 일이구나. 누가 괴물을 죽여서 혀를 잘랐단 말인가?"

그때 소녀가 나서며 괴물의 혀 일곱 개를 왕에게 바쳤어요. 다들 깜짝 놀랐죠. 애가 괴물을 죽였다는 게 믿기지 않아요. 하지만 증거가 확실하잖아요? 그때 소녀가 말했습니다.

"왕자님과 결혼하는 것이 저의 소원입니다."

부엌데기가 왕자와 결혼하겠다는 말에 왕은 벌컥 화를 냈어요. 그게 무슨 소리냐며 펄쩍 뛰었죠. 화장실 갈 때와 올 때 마음이 다르다는 말이 딱이에요. 하지만 소녀는 뜻을 굽히지 않았어요. 결국 왕은 약속을 지킬 수밖에 없었습니다.

그런데 반전이 일어났어요. 소녀가 미덕의 지팡이 도움으로 가장 아름다운 신부의 모습으로 치장하고 무도회장에 나타난 거예요. 세상에 그보다 아름다운 여자는 없었죠. 부엌데기의 놀라운 변신에 왕자는 입이 함박만 해졌어요. 자기가 세상에서 제일 행복한 사람이라고 생각했습니다. 어떤 일이 일어날지도 모르고요.

문제는 왕이었어요. 신부의 아름다운 모습에 왕이 반해버린 거예요. 그 왕이 뭐든 원하는 건 가져야 하는 사람이거든요. 아들의 신부까지도요. 근데 아들이 있으면 그 일이 어렵잖아요? 왕은 왕자를 없애버릴 계책을 생각하기 시작했죠. 어찌나 골똘히 생각하는지 옆에 누가 다가오는 것도 몰랐어요. 그 모습을 보고 소녀가 지팡이에게 물었습니다.

"미덕의 지팡이야, 임금님이 무슨 생각 중인지 알려줘."

"지금 무서운 계획을 짜는 중이야. 왕자에게 어디를 다녀오라고 시킨 뒤 자객을 보내서 죽여버리려고 한단다. 너를 차지하려는 속셈이야."

"아아, 어떻게 그럴 수 있지? 미덕의 지팡이야, 막을 방법을 알려줘."

"거인 볼룸비가 가지고 있는 띠가 필요해. 그 띠를 들고 있으면 앞에 있는 사람을 변신시킬 수 있지. 그 띠는 볼룸비의 이빨 사이에 있어. 정오에 그 거인이 잠잘 때 살짝 꺼내야 해. 걸리면 끝장이야. 그 거인이 사람 고기를 아주 좋아하거든."

소녀는 즉시 왕궁을 나와서 거인 볼룸비가 사는 성으로 향했습니다. 시간을 맞춰서 조심스레 안으로 들어가 거인이 있는 방으로 갔죠. 거인이 코를 골면서 자고 있는데 모습이 너무나 흉측해요. 입을 벌렸다 다물었다 하는데 작은 동굴 같아요. 하지만 소녀는 굴하지 않았어요. 거인이 입을 벌린 틈에 재빨리 손을 집어넣어서 이빨 사이에 있는 띠를 잡아 뺐습니다. 그리고 왕궁으로 향했어요.

그때 왕은 계획한 일을 실행에 옮기는 중이었어요. 왕자를 보내놓고는 직접 호위대를 이끌고 뒤를 쫓았죠. 왕자가 죽는 걸 자기 눈으로 확인하려는 거예요. 왕의 일행은 중간에 소녀와 딱 마주쳤습니다. 왕은 부하들을 먼저 보내놓고서 소녀에게 은근히 말했어요.

"나의 신부! 조금만 기다려라. 금방 돌아오마. 왕자비보다는 왕비가 낫지 않겠니? 크하하."

소녀가 보니까 그 얼굴이 머리 일곱 개 달린 괴물보다도, 거인 볼룸비보다도 흉측했어요. 소녀는 손에 띠를 잡고서 소리쳤습니다.

"이 사람을 돼지로 만들어줘!"

그러자 왕은 순식간에 커다란 돼지로 변했어요. 침을 질질 흘리면서 꿀꿀꿀 꿀꿀. 돼지는 때마침 돌아온 호위대 병사들의 눈에 띄었죠. 왕이 그들에게 명령을 내리는데 그 소리가 꿀꿀꿀 꿀꿀. 살이 통통하게 찐 돼지를 발견한 병사들은 웬 떡이냐 싶어서 화살을 날리고 창으로 찔러댔습니다. 왕은 피를 흘리고 죽어가면서 계속 꿀꿀꿀 꿀꿀.

그 뒤 소녀가 왕자와 결혼했는지, 아니면 다른 곳으로 갔는지는 아무도 모른답니다. 미덕의 지팡이와 볼룸비의 띠를 계속 가지고 다녔는지 어땠는지도요. 띠는 몰라도 지팡이는 가지고 있었겠죠? 본래 자기 것이니까요.

이야기에 대한 이야기

연이

통이

엄지

이반

세라

뀨 아재

약손할배

통이 우와, 진짜 빌런의 연속이다. 괴물, 신하, 볼룸비…… 최고 빌런은 왕이었어!

엄지 소녀의 언니들과 아버지도 빼놓을 수 없어.

연이 그 왕이 원래 아들을 살리려고 했었잖아? 그런데 그렇게 괴물로 변할 줄이야. 돼지가 된 거 소름.

뀨 아재 제일 무서운 게 사람 아니겠어?

연이 그런데 소녀가 왕자와 결혼하지 않은 건가? 자기가 원했었잖아?

세라 뭔가 왕자에게도 실망하지 않았을까? 보면 이야기에서 왕자가 한 게 없어. 소녀가 예쁘게 변신하니까 입이 함박만 해진 것 빼고 말이야. 나 같으면 그 왕궁을 돌아보지도 않았을 거야.

이반 근데 키리키리왕국의 비밀 알아요? 그게 네버랜드처럼 실재하지 않는 가상의 나라를 뜻하는 말이래요.

세라 그렇구나. 그게 다 상징이라는 뜻이네. 하긴, 옛이야기니까!

뀨 아재 우리 사는 세상이 다 키리키리지.

세라 오, 그 말씀이 일리 있네요. 요즘 세태를 생각하면요.

엄지 좀 슬퍼요. 소녀가 왕궁으로 안 갔으면 어디로 갔을까요? 집으로도 가고 싶지 않았을 것 같고…….

약손할배 미덕의 지팡이가 도와줬겠지.

엄지 그렇구나. 지팡이의 안내로 어울리는 곳을 찾아갔겠네요. 그러고 보니까 길을 가는 일과 지팡이가 잘 어울려요.

세라 그 지팡이를 천사에게서 받았잖아? 사실 그건 마음속에 있는 무엇 같기도 해.

연이 맞아요. 미덕, 그리고 지혜 같은 거.

퉁이 그래서 이반 형이 그 지팡이는 본래 소녀의 것이라고 했구나. 이제 깨달았네.

이반 알아주시니 감사.

세라 하하. 이제 다음 이야기로 가보자꾸나. 오래 기다리셨어요, 뀨 아재.

뀨 아재

분위기가 조금 무거워진 것 같은데, 내가 재미있는 이야기 하나 할게. 다들 아일랜드라는 나라 알지? 영국 옆에 있는 섬나라야. 설화와 민요로 유명한 나라지. 영웅담과 모험담이 무척 많아. 근데 영웅과 거인이 싸우면 누가 이길까? 당연히 영웅? 아니지. 정답은 더 센 쪽! 이제 누가 더 센지 한번 구경 가볼까? 전설의 땅 녹메니 언덕으로!

녹메니 언덕의 전설

*

아일랜드 전설

옛날, 아일랜드에 유명한 영웅이 있었어. 이름이 핀 매쿨이야. 산골 구석에 사는 아이까지 핀 매쿨을 모르는 사람은 없었지. 이 사람이 몸이 얼마나 크고 단단한지 거의 거인 수준이야. 힘으로 치면 웬만한 거인 저리 가라지. 핀 매쿨에게 쓰러진 괴물 거인들을 한자리에 쌓아놓으면 남산만큼은 될걸.

근데 핀 매쿨에게는 숙적이 있었어. 거인 중의 거인 쿠쿨린이야. 덩치로 보나 힘으로 보나 단연 원탑이지. 어느 정도냐면, 화가 나서 발을 구르면 지진이 일어나서 집들이 와르르 무너질 정도. 언젠가는 번개가 무시무시하게 치는데 얘가 주먹을 날려서 번개를 납작하게 만든 거야. 그걸 접어서 주머니에 넣고 다녀. 그걸 꺼내서 던지면 번쩍 우르릉 쾅! 뭐 거의 제우스 수준이야.

쿠쿨린이 핀 매쿨에 대한 소문을 듣고서 본때를 보이려고 찾아다니는데 만나지 못한 상태야. 실은 핀 매쿨이 이리저리 피한 거지. 핀 매쿨이 아무리 천하의 영웅이라지만 번개를 주머니에 넣고

다니는 거인한테 긴장을 안 할 수가 없지. 요즘 애들 말로 잔뜩 쫄린 거야.

이런저런 핑계를 대면서 거처를 옮겨 다니던 핀 매쿨은 녹메니 언덕 꼭대기에 자리를 잡았어. 아일랜드가 바람이 많은 나라거든. 언덕 꼭대기니까 말 그대로 바람 잘 날이 없지. 365일 24시간 거센 바람이 휘이잉 휘잉! 게다가 언덕 꼭대기라서 물도 없어.

"아니 다른 데 다 놔두고 왜 그런 데 사십니까?"

"집은 전망 아니겠어요? 나는 사방이 확 트여야 직성이 풀려요. 여기저기 다 찾아봤지만 녹메니 언덕만 한 데는 흔치 않죠."

"그곳은 물이 안 나오잖아요?"

"물이야 길어 오면 되죠. 게다가 내가 곧 물길을 낼 생각이에요. 이 공사를 마치고 말이죠."

그게 무슨 공사냐면 아일랜드에서 스코틀랜드로 통하는 다리를 놓는 공사야. 핀 매쿨이 그 일을 주도하고 있었지.

근데 사실은 그게 남 들으라고 하는 말이야. 그가 언덕 꼭대기에 집을 지은 이유는 따로 있었지. 쿠쿨린이 오는 걸 감시하기 위해서였어. 걔가 오는 낌새가 보이면 어떻게든 대처해야 하니까 말이지. 도망가냐고? 그건 자존심 문제가 있지. 사람들은 핀 매쿨이 무적이라고 믿었거든. 그럼 어떻게 할지는 자기도 잘 몰라.

근데 핀 매쿨이 오래 공사에 열중하다 보니까 문득 아내 생각이 나는 거야. 아내 이름은 오나그야. 한번 오나그가 생각나니까 안 보곤 못 배기겠어. 아주 사랑스럽고 지혜로운 여자였거든. 핀 매쿨은 전나무 하나를 뚝 잘라서 지팡이 삼아 집으로 향했어. 녹메니 언덕으로.

와보니까 역시 집만 한 데가 없어. 더구나 사랑하는 아내가 있으니 최고지. 핀 매쿨이 '아, 좋구나.' 하면서 누워 있는데 갑자기 엄지손가락이 덜덜덜. 엄지가 핀 매쿨의 상징이거든. 그게 떨린다는 건 안 좋은 징조야. 핀 매쿨은 본능적으로 느꼈지.

'아아, 쿠쿨린…… 그가 오는구나!'

그때 아내가 보니까 남편이 뭔가 이상해. 얼굴이 어둡고 손발에 맥이 없어.

"여보, 무슨 걱정이 있어요? 나에게 얘기해 봐요. 좋은 일이든 나쁜 일이든 함께하는 게 부부잖아요."

핀 매쿨이 이맛살을 한번 찌푸리더니,

"쿠쿨린! 그자 때문이라오. 내 엄지손가락이 쿠쿨린이 오고 있다는 걸 말해주고 있어요."

"핀 매쿨! 아일랜드의 헤라클레스! 당신 지금 겁내고 있는 거예요?"

"그게 좀 그렇잖아. 쿠쿨린이 발을 구르면 지진이 난대. 게다가 그놈이 번개를 납작하게 만들어서 주머니에 넣고 다닌다고. 오나그, 어쩌면 좋지? 내가 도망치면 개망신일 테고, 맞붙어서 이길 자신은 없으니 말이오."

"그가 언제쯤 도착할까요?"

"아마도 내일 오후 두 시쯤?"

그러자 오나그가 아기를 달래듯이 핀 매쿨의 어깨를 토닥이는 거야.

"여보, 기죽지 말아요. 엄지손가락이 있잖아? 당신에겐 더 확실한 무기도 있어요."

"엄지손가락보다 확실한 무기? 그런 게 있었나?"

"왜 이래요? 내가 있잖아. 당신의 영원한 파트너!"

그 말에 핀 매쿨은 웃음을 터뜨렸어. 오나그는 그냥 평범한 여자였거든. 하지만 그 말을 들으니까 힘이 나면서 자신감이 샘솟는 거야. 그러니까 부부겠지 뭐.

핀 매쿨은 쿠쿨린이 도착하면 어떻게 해야 할지 작전을 짜기 시작했어. 전투 상황에 대한 가상 시뮬레이션이지. 이쪽으로 뛰어서 등 뒤로 간 다음, 왼팔을 꺾어서 암바를 걸고…… 한참 시뮬레이션을 돌리면서 몸을 움직이는데, 번개만 생각하면 오금이 확 저리지 뭐야.

"아아, 그놈의 번개!"

그 모습을 보고서 오나그가 말했어.

"여보, 안 되겠어. 그렇게 미리 기가 꺾여서야 어떻게 싸움이 되겠어? 나에게 맡겨봐요. 내가 판을 쫙 깔아놓을 테니까 그때 당신이 결정적인 한 방을 먹이는 거야."

"오케이! 알겠습니다요, 마님!"

오나그는 바로 움직이기 시작했어. 마을 대장간에 가서 동글납작한 쇳덩어리를 많이 얻어 오더니 그걸 불에다 굽는 거라. 그러곤 빵 사이에 하나씩 착착착. 그러니까 그게 햄버거야. 특제 햄버거. 오나그는 그걸 큼지막하게 스물한 개 만들었어. 그러고선 둥그렇게 치즈를 만드는데 돌멩이 모양이야.

그렇게 준비해 놓고 나니까 곧 쿠쿨린이 도착할 시간이지.

"여보, 요람 안에 들어가 누워요. 당신은 지금부터 아기야. 연기 잘해야 돼요."

그러니까 핀 매쿨이 요람에 들어가서 아기처럼 누워. 그렇게 큰 요람이 있냐고? 왜 없겠어! 핀 매쿨이 사는 집인데.

두 시가 되자 누가 현관을 쾅쾅 두드려. 보나 마나 쿠쿨린이지. 얘가 안으로 들어오더니만,

"여기가 위대한 핀 매쿨의 집 맞나요? 당신은 핀의 부인이군요. 그는 어디 있소?"

"지금 집에 없어요. 화가 단단히 나서 나갔거든요. 쿠쿨린이라는 거인이 찾아온다는 말을 듣고서요. 제발 불쌍한 쿠쿨린이 그 사람을 만나지 말길!"

"내가 쿠쿨린이요. 나야말로 핀 매쿨을 찾아 헤맨 지 오랩니다. 뜨거운 맛은 그가 보게 될 거요."

그러자 오나그가 못 참겠다는 듯이 깔깔깔 웃어대는 거야.

"당신, 핀을 본 적 있어요? 만나면 당장 묵사발이에요. 그동안 못 만난 건 정말 행운이죠. 아, 이런! 문 사이로 바람이 들어오네. 남편 대신 집을 반대쪽으로 돌려놔 주겠어요? 핀이 늘 그렇게 하거든요."

쿠쿨린이 그 말을 듣더니 좀 놀라. 집을 통째로 돌려놓다니, 생각 못 한 일이거든. 하지만 걔가 하는 걸 자기가 못 하면 말이 안 되지. 쿠쿨린은 가운뎃손가락을 뚝뚝뚝 소리가 나게 잡아당겼어. 그 손가락이 이 친구 힘의 원천이야. 그러고선 밖으로 나가더니 진짜로 집을 확 돌려놓는 거라. 딱 180도로 말이지. 요람에 누워 있는 핀은 온몸에 식은땀이 줄줄. 하지만 오나그는 태연해.

"잘했어요, 쿠쿨린. 하나만 더 도와줘요. 핀이 엊그제 언덕 뒤 바위 아래에 샘이 있는 걸 알았거든요. 근데 당신을 찾아가느라고 손을 못 봤지 뭐예요. 핀 대신 바위를 부숴줄 수 있나요? 아아, 아니에요. 그건 무리죠. 핀밖에 못 하는 일이에요."

그러자 쿠쿨린은 가운뎃손가락을 뚜두두 아홉 번 잡아당기고서 바위로 다가갔어. 그게 엄청 큰 바위거든. 쿠쿨린은 온 힘을 다해서 손으로 바위를 내리쳤지. 그랬더니 바위가 쩌저적 쿵! 바위 사이로 계곡이 생겨난 거라. 그게 지금의 룸퍼드 계곡이야. 깊이가 120미터에 길이가 400미터라니 말 다 했지. 하지만 쿠쿨린의 손도 멀쩡하진 않았어. 아파 죽겠는데도 아닌 척 껄껄. 하지만 오나그는 다 알지.

"오호, 상당하네요. 잘하면 핀의 적수가 될 수 있겠어요. 고생하셨으니 내가 먹을 걸 좀 드릴게요. 혹시라도 길이 엇갈려서 당신이 집으로 찾아오면 제대로 잘 대접하라고 했거든요. 핀 매쿨은 그런 사람이에요."

오나그는 쿠쿨린을 앉혀놓고서 버터와 베이컨과 양배추를 잔뜩 내오고 쇳덩어리 햄버거 여섯 개를 내밀었어. 일단 햄버거부터 먹어야 하잖아? 쿠쿨린이 한 입 크게 꽉 베무는 순간,

"으아아! 이게 뭐야? 내 이빨이 두 개나 빠졌잖아. 무슨 빵이 이래?"

"어머머, 핀의 빵이 입에 안 맞나요? 그이가 늘 먹는 건데. 요람에 있는 우리 아기도요. 당연히 당신도 먹을 수 있을 줄 알았죠. 그 옆에 있는 걸 먹어볼래요?"

아기도 그걸 먹는다는데 쿠쿨린 체면이 말이 아니지. 그는 두 번째 햄버거를 힘차게 깨물었어.

"으아아! 이게 뭐야? 이빨 두 개가 또 나갔잖아."

"아, 제발 조용히 좀 해요. 우리 아기 깨겠어요. 어머, 벌써 깼잖아?"

그때 핀 매쿨이 요람에서 소리쳤어.

"엄마, 나 먹을 거!"

목소리가 아주 쩌렁쩌렁. 쿠쿨린이 깜짝 놀라지. 오나그는 핀에게 똑같이 생긴 햄버거를 줬어. 그랬더니 애가 단숨에 우걱우걱 씹어 삼키더니만,

"엄마, 몇 개 더!"

이러고선 순식간에 몇 개를 홀딱 먹어 치우는 거야. 거기 든 건 당연히 쇳덩어리가 아니라 고기 패티지. 쿠쿨린이 그걸 알 리 없잖아? 속으로 깜짝 놀라지. 아기가 저 정도면 핀 매쿨은 대체 뭐냔 말야. 그가 집에 없는 게 천만다행이지. 그때 핀 매쿨이 말했어.

"아저씨, 몸집 좀 되네요. 힘도 세요? 나랑 붙어볼래요. 이 돌에서 물을 짜낼 수 있어요?"

그러면서 핀은 쿠쿨린에게 하얀 돌을 건넸어. 쿠쿨린이 돌을 움켜쥐고 힘을 줬지만 물이 나올 리 없지. 그게 아주 단단한 돌이거든.

"에이, 그것도 못 해요? 이리 줘봐요."

핀 매쿨은 돌을 받아서 한 손으로 꽉 쥐었어. 그러니까 돌이 단숨에 뭉개지면서 하얀 물이 줄줄 흐르는 거라. 뭐긴 뭐겠어? 힘을 쓰기 전에 살짝 둥그런 치즈로 바꿔치기한 거지. 아내하고 미리 짜놓은 일이야.

"아이, 싱겁다! 이런 하찮은 자하고 시간 낭비 안 할래요. 아빠는 언제 오나? 아빠랑 놀아야 재미있는데."

그때 쿠쿨린이 생각하니까 핀 매쿨이 돌아오면 큰일이거든. 그는 급히 작별 인사를 했어.

"부인, 나는 갑니다. 내가 도저히 핀의 적수가 못 된다는 걸 깨달았어요. 앞으로 전염병 피하듯이 남편을 피할 겁니다. 내가 살아 있는 한 이곳에 절대 오지 않을 거라고 전해주세요."

그때 핀 매쿨이 누워서 그 소리를 듣고는 좋아서 심장이 입 밖으로 튀어나올 지경이야. 물론 소리를 내면 안 되지. 그때 쿠쿨린이 말했어.

"떠나기 전에 저 녀석 이빨이 어떻게 생겼는지 한번 만져볼 수 있게 해줄래요?"

“얼마든지요. 얘 이빨이 안쪽 깊은 데 있어서 손가락을 깊이 넣어야 할 거예요.”

쿠쿨린은 요람으로 다가가서 핀 매쿨의 입 안에 손가락을 집어넣고서 이빨을 만졌어. 아기 이빨이 그렇게 튼튼할 줄이야. 쿠쿨린이 잠깐 넋을 놓고 있는 틈에 핀 매쿨이 위아래 이빨을 그만 꽉!

“아야야야!”

쿠쿨린이 비명과 함께 손을 빼냈을 때는 가운뎃손가락이 잘린 뒤였지. 힘의 원천이 사라진 거야. 핀 매쿨이 벌떡 일어서면서,

“으하하, 내가 바로 아일랜드의 헤라클레스 핀 매쿨님이시다! 내 손에 죽는 걸 영광으로 알아라.”

다음 순간, 쿠쿨린은 다시 돌아올 수 없는 곳으로 영원히 떠났단다. 그가 눈을 감기 직전에 오나그를 한번 바라봤다고 해. 어떤 눈빛이었을지는 상상에 맡길게.

이상, 영웅과 거인의 나라 아일랜드 녹메니 언덕의 전설이었습니다요!

이야기에 대한 이야기

연이 재미있어요. 근데 전설 맞아요? 민담보다 더 웃겨요.

뀨 아재 원제목도 '녹메니의 전설'이라는 것만 알아둬.

통이 뭔가 대륙의 느낌 같아요. 쿠쿨린도 밉지 않은 건 왜죠?

엄지 나도. 쿠쿨린이 좀 불쌍하기도 해. 2 대 1의 싸움이었잖아.

세라 이 이야기의 진짜 영웅은 오나그잖아요? 힘은 지혜를 못 이긴다는 게 인상적이에요.

뀨 아재 지혜만은 아니에요. 기(氣)도 있어요.

세라 그러네요. 핀 매쿨은 기가 꺾였는데 오나그는 그러지 않았어요.

연이 근데 마지막에 오나그를 바라본 쿠쿨린의 눈빛에는 어떤 마음이 담겼을까요?

엄지 내 생각엔 억울함과 분노.

뀨 아재 그럴까? 부러움이나 존경심일지도.

세라 뭉이쌤이 계시면 쿠쿨린이 자연의 큰 힘이나 사회적 거악이라고 풀이하실 것 같아요. 거기 맞서 싸우는 데는 믿음과 단합, 지혜가 필요하다고요.

이반 오나그는 영웅을 돕는 평범한 사람들을 대변한다고 하실 거예요.

세라 맞아맞아. 하지만 진짜 영웅은 역시 오나그라고 하실걸.

통이 제가 뭉이쌤 만나면 확인해 보겠어요. 하하.

storytelling time
나도 이야기꾼

기본 스토리텔링

이번 스테이지에서 만난 이야기 중 가장 마음에 드는 것을 골라서 다음과 같은 단계로 스토리텔링 활동을 해보자.

step 1: 책에 쓰인 그대로 이야기를 소리 내어 읽는다.

step 2: 책에 쓰인 그대로 이야기를 소리 내어 읽되, 가상의 청자에게 말해주듯이 읽는다.

step 3: 청자에게 이야기를 전달하되, 틈틈이 책을 참고한다.

step 4: 청자에게 이야기를 전달하되, 책을 참고하지 않는다.

step 5: 청자에게 이야기를 전달하되, 표현과 내용을 조금씩 자신의 방식대로 바꿔본다.

step 6: 완전히 내 것이 된 이야기를 구연 환경과 청자의 성향에 맞춰 내용과 표현을 자유자재로 조절하며 전달한다.

이야기별 재창작 스토리텔링

다음은 이번 스테이지에서 만난 이야기들에 대한 활동거리이다. 이 중 하나 이상을 골라 스토리텔링 활동을 해보자.

<겁 없는 왕자>

① **상징성 해석하기:** 이야기 속의 사자가 무엇을 나타내는 존재인지에 대해 이야기해 보자. 사회적 해석도 좋고 심리적 해석도 좋다.

② **현실과 연관 짓기:** 현실 속에서 이야기 속의 악마와 같은 집단을 찾아보고, 그에 맞서 싸우려면 어떻게 해야 할지 이야기해 보자.

<잃어버린 태양을 찾아 나선 청년>

③ **상상을 현실에 적용하기:** 현실에서 해가 사라져 밤이 계속된 지 일주일쯤 됐다고 가정하고, 어떤 특별한 사건이 벌어졌을지 상상해 보자.

<바바야가를 찾아간 소녀>

④ **시나 랩 가사 쓰기:** '내 안의 불사조'를 주제로 삼아서 시나 랩 가사를 써 보자. 잃어버린 소중한 것에 대한 내용을 담도록 한다.

⑤ **즉흥극 하기:** 이야기 속의 소녀와 바바야가, 난로, 사과나무, 강물, 해설자 등으로 배역을 나누어 즉흥극을 해보자. 세부 내용과 대사는 다르게 바꾸어도 좋다.

<괴물과 거인과 빌런의 나라>

⑥ 뒷이야기 만들기: 이 이야기의 뒷부분을 상상해서 이야기를 만들어보자.

⑦ 이야기 화소 응용하기: 만약 자신이 미덕의 지팡이나 볼룸비의 띠 중 하나를 단 한 번만 쓸 수 있다면 어느 것을 어떻게 쓸지 말해보자.

<녹메니 언덕의 전설>

⑧ 인물의 심정 표현하기: 죽어가던 쿠쿨린이 오나그나 핀 매쿨에게 했을 만한 말을 연극 대사로 표현해 보자. 상대방의 대사도 포함한다.

⑨ 다른 이야기 찾아서 발표하기: 핀 매쿨(또는 핀 막 쿨)과 쿠쿨린(또는 쿠 훌린)에 대한 다른 이야기를 찾아서 발표해 보자.

이야기 연계 스토리텔링

1. 이 스테이지에서 만난 이야기들에 등장하는 악인 중 가장 최악이라고 생각되는 인물을 하나 골라 그 이유를 발표해 보자. 또는 악인 중 하나를 변호해도 좋다.

2. 〈겁 없는 왕자〉의 왕자, 〈잃어버린 태양을 찾아 나선 청년〉의 바오추, 〈괴물과 거인과 빌런의 나라〉의 미덕의 지팡이를 가진 소녀, 〈녹메니 언덕의 전설〉의 오나그 등으로 배역을 나누어서 '현대의 사회악과 싸우는 방법'을 주제로 한 토론을 진행해 보자. 단, 한 사람은 사회자 역할을 맡도록 한다.

3. 이 외에 이야기들을 흥미롭게 연계할 수 있는 여러 가지 방법을 찾아보고, 이를 토대로 다양한 스토리텔링 활동을 해보자.

3

stage 04

도전과 모험에서 얻은 것

엄지

엄지예요. 이번에는 제가 먼저 이야기를 하게 됐어요. 유럽에 알바니아라는 나라가 있잖아요? 그렇게 잘 사는 나라는 아니래요. 옛날이야기 때문에 이 나라를 알게 됐어요. 이제 그 이야기를 해볼게요. 엄마가 들려주신 이야기예요. 영어로 된 책에서 봤다고 하셨어요.

남자가 된 소녀

*

알바니아 민담

옛날에 딸이 셋 있는 남자가 있었어요. 왕이 전쟁에 나갈 병사를 모으는데, 그 남자는 보낼 아들이 없었죠. 집에 남자라고는 자기 하나뿐이에요. 늙은 몸으로 전쟁터에 나가야 할 형편이었습니다. 그가 고민에 빠져 있자 큰딸이 말했어요.

"저를 누군가와 결혼시키세요. 그러면 남자가 생기잖아요."

이어서 둘째 딸이 말했어요.

"맞아요. 저도 있어요. 저를 남자와 결혼시키고 그를 보내세요."

그때 셋째 딸이 말했어요.

"그럴 필요 없어요. 제가 남자가 되어서 전쟁터로 가겠습니다. 옷과 무기를 주세요."

그 말을 듣고 아버지와 두 언니가 다들 놀랐어요.

"남자가 돼서 세상을 마음껏 누비는 게 제 소원이에요."

그런 마음을 품고 있는 줄은 몰랐죠. 아버지는 딸을 이길 수 없었어요. 원하는 대로 군복과 무기를 준비해 줬죠. 청년으로 변장한 소녀는 결의에 찬 모습으로 부대로 향했습니다. 그리고 자원해서 전쟁터 한복판으로 들어갔어요. 무서운 괴물 쿨쉬드라와의 전쟁이었죠.

쿨쉬드라는 사람을 마구 잡아먹는 괴물이에요. 수많은 희생자가 발생했죠. 쿨쉬드라는 왕에게 아들을 내놓으라고 요구했어요. 안 그러면 사람들을 다 죽이겠다는 거예요. 왕은 백성이냐 아들이냐를 두고 고민에 빠졌어요.

"제가 쿨쉬드라에게 가겠습니다. 저 하나보다 백성들의 목숨이 더 중요해요."

아들이 그렇게 말하니까 왕도 어쩔 수 없었어요. 어떻게든 전쟁을 끝내야 했죠. 결국 왕자는 괴물에게 보내졌습니다. 쿨쉬드라는 모든 사람이 보는 앞에서 왕자를 산 채로 먹으려 했어요. 다들 공포에 떨면서 얼어붙었죠.

괴물이 왕자를 삼키려는 순간, 누군가 창을 들고 돌진했습니다. 뜻하지 않은 습격이었죠. 쿨쉬드라는 놀라서 멈칫하다가 급소를 찔려서 쓰러졌어요. 아무도 예상 못 한 일이었죠. 창을 들고 돌진한 당사자도요. 그 사람은 바로 남자로 변장한 소녀였답니다.

한 용감한 병사가 전쟁을 끝내고 왕자를 구했다는 소식은 곧 왕에게 전해졌어요. 왕은 자기가 살아난 것보다 더 기뻐했죠. 왕은 젊은 용사를 궁궐로 불렀습니다. 젊은이는 왕자와 함께 궁궐로 가게 됐어요. 그때 왕자가 귀에 대고 속삭이는 거예요.

"아버지가 선물을 주려 할 거예요. 그러면 왕의 말을 달라고 하세요. 그 말은 사람처럼 말을 한답니다. 사람보다 더 지혜로워요."

왕자의 예상대로였어요. 젊은이를 맞이한 왕은 무엇이든 원하는 걸 말하라고 했죠. 벼슬도 좋고 재물도 좋대요. 나라 한 지역을 줄 수도 있다고 했죠.

"좋은 말을 타고 세상을 자유롭게 누비는 게 저의 소원입니다. 임금님의 말을 주시면 감사히 받겠습니다."

그러자 왕은 얼굴빛이 바뀌면서 선뜻 대답을 못 해요. 말을 달라고 할 줄은 전혀 몰랐죠. 왕이 우물쭈물하자 왕자가 나서서 말했어요.

"아버지께는 저보다 말이 더 소중하군요. 그렇다면 제가 떠나겠습니다."

왕은 어쩔 수 없이 젊은이에게 말을 선물로 줬어요.

"지금부터 그 말은 네 것이다. 어디든 가고 싶은 데로 가도 좋다."

젊은이는 그렇게 자유의 몸이 됐어요. 오래전부터 원하던 일이었죠. 그는 왕궁을 나와서 말을 타고 곧바로 길을 떠났습니다. 그곳보다 훨씬 큰 다른 왕국을 향해서요. 세상의 중심이라고 할 만한 나라였죠.

왕국의 수도는 크고 화려했어요. 볼거리가 가득했죠. 그런데 도시 한복판으로 가니까 성곽 주변에 수많은 사람이 모여 있었어요. 그때 말이 젊은이에게 물었답니다.

"주인님, 저 사람들이 무얼 하는 중인지 아시나요?"

"글쎄. 왜 사람들이 저렇게 많이 모였을까?"

"왕이 사위를 구하려고 베푼 행사예요. 말을 타고서 해자를 건너뛴 뒤 사과를 잡으면 승자가 되죠. 그걸 해낼 사람은 우리밖에 없어요. 제가 해자를 건너뛸 테니까 갈기를 꽉 붙잡고 있다가 사과를 낚아채세요."

성에 가까이 다가간 젊은이는 모든 사람이 지켜보는 가운데 말을 달려서 해자를 건너뛴 다음 사과를 움켜쥐었어요. 최초의 성공이었죠. 용사의 등장에 박수갈채가 쏟아졌어요. 왕은 젊은 용사를 맞아들인 다음 약속대로 그를 자기 딸과 결혼시켰습니다. 여자와 여자가 결혼하게 된 거예요.

결혼식을 마친 두 사람은 밤이 되자 침대로 갔어요. 다음 날, 사람들이 신부에게 첫날밤에 대해서 묻자 공주가 말했어요.

"묻지 마세요. 아무 일도 일어나지 않았어요."

다음 날도, 그다음 날도 마찬가지였어요. 신랑은 신부를 여자로 대하지 않았죠. 그 말을 들은 왕은 모욕감을 느꼈어요. 젊은이를 없애버려야겠다고 생각했답니다. 한 신하가 묘안을 냈어요.

"그를 시켜서 비밀의 검은 숲에 음식을 배달하게 하십시오. 거기 있는 쿨쉬드라를 나무꾼이라고 속여서요. 쿨쉬드라가 그를 집어삼킬 겁니다."

그 말을 젊은이가 문 뒤에서 다 듣고 있었어요. 그가 침울한 표정을 하고 있으니까 말이 무슨 일이냐고 물었죠.

"왕이 나를 검은 숲으로 보내서 쿨쉬드라의 먹이로 만들려고 해."

"두려워 말아요. 쿨쉬드라를 이긴 적이 있잖아요. 왕에게 음식을 실어 갈 수레와 소들을 달라고 하세요."

젊은이는 그 말대로 해서 수레를 몰고 길을 떠나 숲으로 향했어요. 숲 한가운데에 다다르자 말이 말했어요.

"소 한 마리를 풀어주고 큰 소리로 나무꾼을 부르세요. 그리고 쿨쉬드라가 달려들면 양쪽 귀를 딱 붙잡아서 멍에를 씌우세요."

들어보니까 재미있겠어요. 젊은이는 소를 한 마리 풀어주고서 큰 소리로 나무꾼을 불렀어요. 그 소리를 듣고 쿨쉬드라가 달려드니까 그대로 두 귀를 붙잡아서 멍에를 씌웠죠. 쿨쉬드라는 꼼짝 못 하고 수레를 끄는 소 신세가 됐답니다.

젊은이가 수레를 끌고 돌아오자 한바탕 야단이 났어요. 쿨쉬드라에게 수레를 끌게 하다니 상상도 못 한 일이죠. 젊은이는 왕에게 임무를 완수했다고 보고한 뒤 말의 충고를 따라서 쿨쉬드라를 풀어줬습니다. 그러니까 사람들이 더 두려워하죠.

신랑과 신부는 다시 몇 밤을 보냈어요. 역시 아무 일도 없었죠. 사람들은 다시 젊은이를 죽이려 했답니다. 시종이 다른 꾀를 냈어요.

"그를 야생 암말이 있는 곳으로 보내세요. 그 말의 뒷발질은 누구도 감당할 수가 없습니다. 사자나 쿨쉬드라도 한 방에 나가떨어지지요. 그 말이 신랑을 처치할 겁니다."

젊은이는 이번에도 문 뒤에서 그 말을 다 들었어요. 그는 다시 슬픈 표정이 됐죠.

"두려워 마세요. 그 말은 바로 저의 엄마랍니다. 왕에게 꿀 두 통을 달라고 하세요. 그거면 해결할 수 있어요."

그래서 젊은이는 꿀 두 통을 챙겨서 야생마가 있는 곳으로 가게 됐어요.

"샘에서 물 두 통을 길어서 버리고 꿀 두 통을 쏟은 다음 잘 섞으세요. 그리고 눈에 잘 띄는 곳에 황금 안장을 높이 거세요. 그러고서 높은 나무에 올라가 기다리면 됩니다."

젊은이는 말이 시킨 대로 했어요. 조금 있으니까 암말이 샘으로 다가왔죠. 아주 놀라운 말이었어요. 말은 물을 조금 마시더니 고개를 들어서 주변을 살폈어요. 말은 황금 안장을 발견하고 말했답니다.

"달콤한 물과 황금 안장! 내 등에 올라타서 함께 뛰놀 사람이 온 건가?"

"내가 그 사람입니다!"

이러면서 젊은이가 나무에서 내려와 말의 등에 척 올라탔어요. 말은 젊은이를 태우고 한 바퀴를 힘차게 돌더니 이렇게 말했어요.

"아, 나의 드미칠이 여기 있다면!"

그때 한구석에 숨어 있던 젊은이의 말이 척 나타나서 말했어요.

"엄마, 나예요! 이분이 내 주인이에요."

뜻하지 않게 아들을 만난 야생마는 기분이 좋아졌어요. 젊은이는 두 말과 함께 유유히 왕궁으로 돌아왔습니다. 사람들이 그 모습을 보고서 비명을 지르며 야단이에요. 왕과 신하들도 공포에 휩

싸였죠. 드미칠이 엄마에게 말했어요.

"됐어요, 엄마. 이제 돌아가세요. 나중에 다시 만나요!"

"흥! 이 젊은이랑 있고 싶은데……. 하지만 뭐 네가 원한다면!"

그렇게 야생마는 떠나갔어요. 하지만 문제는 여전히 남아 있었죠. 신랑과 신부가 밤을 보내도 특별한 일이 일어나지 않았으니까요. 마음이 상한 왕은 또다시 사위를 없애려고 했어요. 이번에는 무서운 뱀이었습니다.

"뱀들이 살고 있는 교회로 가서 몇 년간 못 걷은 세금을 받아 오게나. 나라의 골칫거리야."

"이번엔 뱀인가요? 알겠습니다."

그런데 그 교회에 사는 뱀들이 한두 마리가 아니에요. 커다란 독사 수천 마리가 꽉 차 있었죠. 하지만 젊은이에게는 믿음직한 드미칠이 있어요.

"종을 가득 채운 마차와 당나귀들을 달라고 하세요. 그거면 됩니다."

그래서 젊은이는 왕에게 당나귀와 마차를 받아서 길을 떠났어요. 가는 길에 다른 동행자도 합류했죠. 드미칠의 엄마가요. 드미칠이 젊은이에게 말했어요.

"엄마하고 내가 문을 지키면서 큰 소리로 울게요. 당신은 창문을 타고 올라가서 종을 한꺼번에 마구 울려대세요. 그러면 뱀들이 반응할 거예요."

젊은이는 말이 시킨 대로 했어요. 말이 울어대고 종이 한꺼번에

울리니까 뱀들이 놀라서 울부짖기 시작했지요.

"뭐죠? 당신들은 신인가요? 우리를 고문하러 오신 거예요?"

"그렇다! 밀린 세금을 당장 내놓지 않으면 박살 내겠다!"

그러자 뱀들은 황급히 돈을 한 무더기 날라다가 교회 밖으로 내밀었어요. 젊은이는 그걸 마차에 실은 다음 당나귀를 몰고 왕궁으로 향했죠. 속았다고 생각한 뱀들이 주르르 따라왔지만 젊은이 일행에게 해를 끼칠 순 없었답니다. 엄마 말의 뒷발질이 무서웠거든요. 뱀들은 화가 나서 저주를 퍼부었어요.

"돈을 가져간 녀석이 남자면 여자로 변하고, 여자면 남자로 변해라!"

뱀들의 저주는 곧바로 효과가 나타났어요. 말에 올라앉은 젊은이는 자기가 남자로 변한 것을 깨달았지요.

젊은이는 왕궁으로 돌아왔고 또 밤이 지났어요. 사람들이 공주에게 물었죠.

"지난밤은 어땠나요?"

"이제 더 묻지 않으셔도 돼요. 아주 환상적인 밤이었답니다."

끝이에요. 더 묻지 않으셔도 돼요

이야기에 대한 이야기

연이 퉁이 엄지 이반 뭉이쌤

퉁이 우와, 이거 딱 엄지 이야기네! 그래서 지금은 남자?

엄지 더 묻지 마.

이반 그 소녀는 진짜로 남자처럼 살고 싶었나 봐. 그러니까 공주하고 결혼했겠지?

연이 그럼 꿈을 이룬 건가? 사실 나는 좀 황당했었어.

퉁이 뒷이야기가 생략됐지만, 젊은이는 그 나라 왕이 됐겠죠? 맞죠, 쌤?

뭉이쌤 아마도. 하지만 단정할 일은 아니야. 어쩌면 또 다른 세상으로 떠나갔을지도 모르지. 드미칠과 함께.

이반 맞아요. 그에겐 드미칠이 최고의 동반자였어요.

엄지 주인공은 이름이 안 나오는데 말은 멋진 이름을 가진 게 인상적이었어요.

연이 정말 그러네! 그곳 사람들이 말을 참 아끼나 보다.

뭉이쌤 그래. 우리 MZ들, 이 이야기의 어느 대목이 마음에 들었는지 궁금하네.

퉁이 저는 쿨쉬드라에게 멍에를 씌우는 대목요. 소들이랑 같이 수레를 끄는 괴물의 모습을 상상만 해도 재미있어요. 게임에서 써먹고 싶어요.

연이 저는 엄마 말과 아들 말이 만나는 대목요. "엄마, 나 여기!" 이거 아주 귀여워요.

이반 뱀들에게 세금을 받아내는 대목이 짜릿했어요. 그 뱀들이 기득권 카르텔 세력으로 보였거든요. 나랏돈을 떼먹는 사람들이 요즘도 많잖아요.

엄지 저는 어린 소녀가 스스로 거친 세상에 나가는 일이 와닿았어요. 그건 아버지를 위해서가 아니라 자기를 위한 일이었다고 생각됐어요. 굳이 다른 왕국으로 떠난 것도 그렇고요. 뭉이쌤 말씀대로 그 이후에도 계속 또 다른 세계로 나아갔을 것 같아요.

뭉이쌤 그래. 이야기의 중요한 포인트지. 그가 숲으로 괴물을 찾아가고, 물가로 말을 찾아가고, 교회로 뱀들을 찾아가잖아? 실은 그것도 스스로 선택한 모험일 수 있어. 피할 수도 있을 텐데 그러지 않잖아.

퉁이 그렇군요. 좀 바보 같다고 생각했는데 그게 다 모험이었구나! 그러고 보니까 삼세번이에요. 옛이야기의 법칙!

뭉이쌤 하하. 퉁이가 설화에 점점 눈을 떠가네. 그럼 이번에는 내 이야기를 한번 들어볼래?

퉁이 물론이죠! 멋진 이야기로 부탁드립니다.

몽이쌤

카리브해의 작은 섬나라 아이티에서 전해온 이야기를 하나 해볼게. 힘들게 살던 소년의 모험담이야. 영어로 된 자료집을 이리저리 살펴보다가 발견한 민담이지. 카리브해는 아메리카 대륙에 있잖아? 근데 내용을 보면 유럽의 영향이 있는 것 같아. 내용이 그리 낯설지는 않을 거야.

악마의 턱수염 네 가닥

*

아이티 민담

옛날에 계모하고 사는 소년이 있었어. 계모는 아들을 별로 안 좋아했지. 자꾸 어려운 일을 시켜서 괴롭히는 거야. 근데 이 아들은 엄마가 시키는 일을 뭐든 잘 해내. 어느 날, 계모는 아들에게 조그만 주머니를 하나 주면서 말했어.

"이 주머니에 악마의 턱수염 네 가닥을 넣어 와라. 그 전에는 집에 못 들어와."

악마의 턱수염을 어디서 구하란 말야? 그게 아들을 떼어내려고 낸 계책이지. 하지만 소년은 선뜻 주머니를 받아 들고 길을 나섰어. 사실 얘는 새로운 곳에 가보는 걸 좋아했거든. 여행 삼아서 간다는 생각이지. 악마의 턱수염 뽑기라니, 재미있는 미션이잖아?

걷고 또 걸어서 낯선 땅에 다다른 소년은 멋진 숲에서 한 소녀와 나란히 걷고 있는 왕을 만났어. 머리에 왕관을 썼으니 왕이겠지 뭐. 옆에 있는 소녀는 공주 같은데 다리가 많이 불편한 모양이야. 잘 걷지를 못해.

“어이, 젊은 친구! 휘파람을 불며 어딜 가나?”

“네, 악마의 턱수염 네 가닥을 가져와야 해서 악마를 찾아가는 중입니다.”

“악마를 만나러 간다고? 대단한걸. 만약 악마를 만나면 스페인 왕의 딸이 어떻게 하면 잘 걸을 수 있을지 물어봐 주겠나? 몇 년째 제대로 걷질 못하고 있다네. 얘야, 한번 보여주렴.”

소녀가 몇 걸음 걷는데 금방이라도 쓰러질 것 같아. 소년은 그 모습이 너무 애처로웠지.

“제가 꼭 악마에게 물어보겠습니다!”

다시 길을 떠난 소년은 며칠 뒤 또 다른 왕을 만났어. 이름이 존이야. 그러니까 존 왕이지.

“이보게, 젊은 친구! 어디를 가나?”

“네, 어머니께서 악마의 턱수염 네 개를 가져오라고 하셔서 악마를 찾아가는 중입니다.”

“오오, 그렇군! 자네가 만약 악마에게 잡아먹히지 않는다면 한 가지 물어봐 주겠나? 왜 내 우물에서 두 달째 물이 안 나오는지 말야.”

“네, 물어볼게요.”

그러고서 소년이 다시 한참을 가는데 웬 보초병이 총을 겨누면서 다가오지 뭐야.

“멈춰라! 어딜 가는 거냐?”

“악마에게 턱수염 네 개를 얻으러 가는 중입니다.”

"뭐라고? 감히 그 무서운 악마에게?"

"맞아요."

"이봐, 악마를 만나거든 내 일을 좀 알아봐 주겠나? 3년째 여기서 혼자 보초를 서는데 아무도 교대하러 오질 않아. 어찌하면 좋을지 좀 물어봐 줘. 답을 찾아오면 내가 가진 것 절반을 자네에게 주지."

"좋습니다."

소년은 다시 길을 떠났어. 걷고 걷고 계속 걷다 보니 이상하게 생긴 큰 집이 나타났지. 딱 봐도 악마가 살 만한 집이야. 하지만 특별히 무서울 건 없었어. 소년은 똑똑 문을 두드렸지. 그러자 악마의 아내가 문을 열고서 머리를 내밀었어. 어떻게 이곳을 찾아왔나 싶은 표정이지.

"아주머니, 안녕하십니까?"

소년은 고개를 숙여서 공손하게 인사했어. 악마의 아내는 그 태도가 마음에 들어서 문을 열어줬어.

"여긴 뭣 하러 온 거야? 악마가 무섭지 않니? 너를 잡아먹을 수도 있는데."

"아주머니께서 도와주세요! 악마님의 턱수염 네 가닥이 필요합니다. 그리고 오면서 부탁을 받은 것들이 있어요. 그것도 해결하고 싶습니다."

소년은 오면서 겪은 일들을 차근차근 얘기했어. 악마의 아내가 이렇게 오순도순 얘기를 나누는 게 오랜만이거든. 얘를 도와주고 싶은 거야. 소년이 부탁받은 일들에 대한 답도 궁금하지.

"좋아, 나에게 맡겨! 일단 여기 침대 밑으로 숨어. 밤새 안 자고 깨어 있을 수 있지? 그거면 돼."

"네, 할 수 있어요!"

소년이 침대 밑으로 들어가고 나서 얼마 있으니까 악마가 집으로 들어왔어. 들어오자마자 코를 벌름거리면서,

"뭐지? 신선한 고기 냄새가 나는걸!"

"당연히 그렇겠죠. 식탁에 맛난 음식을 차려놨으니까. 빨리 먹읍시다."

악마는 밥을 다 먹고는 침대에 벌러덩 누워서 드르렁드르렁 코를 골기 시작했어. 그때 아내가 턱수염 한 가닥을 흔들다가 쑥 뽑은 거야. 악마는 잠시 흠칫하더니 다시 코를 골기 시작했지. 그러자 아내는 다시 두 번째 가닥을 쭉 뽑았어. 악마가 벌떡 일어나 앉더니,

"뭐야! 누가 내 수염을 뽑는 거지?"

아내가 시치미를 뚝 떼고서,

"어머나! 내가 그랬나? 이상한 꿈을 꿨거든요."

"무슨 꿈?"

"스페인 왕이 딸하고 숲속을 걷는데 딸이 다리를 절뚝거리더라고요. 나를 보더니 '제발 도와줘.' 하고 소리치는데 깜짝 놀랐지 뭐예요. 놀라서 수염을 뽑았나 봐. 근데 걔 다리는 어떻게 해야 나을까요?"

"바보 같으니라구! 집 앞에 있는 유황 바위를 부숴서 그 가루를 발에 바르면 되는데 그것도 모르고. 왕들은 원래 멍청이야."

둘은 다시 자리에 누웠어. 악마는 금방 잠들었는데 아내는 자는 척만 하지. 그러다가 악마가 한창 코를 골 때 세 번째 턱수염을 쑥 뽑았단다.

"어헝? 당신이 내 수염을 또 뽑은 거야?"

"어머나! 내가 그랬나? 또 꿈을 꿨지 뭐예요."

"무슨 꿈?"

"존 왕이 우물가에 앉아 있었어요. 목이 말라서 물을 찾는데 우물이 바짝 말랐지 뭐예요. 갑자기 나를 붙잡고서 물 좀 나오게 해 달라고. 이상한 사람이야!"

"바보! 우물 바닥을 막고 있는 구아버 열매를 빼버리면 그만인데 그걸 모르고. 하여튼 왕들은 다 멍청이라니까."

"맞아요! 완전 바보들. 아함, 다시 자야겠어요."

아내는 자는 척하다가 다시 턱수염 한 가닥을 비틀어서 쭉 뽑았어. 그러니까 네 번째지.

"이번에는 또 뭐요? 어떤 꿈?"

"웬 보초병이 총을 들고 서서는 3년째 아무도 교대하러 오지 않는다고 난리지 뭐예요. 왜 나한테 그러나 몰라."

"바보 중의 바보! 아무라도 처음 만나는 남자한테 담배를 가져올 동안 총을 잠깐 들고 있으라고 하고서 그냥 가버리면 끝인데 그걸 모르고!"

"그렇구나. 진짜 바보네. 고마워요, 여보!"

아내는 악마에게 뽀뽀를 해주고서 다시 자리에 누웠어. 이번에는 진짜로 자는 거지. 소년은 깨어 있었냐고? 물론이지. 침대 밑에서 모든 걸 다 듣고 있었어. 둘이 잠든 뒤에도 잠들지 않고 가만히 있었단다. 괜히 잠들었다가 코를 골거나 잠꼬대를 하면 안 되잖아.

다음 날, 악마가 밖으로 나가니까 아내는 소년을 불러내서 턱수염 네 가닥을 건네줬어.

"너의 앞길에 행운이 가득하길!"

악마의 아내에게 축복을 받은 건 이 소년밖에 없을걸. 소년은 그녀 손에 정중히 입을 맞추고 작별 인사를 했어. 그러고서 돌아오는데 신기하게도 몸이 너무 가벼운 거야. 악마의 턱수염 효과인가 봐. 잠깐 걸었나 싶은데 어느새 보초병이 있는 곳이야.

"당신이 원한 답을 찾았습니다. 처음 만나는 남자에게 담배를 가지러 갈 동안 잠깐 총을 맡아달라고 하고서 그냥 떠나면 되는 거였어요."

"그렇구나. 내가 담배를 가져올 동안 이 총을 잠깐 맡아주겠니?"

"하하, 내가 바보인가요? 다음 사람에게 써먹으세요. 약속한 일이나 지키고요."

"하하, 그래. 한번 연습해 본 거야."

보초병은 웃으면서 품속에 있던 돈을 꺼내서 절반을 소년에게

줬어. 소년이 얼마쯤 가고 있는데 뒤에서 보초병이 누군가에게 멈추라고 소리치는 게 들렸지.

"부디 행운을!"

다시 길을 떠난 소년은 존 왕을 만나서 답을 알려줬어. 존 왕이 우물 속에 있는 구아버 열매를 빼내니까 맑은 물이 콸콸 솟구쳐 올랐지.

"왜 내가 물구멍을 살펴볼 생각을 안 했나 몰라. 고맙네!"

그러면서 존 왕은 당나귀에 금 두 자루를 실어서 소년에게 선물로 줬어.

그다음은 스페인 왕의 딸이지. 스페인 왕은 소년이 말해준 대로 유황 바위를 부숴서 가루를 딸의 발가락에 발랐어. 그런데 효과가 바로 나타나지는 않았단다. 딸이 겁이 나서 못 걸은 걸까?

"효과가 있을 거라고 믿네. 내가 선물을 두둑하게 준비해 둘 테니 꼭 다시 돌아오게나."

소년은 스페인 왕과 작별하고 집으로 향했어. 집에 도착해서 엄마에게 주머니를 내밀면서,

"어머니! 말씀하신 악마의 턱수염 네 가닥이에요."

그러니까 엄마가 깜짝 놀라지. 보니까 진짜 수염이 있는데 모양이 이상해. 엄마가 수염을 다시 집어넣고는 주머니를 내던지면서,

"무슨 수작이야? 가짠 거 다 알아. 이만 건 너나 가져."

그러자 소년이 주머니를 받으면서,

"네 어머니, 감사합니다. 그리고 제가 좀 멀리 떠나려고 해요.

받아야 할 빚이 있거든요. 저 없이도 괜찮으시겠죠?"

그러니까 엄마가 오히려 속으로 좋아하지. 걔가 집안의 보물인지도 모르고 말야. 얘가 금 자루를 실은 당나귀는 집에 들어오기 전에 따로 숨겨뒀거든.

"가고 싶으면 가. 나중에 후회하거나 원망하지 말고."

누가 후회하고 원망하게 될지 끝까지 몰라. 바보 한 사람 추가지.

소년은 숨겨뒀던 당나귀를 끌고서 스페인 왕이 있는 곳으로 갔어. 가보니까 딸이 다 나아서 힘차게 걷고 있지 뭐야.

왕은 소년에게 넉넉히 보답을 해줬어. 어떤 보답인지는 따로 말 안 할게. 소년이 다른 데로 가지 않고 거기 머물러 살게 됐다는 것만 알아둬. 얘가 완전 만족했거든.

이야기에 대한 이야기

연이 퉁이 엄지 로테 이모 뭉이쌤 노고할망

퉁이 쌤, 소년은 스페인 왕의 딸하고 결혼한 거 맞죠?

뭉이쌤 글쎄. 얘기한 대로야. 원전도 마찬가지고. 결혼했을지 어땠을지는 상상하기 나름!

연이 이야기 법칙에 따르면 결혼했을 것 같아요. 더구나 딴 데로 가지 않았다면요.

엄지 오누이가 됐을지도 모르지.

퉁이 오, 그럴 수도 있나? 어떻든 나중에 왕이 됐을 건 분명해.

엄지 인정!

로테 이모 아이티 민담이잖아요? 그런데 왜 생뚱맞게 스페인 왕일까요?

뭉이쌤 처음에 나도 좀 이상했어요. 하지만 그럴 수 있겠더라고요. 아이티는 작은 섬나라잖아요? 문학적 상상의 무대를 멀리 낯설고 큰 땅으로 설정한 것 아닐까요?

퉁이 어쩌면 '존'처럼 '스페인'이 그냥 이름일지도 몰라요.

연이 오호! 아주 새로운 해석이네.

뭉이쌤 그럴 수도 있겠군. 하지만 나는 스페인 왕이 '크고 힘센 나라의 왕'쯤 되지 않을까 싶어. 예전에 스페인이 세계 최강국이었잖아? 소년은 크고 강력한 땅을 삶의 무대로 선택한 셈이지.

로테 이모 그럼, 거기 머무른 게 소극적 안주가 아니고 진취적 선택이었군요.

퉁이 그런데요, 악마하고 아내의 티키타카 재미있지 않아요? 그 부분이 최고였어요.

연이 악마의 아내가 '어머나!' 하고 말할 때 어떤 표정이었을지 진짜 궁금해요.

퉁이 무시무시한 악마의 아내인데, 좀 귀여운 것 같아요.

노고할망 내가 그 친구를 좀 아는데, 원래 귀여운 면이 있어.

퉁이 할머니! 우와!

연이 하하. 근데 쌤, 이 이야기가 유럽 민담 영향을 받은 것 같다고 하셨잖아요? 비슷한 이야기가 떠올랐어요. 황금 머리카락 세 개를 뽑아 오는 이야기가 있었어요.

뭉이쌤 아하, 〈세 개의 황금 머리카락을 가진 악마〉 말이구나. 아무래도 이 이야기는 유럽에서 넘어갔다고 보는 게 맞을 듯해.

연이 그렇군요. 옛날이야기는 국경을 참 쉽게 넘어가는 것 같아요.

퉁이 그야 뭐 만국 공통어니까!

뭉이쌤 빙고! 이제 로테 이모님께서 유럽 민담을 하나 들려주시면 어떨까요?

로테 이모 알겠어요. 이 이야기랑 통하는 걸로 해볼게요.

그림 형제 민담집에 실린 이야기를 하나 들려줄게요. 어려운 과업을 받아서 먼 곳으로 모험을 떠나는 이야기랍니다. 방금 들은 이야기하고 비슷하면서도 꽤 다를 거예요. 원제목은 '괴물새 그라이프'랍니다. '그라이프'를 영어로는 '그리핀'이라고 하더군요. 독일 원전을 바탕으로 이야기할게요.

괴물새가 알려준 것들

✴

독일 민담

옛날, 어떤 왕에게 아들은 없고 공주만 있었답니다. 공주는 늘 몸이 아팠어요. 그런데 어느 날, 어떤 현자가 나타나서 공주가 특별한 사과를 먹으면 나을 거라고 말하지 뭐예요. 왕은 딸의 건강을 되찾아 줄 특별한 사과를 가져오는 사람을 사위로 삼고 왕의 자리를 물려주겠다고 선언했어요. 너도나도 특별한 사과를 찾느라고 야단이 났죠.

그때 한 마을에 아들 삼형제를 둔 농부가 있었어요. 그는 위의 두 아들에 대한 자부심이 대단했답니다. 이름이 윌레와 재메예요. 잘 쓰지 않는 특별한 이름이죠. 그런데 막내는 얼간이였지 뭐예요. 제멋대로 행동하기 일쑤예요. 이름은 한스였답니다. 아주 흔한 이름이죠.

공주에 대한 소식을 들은 농부는 큰아들 윌레가 적격자라고 생각했어요. 세상에서 제일 똑똑하다고 믿었거든요. 그는 윌레에게 빨간 사과를 한 바구니 챙겨서 왕궁으로 가게 했답니다. 윌레는 공주와 결혼할 수 있다는 말에 흥분해서 급히 길을 나섰죠. 그런데 가는 길에 갑자기 백발의 난쟁이가 불쑥 나타나서 말을 걸어온 거예요.

"이봐! 그 바구니 속에 뭐가 든 거야?"

윌레는 짜증이 나서 아무렇게나 대답했어요.

"개구리 다리!"

"그래? 네 말대로 될 거다."

난쟁이를 지나쳐서 왕궁에 들어간 윌레는 공주를 낫게 할 사과를 가져왔다면서 바구니를 바쳤어요. 하지만 바구니 안에 든 건 사과가 아니라 꿈틀대는 개구리 다리였답니다. 왕은 불같이 화를 내면서 그를 쫓아냈어요.

윌레가 빈손으로 돌아오니까 농부는 둘째 아들 재메를 왕궁으로 보냈어요. 농부 생각에 둘째도 형 못지않게 똑똑했거든요. 좋은 사과를 챙겨서 길을 떠난 재메 앞에 백발의 난쟁이가 나타났어요.

"그 바구니 속에 뭐가 든 거야?"

"돼지털!"

"그래? 네 말대로 될 거다."

재메가 왕궁에 들어가서 바구니를 바쳤는데 거기서 나온 건 사과가 아니라 돼지털이었답니다. 화가 난 왕은 그에게 매질을 해서 내쫓았어요. 재메는 울면서 집으로 돌아와서는 아버지를 원망해요. 그때 얼간이 한스가 나서서 말했어요.

"아버지, 이제 내 차례 맞죠? 내가 왕궁으로 사과를 가져가겠어요!”

“뭐라고? 똑똑한 형들도 못 한 일을 너 같은 얼간이가 한다고? 웃기는 소리 하지 마.”

하지만 한스는 물러서지 않았답니다. 얘가 또 한 고집 하거든요. 아버지는 말리다 못해서 맘대로 하라고 소리쳤어요. 그러니까 얘가 허락을 받았다고 좋아해요.

다음 날 아침, 한스는 바구니에 사과를 챙겨서 길을 떠났어요. 난쟁이를 만날 차례죠. 백발의 난쟁이가 불쑥 나타나서 물었어요.

“그 바구니 속에 뭐가 들었어?”

“네, 공주님 병을 낫게 할 사과예요.”

“그래? 그 말대로 될 거다.”

한스가 왕궁에 들어가서 바구니를 바쳤을 때 어떤 일이 벌어졌을까요? 바구니 안에는 황금빛 탐스러운 사과들이 들어 있었답니다. 공주가 그걸 먹더니 금세 건강해져서 벌떡 일어났죠. 왕은 뛸 듯이 기뻤어요. 하지만 다음 순간, 고민에 빠졌어요. 사과를 가져온 사람이 딱 봐도 얼간이였거든요. 차림새고 행동이고 뭐 하나 제대로 갖추고 배운 게 없어요.

“이제 공주님과 결혼하면 되는 거 맞죠? 공주님, 참 예뻐요.”

그러자 왕이 얼굴을 찌푸리면서 말했어요.

“네가 뭘 몰랐구나. 공주하고 결혼하려면 다른 조건이 있다. 물에서보다 땅에서 더 빨리 달리는 배를 만들어 와야 해.”

그런 조건이 있었을 리 없죠. 왕이 꾸며낸 말이에요. 하지만 한스는 싱글벙글이에요.

"알겠습니다. 재미있겠어요!"

한스는 집으로 돌아와서 왕궁에서 있었던 일을 이야기했어요. 그러자 아버지 반응이 웃겨요. 한스가 아니라 월레에게 그 일을 맡기는 거예요. 월레는 숲으로 들어가서 배를 만들기 시작했죠. 그때 난쟁이가 나타나서 뭘 만들고 있냐고 물었답니다.

"응, 나무 주발!"

그러고 나서 월레가 힘들게 배를 만들었는데, 다시 보니까 커다란 나무 주발이었어요. 움직일 리 없죠.

다음은 재메 차례였어요. 얘가 숲에서 배를 만드는데 난쟁이가 나타나서 뭘 만드느냐고 물었죠.

"응, 나무 맷돌!"

그러고 나서 재메가 만든 건 나무 맷돌이었어요. 가운데에 구멍이 뻥 뚫려 있으니까 물에 뜰 리 없죠. 땅에서도 움직일 리가 없고요.

다음은 한스 차례예요. 얘는 온 숲이 울릴 정도로 힘차게 일했어요. 콧노래를 부르고 휘파람도 불면서요. 이번에도 난쟁이가 나타나서 물었어요.

"뭘 그렇게 열심히 만드니?"

"물에서보다 땅에서 더 빨리 달리는 배를 만드는 중이에요."

"그렇구나. 그대로 될 거야."

그리고 그 말대로 이루어졌어요. 한스가 배를 완성해서 노를 저으니까 배는 숲을 헤치고 왕궁으로 내달렸답니다. 빠르기가 바람 같아요. 요즘으로 치면 스포츠카죠. 그것도 수륙양용이에요.

한스가 땅에서 달리는 배를 만들어 온 걸 보고 왕은 깜짝 놀랐어요. 하지만 속으로 짜증이 났답니다. 어떤 일이 있어도 이 얼간이에게 딸을 주지 않겠다는 생각이었죠. 왕은 다시 새로운 조건을 내걸었어요.

"공주와 결혼하려면 괴물새 그라이프를 찾아서 꼬리 깃털을 뽑아 와라. 그러기 전에는 국물도 없어."

"괴물새 꼬리 깃털요? 좋아요, 할게요."

그 괴물새가 사람을 잡아먹는 무시무시한 괴물이거든요. 괴물이 있는 곳이 이교도 땅이라서 이 나라 사람들을 특히 싫어해요. 냄새만 맡고도 알아차려서 통째로 씹어먹는다는 소문이 파다했죠. 사람들은 그라이프라는 이름만 들어도 벌벌 떨었어요. 근데 한스는 그걸 통 몰라요. 그러니까 얼간이죠.

한스는 곧바로 괴물새를 찾으러 이교도 땅으로 길을 떠났어요. 가는 길은 멀었답니다. 여러 곳에서 신세를 져야 했지요. 어느 날, 한스는 한 성에 묵게 됐어요. 그 성의 주인이 한스에게 어딜 가는 중이냐고 물었죠.

"괴물새 그라이프에게 가고 있어요."

"그래? 용감한 젊은이로군! 그 괴물새는 모르는 게 없다더군. 거기 가면 내가 잃어버린 금고 열쇠가 어디 있는지 알아봐 줄 수 있겠나?"

"물론이죠. 알아볼게요."

그러고서 한스는 다시 길을 떠났어요. 한참을 가다가 또 다른 성에서 하룻밤을 묵게 됐지요. 한스가 괴물새에게 간다는 말을 들은 성주가 말했어요.

"그렇군. 괴물새를 만나면 내 일도 물어봐 주게. 우리 딸이 갑자기 병들어 누웠는데 어떻게 해도 고칠 수가 없거든. 방법을 알아봐 줘."

"꼭 물어볼게요. 너무 걱정 마세요. 방법이 있을 거예요."

한스는 다시 길을 떠나서 이교도 땅으로 향했어요. 그 땅으로 들어가려면 큰 강을 건너야 했답니다. 강물에는 배가 없었어요. 무시무시하게 생긴 커다란 거인이 사람들을 들어서 건너편으로 옮겨주고 있었죠. 웬만한 사람은 쳐다보지도 못해요. 하지만 한스는 웃으면서 거인에게 다가갔어요.

"안녕하세요. 그라이프님을 만나러 가는 길이에요. 저를 저편으로 건네주세요."

"그라이프라고? 거기 가면 물어봐 주겠니? 내가 언제까지 이 귀찮은 일을 해야 하는지 말이야."

"네, 물어볼게요."

그러자 거인은 한스를 어깨에 태워서 강물을 건네줬어요.

강 건너는 모든 게 낯설고 신기했죠. 한스는 마침내 그라이프가 사는 집에 다다랐습니다. 아주 요상하게 생긴 집이었죠. 웬만한 왕궁보다 더 컸어요. 한스가 안에 들어가 보니까 그라이프는 없고 아내만 있었답니다.

"안녕하세요. 저는 한스예요. 그라이프님의 꼬리 깃털을 얻으러 왔습니다."

아내가 보니까 이교도 청년인데 아주 싹싹해요. 혼자 여기까지 찾아오다니 참 대담한 친구죠.

"저를 도와주실 거죠? 오는 길에 부탁받은 것들도 있답니다."

그러면서 한스는 두 명의 성주와 거인에 대한 얘기를 해줬어요. 들어보니까 그 아내도 답이 궁금하죠.

"당신은 착한 사람이군요. 하지만 그이는 이교도를 용납하지 않아요. 큰 괴롭힘을 당했거든요. 하지만 내가 도울 수 있어요. 침대 밑에 숨어 있으면 내가 그이에게 물어볼게요. 당신은 그걸 잘 들으면 돼요. 꼬리 깃털을 뽑는 건 당신 몫이에요."

그래서 한스는 그라이프 부부가 쓰는 침대 밑에 숨게 됐어요. 얼마 뒤 그라이프가 돌아오더니 코를 킁킁대는 거예요.

"왜 집에서 이교도인 냄새가 나지?"

"역시 예리하군요! 이교도인이 왔길래 내가 쫓아냈어요. 그 냄새가 남았나 봐요."

"알겠소. 자칫했으면 내가 또 피를 볼 뻔했군."

그라이프는 아내가 차린 음식을 먹고서 침대에 누워 잠이 들었어요. 그가 코를 드르렁드르렁 골 때 한스는 살짝 손을 뻗어서 꼬리 깃털을 쑥 뽑았답니다. 그러자 그라이프가 깜짝 놀라서 일어나 앉았어요.

"이게 무슨 일이지? 누가 내 꼬리를 잡아당겼어! 그리고 자꾸 이교도인 냄새가 나."

"악몽을 꿨나 보죠. 그리고 낮에 이교도인이 왔었다고 했잖아요. 근데 그거 알아요? 그가 이상한 말을 하더라고요. 어떤 성주는 금고 열쇠를 잃어버렸고, 어떤 성주는 딸이 죽을병에 걸렸대요. 그런데 둘 다 이유를 모른다는 거예요. 아, 강에서 사람들을 건네주는 거인 얘기도 했어요. 어떻게 해야 그 일을 그만둘 수 있냐는 거예요."

"이런 멍청이들! 그런 간단한 일도 모른다니!"

"그래요? 나도 잘 모르겠는데, 어떻게 해야 해요?"

그러자 그라이프는 아내에게 하나하나 답을 알려줬어요.

"걔들 진짜 바보들이구나. 그렇게 간단한 걸 가지고. 여보, 이제 우리 자요!"

그러면서 아내는 그라이프를 끌어안았어요. 그라이프는 기분 좋게 잠이 들었죠. 한스는 침대 밑에서 남모르게 엄지척!

'우와, 이 아주머니 최고야!'

다음 날, 그라이프가 나가자 한스는 침대 밑에서 나와 아주머니와 작별하고 길을 떠났어요. 아주머니는 이별을 아쉬워하면서 나중에 또 만나면 좋겠다고 했죠.

"알겠어요, 아주머니. 이교도끼리 친하게 지내면 좋지요."

그게 그렇잖아요? 알고 보니 그라이프도 소문처럼 잔혹한 괴물은 아니었어요. 오히려 아는 것이 많은 현자였답니다.

한스는 강물에 다다랐어요. 거인이 목을 빼고서 한스를 기다리고 있었죠.

"어때, 꼬맹이? 답을 찾은 거야?"

"물론이죠. 강을 건네주면 알려드릴게요."

거인이 한스를 강 건너편에 내려주자 한스가 말했어요.

"아주 간단해요. 이다음에 처음 만나는 사람을 강 한가운데에 내려놔 버리면 된답니다."

이렇게 답을 알려주고서 그곳을 떠난 한스는 아픈 딸 때문에 걱정하는 성주를 만났어요.

"제가 답을 찾았어요. 따님이 병든 이유는 두꺼비 때문이에요. 두꺼비가 따님 머리카락으로 집을 지었거든요. 그 집이 지하실 계단 아래에 있대요."

성주가 한스와 함께 지하실 계단에 가보니까 진짜로 두꺼비 집이 있었어요. 그걸 갖다주니까 딸의 병이 싹 나았답니다. 그 두꺼비가 딸의 애인이었다는 건 비밀 아닌 비밀이에요.

그다음은 먼저 묵었던 성이에요. 잃어버린 열쇠는 멀리 있지 않았답니다. 문 뒤에 있는 장작더미 아래에 있었어요. 그 장작들이 금고의 열쇠였던 셈이죠.

한스는 드디어 왕궁으로 돌아왔어요. 그가 가지고 온 건 그라이프의 꼬리 깃털만이 아니었답니다. 귀한 선물도 얻어 왔죠. 그리고 특별한 모험담도요. 보물이 가득한 이교도 땅에 대한 얘기는 사람들 마음을 사로잡았답니다. 왕도 예외가 아니었죠. 그 땅을 차지하고 싶은 욕심이 솟구쳤어요.

왕은 공주와 한스에게 나라를 맡겨놓은 뒤 군사들을 이끌고서 이교도 땅으로 향했어요. 그는 강물에 있는 거인이 만난 첫 번째 사람이었죠. 거인은 왕을 사뿐히 들어서 강물 한가운데에 내려놓았답니다. 그 뒤로 왕을 본 사람은 아무도 없었죠. 한스는 공주와 결혼해서 왕이 되었답니다. 둘은 함께 나라를 잘 다스렸대요.

이야기에 대한 이야기

연이 퉁이 엄지 로테 이모 뭉이쌤 노고할망

엄지 한스 정말 마음에 드네요!

퉁이 내 생각에, 얘는 얼간이가 아니라 천재야. 아웃사이더 천재!

연이 왕이 됐으니까 아싸에서 인싸가 된 거네?

뭉이쌤 그렇지. 내 생각에 그 왕국은 이전하고 완전히 달라졌을 거야. 시스템을 바꾸지 않았을까?

퉁이 맞아요. 이전 왕은 완전 꼰대잖아요. 한스랑 공주가 싹 바꿨을 것 같아요.

엄지 공주도? 공주가 한스를 좋아했을까?

연이 그렇지 않을까? 자기 병을 낫게 해준 사람이니까.

로테 이모 퉁이가 왕이 꼰대 같다고 했잖아? 공주도 권위적인 아버지 밑에서 스트레스를 받아서 병이 든 걸지도 몰라. 그걸 한스가 풀어준 거 아닐까?

엄지 오, 공주도 아싸였던 건가요? 그럴 수 있겠다!

퉁이 한스 아빠도 완전 꼰대였잖아? 꼰대의 아싸 자식들이 만나서 세상을 뒤집은 거네. 와, 멋지다!

뭉이쌤 한스가 묵었던 성들 얘기도 한번 연결해 봐. 금고 열쇠가 장작에 있고, 두꺼비 집을 갖다주니까 공주의 병이 나은 것도 틀을 깨는 반전 아닐까?

연이 그게 그렇게 연결되나요? 근데 로테 이모님이 이야기 속 두꺼비가 애인이라고 말한 거 이해 못 했어요. 두꺼비랑 사귀었단 말인가요?

로테 이모 두꺼비를 상징으로 풀어봐. 남자일 수 있지 않을까? 지하실 계단 밑에 사니까 밑바닥 남자.

퉁이 오, 그 두꺼비가 성에서 일하는 하인 같은 남자였을까요? 공주랑 서로 좋아하게 된 거고요.

연이 그럴 수 있겠네. 두꺼비가 공주 머리카락으로 집을 지었다고 했잖아? 남자가 공주 머리카락을 땋아주기라도 한 걸까?

노고할망 오, 그 비밀을 알아차리다니 대단한걸.

연이 진짜 그런 거예요, 할머니?

노고할망 뭐 생각하기 나름.

엄지 근데 제 생각에는 한스가 왕이 된 다음에 이교도 나라랑 사이가 좋아졌을 것 같아요.

뭉이쌤 그래. 로테 이모님이 이야기를 하면서 그런 암시를 주셨지. 좋은 해석이라고 생각해.

연이 근데 두 나라 사이에 강물이 있잖아요? 거인도 사라졌고요. 그렇다면 다리를 만들어야겠네요?

퉁이 우와, 연이 너 전생에 그 나라 공주였던 거 아님?

뭉이쌤 하하. 이야기에 대한 이야기가 더 재미있군. 이제 다음 이야기로 넘어갈까? 연이, 준비됐니?

연이 물론이죠!

연이

저도 주인공이 여행을 떠나는 이야기를 하나 해볼게요. 미얀마에서 전해온 민담인데 이번 주인공도 아웃사이더예요. 스스로 움직이지 못하는 장애인이죠. 근데 아주 대단해요. 존경스러울 정도랍니다. 들어보시면 다들 고개를 끄덕이실 거예요. 이야기를 들으면서 주인공이 뒷날 뭐가 될지도 예상해 보세요.

머리님 이야기

*

미얀마 민담

옛날 옛적, 한 여자가 아이를 낳았는데 아이가 좀 이상했어요. 몸은 없고 머리만 있지 뭐예요. 남편은 창피하다면서 아이를 내다 버리려고 했어요. 죽여 없애려고 한 거죠. 하지만 여자는 달랐답니다.

"애가 이렇게 생겼어도 내 몸으로 낳은 아이예요. 절대 버릴 수 없어요. 내가 키우겠어요."

그러자 아이가 그 말을 듣고서 말했답니다.

"어머니, 감사해요. 나중에 제가 어머니를 잘 모시겠습니다."

갓 태어난 아이가 말을 하니까 엄마랑 아빠가 다 놀라죠. 소문을 들은 이웃 사람들이 아이를 보려고 몰려왔답니다. 아이가 머리만 있는데 눈동자가 초롱초롱 빛났죠. 사람들은 이 아이를 '머리님'이라고 부르게 됐어요.

달이 가고 해가 가도 아이는 여전히 머리뿐이었어요. 하지만 아주 똑똑하고 말을 잘했죠. 어느 날, 머리님은 엄마에게 이상한 부탁을 했답니다.

"어머니, 저를 상인 우두머리에게 데려다주세요. 세상 구경을 하고 싶어요."

엄마는 아들과 헤어지고 싶지 않았지만 아들이 원하는 대로 해줬어요. 우두머리 상인을 만난 머리님은 이렇게 말했답니다.

"어르신, 어머니께 은화 천 닢을 주시면 제가 노예가 될게요. 저를 사람들에게 구경시키고 값을 받으면 더 많은 돈을 벌 겁니다."

상인이 들어보니까 그럴듯했어요. 그가 준 은화 덕분에 가난하던 머리님 부모는 잘살게 됐답니다. 그리고 상인은 머지않아 더 많은 돈을 벌었어요. 머리님을 보려고 구경꾼들이 계속 몰려들었거든요.

그러던 어느 날, 다른 나라 상인들이 배를 타고서 그곳으로 왔어요. 머리님이 우두머리 상인에게 말했어요.

"어르신, 그동안 저는 열심히 어르신을 섬겼어요. 이제 다른 나라 구경을 하고 싶습니다. 은화 천 닢을 받고서 저를 외국 상인들에게 팔아주세요."

머리님 말에는 거스르기 어려운 힘이 있어요. 우두머리 상인은 그 말대로 머리님을 외국 상인에게 팔고서 앞날을 축복해 줬답니다. 머리님은 감사 인사를 빠뜨리지 않았어요.

외국 상인들은 큰 배가 일곱 척이나 됐어요. 여러 나라를 이곳저곳 찾아다녔죠. 머리님에게는 새로운 경험이었어요. 상인들도 머리님 덕을 충분히 봤어요. 머리님을 구경시키고 많은 돈을 번 거예요. 머리님은 금세 보배 같은 존재가 됐답니다. 아무도 그를 함부로 대하지 않았어요.

어느 날, 상인들은 바다를 항해하다가 거센 폭풍우를 만났어요. 금방이라도 배가 부서질 것 같았죠. 배를 어디로 어떻게 몰아야 할지 아무도 몰라요. 그때 머리님이 나서서 말했어요.

"저를 돛대 끝에 매다세요. 제가 거기서 갈 곳을 알려드릴게요."

상인들은 다급한 마음에 머리님을 매달고서 돛을 올렸어요. 돛대 끝에 올라간 머리님은 바람 부는 방향과 파도치는 모양을 살피면서 선원들에게 큰 소리로 외쳤습니다.

"뱃머리를 북북서 105도 방향으로!"

이런 식이에요. 그 목소리가 세찬 바람을 뚫고서 쩌렁쩌렁 울려요. 선원들은 머리님이 지시하는 대로 배를 움직였죠. 그랬더니 진짜로 나아갈 길이 생기는 거예요. 마침내 폭풍우를 벗어나 안전한 곳으로 다다를 수 있었답니다. 그게 다 머리님 덕분이었죠. 머리님은 영웅이 됐어요.

선단은 항해를 계속하던 중에 한 섬을 지나게 됐어요. 섬이 보이자 선원들이 공포에 질려서 소리쳤답니다.

"괴물섬이다! 가까이 가면 안 돼!"

그러면서 그들은 섬에서 먼 쪽으로 뱃머리를 돌리려고 했어요. 그때 머리님이 말했답니다.

"부탁이 있어요. 저를 저 섬에 내려주세요."

그러니까 사람들이 난리죠. 괴물들이 가득한 곳이라 거기로 가

면 안 된다는 거예요.

"괜찮아요. 저도 괴물이잖아요. 잘 지낼 수 있어요."

얘가 사람들을 구한 영웅이잖아요? 상인들은 머리님의 부탁을 거절할 수 없었어요. 그들은 조심조심 섬으로 다가가서 머리님을 바닷가에 내려놓은 뒤 손을 흔들고서 쏜살같이 떠나갔답니다. 정말 무서웠나 봐요.

머리님은 바닷가에서 조용히 기다렸어요. 해 질 무렵이 되자 섬에서 괴물들이 바닷가로 목욕을 하러 나왔죠. 사실 머리님만큼 괴물은 아니었어요. 뭔가 남들과 다르게 생긴 사람들일 뿐이었죠. 머리님은 그들과 금방 친해졌어요.

사실 그들은 특별한 능력자였어요. 보물을 찾아내고 다듬는 데 선수였답니다. 섬에서 귀한 보석들을 많이 찾아 멋지게 다듬어서 가득 쌓아두고 있었죠. 그것 말고도 세상 사람들이 못 가진 특별한 재주가 많았어요. 신기한 마법도 부릴 줄 알았답니다. 머리님은 거기서 지내면서 그걸 다 익혔어요.

그렇게 세월이 흐르던 어느 날, 머리님이 바닷가에 나가서 보니까 낯익은 배들이 지나가고 있었어요. 전에 자기가 탔던 배라는 걸 곧바로 알아차렸죠. 머리님은 배를 향해서 외쳤습니다.

"여기예요! 이곳으로 와주세요! 저 머리님이에요."

얘가 목소리가 아주 우렁차잖아요? 상인들은 그 목소리를 알아듣고서 다가왔어요. 하지만 배를 대는 일은 꺼렸어요. 머리님 옆에 괴물들이 있었거든요.

"걱정 마세요. 해치지 않습니다. 저의 친구들이에요."

사람들이 머리님 말은 다 믿거든요. 허튼 말을 안 하니까요. 상인들이 배를 대자 머리님은 친구들과 작별하고 배에 올랐답니다. 그들이 선물한 귀한 보석이 가득 찬 자루와 함께요.

배로 돌아온 머리님은 사람들에게 선물로 보석을 하나씩 나눠줬어요. 처음 보는 아름다운 보석이었죠. 다들 눈이 휘둥그레. 배가 자기 살던 나라에 다다르자 머리님이 사람들에게 말했어요.

"여러분, 부탁이 있습니다. 제 사람이 되어주세요. 그러면 더 많은 보석을 나눠드리겠습니다."

그러자 선원들은 다들 좋아라 고개를 끄덕이면서 충성을 맹세했어요. 머리님이 얼마나 대단한지 다들 잘 아니까요. 머리님은 부하가 된 선원들과 함께 왕궁으로 가서 왕에게 글을 올렸어요.

공주를 머리님과 결혼시키고 머리님을 다음 왕으로 삼을 것을 요청합니다.

그 나라 왕에게는 아들이 없고 공주 한 명뿐이었어요. 공주와 결혼하는 사람이 다음 왕이 되는 거죠. 왕은 이리저리 사윗감을 찾고 있는 중이었답니다. 하지만 선원들을 이끌고 온 머리뿐인 아이라니, 왕은 기가 막혔어요. 왕은 직접 머리님의 머리를 툭툭 건드리면서 말했어요.

"스스로 움직이지도 못하는 녀석이 하찮은 불량배들을 데리고서 내 딸을 달라고 온 거냐?"

왕은 머리님이 얼마나 대단한지 몰라요. 그 나라는 물론이고 온 세상이 아는 슈퍼스타인데 말이죠. 실은 공주도 소문을 들어서 알고 있었답니다.

왕의 말을 들은 머리님은 입을 열어서 크게 외쳤어요.

"눈이 있고 귀가 있는 자들이여, 나를 따르라!"

그러자 순식간에 수많은 군사가 왕궁을 가득 에워싸지 뭐예요. 거기에 비하면 왕의 군사들은 새 발의 피예요. 머리님의 군사들이 눈을 부릅뜨고서 한꺼번에 노려보니까 왕은 기가 탁 질렸어요. 그를 사위로 삼아야 한다는 걸 깨닫는 순간이었죠.

얼마 뒤 성대한 결혼식이 거행됐어요. 축하객들이 벌떼처럼 몰려들었죠. 멀리 외국에서도요. 머리님이 섬에서 만났던 이들도 귀빈으로 초청됐어요. 결혼식을 마쳤을 때, 머리님은 모든 걸 다 갖춘 멋진 청년으로 변해 있었답니다.

이야기에 대한 이야기

퉁이 와, 멋지다! 머리님도 왕이 된 거네. 대단해.

엄지 맞아. 한스보다 더 대단한 것 같아.

노고할망 머리님이 최고의 지도자가 됐다는 건 비밀이 아니겠지?

퉁이 네. 그러고도 남아요!

연이 사실 이 이야기를 하면서 우뚜리가 생각났어. 우뚜리도 잘 컸으면 멋진 지도자가 됐을 텐데…….

엄지 그러네. 우뚜리도 몸이 위쪽밖에 없었어.

로테 이모 머리님 옆에는 그를 지켜준 엄마가 있었다는 걸 기억하렴.

연이 맞아요. 엄마 역할이 컸어요.

뭉이쌤 상인들이 머리님을 함부로 대하지 않고 존중해 주는 것도 눈여겨볼 만해. 인간에 대한 예의가 있는 사람들이랄까? 이 이야기를 보면 미얀마 사람들이 존경스러울 정도야. 사실 예전에 미얀마를 여행하면서 감동을 받았었단다. 사람들이 참 너그럽고 인간적이더라고.

퉁이 그렇군요. 저는 그냥 못사는 나라라고만 생각했었는데…… 반성하겠습니다.

뭉이쌤 하하. 퉁이에게 리더 자질이 보이는걸. 머리님이 세상을 널리 경험했다는 것도 잘 새겨두려무나. 리더가 되는 데 필요한 자질이라고

할 수 있으니까.

엄지 머리님이 발도 없고 날개도 없이 넓고 낯선 세상을 다닌 것이 참 놀라웠어요. 뜻이 있으면 길이 있다는 말이 실감 나요.

노고할망 주변 사람들과의 관계가 날개 구실을 한 셈이야.

연이 그렇구나! 그 생각은 못 했어요. 그러고 보니 머리님 옆에는 늘 다른 사람들이 있었네요.

노고할망 그래. 그 관계를 주도한 건 머리님이었지.

로테 이모 우리 아이들도 머리님처럼 키우고 싶어요. 집에 가서 이 이야기를 들려줘야겠어요.

연이 이모님, 영광이에요!

엄지 근데 우리나라 옛이야기에도 비슷한 인물이 있지 않아요? 예전에 동화책에서 본 거 같은데. 몸이 한쪽만 있는 아이…….

노고할망 반쪽이 말이구나.

엄지 맞아요, 할머니. 그 이야기 해주세요!

내가 반쪽이 이야기를 해볼게. 무척 유명한 설화야. 다들 한 번쯤 들어봤을걸. 이 이야기가 여러 곳에 퍼져 있는데, 내가 예전에 평안도에서 만났던 반쪽이 이야기를 해줄게. 반쪽이가 진짜로 있냐고? 물론이지. 아주 많단다. 옛날에도 그랬고, 지금도 마찬가지야. 실은 처음 세상이 만들어질 때부터 사람들은 반쪽이였지. 자, 시작할게.

반쪽이의 길

✳

한국 민담

옛날에 어떤 부부가 살았는데 자식이 없었어. 여자는 천지신명께 아이를 갖게 해달라고 빌었지. 그랬더니 어느 날, 처음 보는 백발의 할아버지가 나타나서 생선 세 마리를 주는 거야.

"이 생선을 잘 구워서 먹으면 아들 셋을 낳을 겁니다."

그러고서 연기처럼 사라지는데 그게 신령님이지 뭐야. 여자는 너무 기뻐서 요리 준비를 시작했지. 그런데 잠깐 한눈파는 사이에 고양이가 생선 한 마리를 절반이나 먹었지 뭐냐. 여자는 할 수 없이 남은 걸로 요리를 해 먹었어. 온전한 거 두 마리하고 반쪽짜리 하나.

그걸 먹은 뒤 이 여자가 임신을 해서 아이를 낳았는데 진짜로 아들 셋을 낳은 거야. 근데 제일 늦게 나온 아들은 몸이 반쪽밖에 없어. 팔도 하나, 다리도 하나, 눈도 하나, 귀도 하나. 코하고 입하고 배꼽은 딱 반쪽이지. 그래서 이름도 '반쪽이'가 됐어.

세 아들은 쑥쑥 자라났어. 반쪽이는 몸이 남들의 반밖에 안 됐지만 할 일은 다 했단다. 놀기도 하고 공부도 하고 산에서 나무도 해 오고……. 친구들하고 놀면 얘가 늘 앞장이야. 근데 쌍둥이 형들은 그런 동생이 싫었나 봐. 창피하게 생각해서 같이 놀려고 하질 않았지.

세월이 흘러서 삼형제는 청년이 됐어. 얘들이 다 공부를 잘했거든. 그 시절은 양반은 물론이고 평민이라도 과거시험에 합격하면 벼슬길에 나갈 수 있었단다. 요즘으로 치면 고시나 마찬가지지. 삼형제는 과거시험을 보려고 함께 길을 나섰어. 형들이 둘만 슬쩍 떠나려고 했는데 반쪽이가 눈치를 채고 딱 붙어서 따라가는 거라. 큰 소리로 떠들면서 말이지. 그러니까 사람들이 다들 형제를 쳐다보지. 형들은 또 그게 창피하고.

어느 날, 삼형제는 외진 산길을 지나가게 됐어. 가다 보니까 사람이 눕기 좋은 널찍한 바위가 있었지. 형들은 반쪽이에게 거기 누워서 잠깐 자고 가자고 하고선 반쪽이가 잠들었을 때 살짝 일어나서 밧줄로 반쪽이 몸을 바위에 꽁꽁 묶었어. 그러고는 둘이서만 길을 떠났단다.

반쪽이가 아무것도 모르고 쿨쿨 자고 일어나 보니까 몸이 바위에 꽁꽁 묶여 있지 뭐냐. 반쪽이는 불끈 힘을 줘서 벌떡 일어났지. 그랬더니 바위가 통째로 들리는 거라. 반쪽이는 바위를 등에 짊어지고 휘리릭 달려서 집으로 왔어. 그냥 걸을 때보다 열 배는 빠르니 참 대단하지? 집에 도착한 반쪽이는 마당 한쪽에 바위를 턱 내려놨단다. 그걸 엄마가 본 거야.

"그 바위는 뭣 하려고 가져온 거냐?"

"네, 내 결혼 잔치를 할 때 떡을 치는 떡돌로 쓰려고요."

"결혼할 생각이 있는 거야?"

"당연하죠. 제일 예쁘고 착한 아가씨랑 결혼할 거예요!"

그러고는 형들을 좇아서 뛰어가는 거야. 얘가 어찌나 빠른지 형들을 금방 따라잡지. 형들은 아무 일도 없었던 것처럼 모른 척해. 하지만 속으로는 동생을 따돌릴 생각뿐이야. 형들은 산을 지날 때 반쪽이를 커다란 고목나무 앞에 서게 하고선 밧줄로 몸을 꽁꽁 묶었어.

"이제 다시 따라올 생각을 하지 마."

그러고 형들이 사라지니까 반쪽이가 다시 몸에 불끈 힘을 주지. 그러자 그 커다란 나무가 뿌리째 쑥 뽑히는 거야. 반쪽이는 나무를 짊어지고서 집으로 달려왔어. 커다란 나무가 쌩하고 움직이니까 사람들이 다들 깜짝 놀라지. 반쪽이가 마당 한쪽에다 나무를 딱 세워놓더니만,

"어머니, 제가 좋은 나무 하나 가져왔어요."

"그건 뭣 하려고?"

"잔치할 때 사람들이 모이면 그늘이 필요하잖아요. 이 나무가 딱이에요."

그러고는 얘가 또 형들을 좇아가는 거야. 형들이 기가 막히지. 어떻게든 얘를 따돌릴 생각뿐이야. 형들은 반쪽이를 칡넝쿨로 꽁꽁 묶어서 호랑이 굴 앞에다가 던져놓고 사라졌단다. 형들도 힘이

꽤 셌나 봐. 하지만 반쪽이가 일부러 가만히 있는 건 모르지.

조금 있으니까 사람 냄새를 맡고 호랑이들이 잔뜩 나와서 으르렁으르렁! 그때 반쪽이가 벌떡 일어나서 몸에 힘을 꽉 주니까 칡넝쿨이 우드드득 끊어지지. 얘가 좀 특이하게 생겼잖아? 호랑이들이 이게 사람인지 산신령인지 헷갈리는 거야. 그때 반쪽이가 나서면서,

"너희들 나처럼 칡넝쿨 끊을 수 있어? 그러면 내가 너희들 먹이가 돼주지. 하지만 실패하면 내가 가죽을 벗겨 갈 거야. 좋지?"

그러니까 호랑이들이 뭐에 홀린 것처럼 머리를 끄덕여. 이때 반쪽이가 굵직한 칡넝쿨로 호랑이들을 꽁꽁 묶는데 그게 얼마나 단단한지 몰라. 호랑이들이 아무리 힘을 써봐도 끄떡도 안 하지.

"거봐, 못 하잖아. 미안하다, 너희들 가죽은 내 거야."

반쪽이가 가죽을 단숨에 쫙 벗기니까 얘들이 다 벌거벗은 호랑이가 돼서 깨개갱. 다들 도망가기 바쁘지.

반쪽이는 호랑이 가죽을 잔뜩 짊어지고서 마을로 내려갔어. 그 마을에 부자가 한 명 사는데 욕심이 엄청 컸단다. 반쪽이가 가진 호랑이 가죽을 보니까 흠이 하나도 없는 게 최상품이지 뭐냐. 부자가 그걸 갖고 싶어서 안달이지.

"여보게! 그 가죽을 나한테 주지 않겠나? 그러면 내가 딸을 자네와 결혼시키지."

그러면서 딸을 가리키는데 세상에 둘도 없는 미인이지 뭐야. 게다가 딱 봐도 아주 착하게 생겼어. 아버지하고는 딴판이지.

"좋습니다. 그렇게 할게요."

"그런데 조건이 있어. 사흘 안으로 네가 직접 내 딸을 데려가야 해. 괜찮지?"

"얼마든지요!"

그러면서 반쪽이는 부자에게 호랑이 가죽을 다 줬어. 부자가 아주 기뻐하지. 사실 반쪽이에게 딸을 줄 생각은 눈곱만큼도 없었거든. 밤에 힘센 사람들을 잔뜩 모아서 딸을 꽁꽁 지킬 속셈이야.

부자는 즉시 힘센 사람들을 잔뜩 모아서 집 안 곳곳에 쫙 배치하고는 아무도 못 들어오게 했어. 이 사람들이 밤새 집을 지키는 거지. 근데 반쪽이가 꾀도 남다르거든. 둘째 날까지 아예 그 집에 가지 않고 쿨쿨 잠만 자는 거라. 지키는 사람들은 이틀 밤을 꼬박 새우느라 지쳐서 하품이 뿜뿜뿜.

"이 녀석이 겁을 먹고 도망쳐 버렸군. 괜히 헛고생이야."

긴장이 풀어지니까 잠이 솔솔 오지. 셋째 날 한밤중이 되니까 다들 곯아떨어졌단다. 그때 반쪽이가 슬쩍 들어가서 사람들 상투와 팔다리를 끈으로 이리저리 묶어놓은 거야. 무슨 생각인지 줄에다 북도 달고 종도 달아. 그러고서 별당으로 들어가서 딸을 담쑥 안고 나오는 거라.

"반쪽이가 색시 데리고 갑니다!"

애가 크게 소리치니까 부자하고 사람들이 깜짝 놀라서 깨지. 반쪽이를 잡으려고 일어나는데 서로 상투나 팔다리가 묶여 있어서 이리 쾅, 저리 꽈다당. 줄에 달려 있는 북들이 두두둥, 종들이 땡

땡땡. 아주 한바탕 난리가 났단다. 처녀를 되찾는 건 생각도 못해. 자기들 앞가림이 더 급했거든.

그래서 반쪽이는 예쁘고 착한 처녀하고 결혼해서 오래오래 잘 살았단다. 내가 가서 보니까 아들딸을 많이 낳았더군. 아버지를 닮아서 애들도 다들 장군감이지 뭐냐. 뭘 해도 크게 했을 거야.

이야기에 대한 이야기

연이

퉁이

엄지

로테 이모

뭉이쌤

노고할망

달이

엄지 할머니, 좋아요. 최고로 멋진 반쪽이네요.

연이 맞아요. 동화책에서 봤을 때하곤 느낌이 달라요. 반쪽이가 정말 씩씩하네요.

퉁이 바위를 내려놓으면서 결혼식 때 떡돌로 쓴다는 말에 감탄했어요. 잔치 때 실제로 썼겠죠?

노고할망 당연하지! 나무 그늘도 한몫했고.

로테 이모 그 엄마는 반쪽이가 결혼을 못 할 거라고 생각했을까요? 그건 좀 별로다.

뭉이쌤 그래도 형제를 함께 과거 보러 보내는 걸 보면 부모가 필요한 역할은 한 것 같아요.

엄지 그럼 다행이네요. 하지만 형들은 정말 나빴어요. 나 같으면 박살냈을 텐데. 왜 가만히 있었나 몰라.

뭉이쌤 반쪽이도 형들 마음을 이해했는지 모르지. 그냥 자기가 감당하면 되는 일이라고 생각하지 않았을까?

퉁이 그래도 한 방 먹이는 게 맞아요. 잘못을 깨달아야죠.

뭉이쌤 네네, 여러분들 말씀이 옳아요. 하하.

로테 이모 제가 아이들 키우면서 반쪽이 이야기를 읽어줬었는데, 거기에는 나중에 반쪽이 몸이 다 생겨서 온쪽이가 됐다고 돼 있었어요. 여기는 그 내용이 없네요.

노고할망 하하. 반쪽이는 이미 온쪽이였던 거 아니겠어요? 오히려 형들이 나 부자들이 반쪽이였고.

통이 오오, 그렇군요! 사실 저도 이상하게 생각했었는데 이제 알겠어요.

연이 저도요. 앞에 나온 머리님도 마찬가지겠군요. 머리님도 몸에 장애가 있었지만 모든 걸 다 갖춘 사람이었어요!

뭉이쌤 그래. 장애는 불편함일 뿐이지. 틀린 게 아니고 다른 거라는 말, 들어봤지?

달이 안녕! 지금 무슨 얘기들 하고 계세요? 반쪽이 얘기?

뭉이쌤 어서 와, 달이야. 반쪽이 이야기 맞아. 들어본 적 있지?

달이 그럼요. 저는 반쪽이 병아리 얘기도 아는데. 한번 들어보실래요?

일동 좋지!

달이

이야기하는 종달새 달이예요. 제가 새들 이야기를 많이 알거든요. 그 중에서 병아리 이야기를 하나 해볼게요. 병아리도 새냐고요? 그럼요! 날지는 못해도 엄연히 새랍니다. 작다고 무시하다가는 큰코다쳐요. 혹시 반쪽짜리 병아리를 보면 더 조심하세요.

반쪽이 병아리

*

프랑스 민담

옛날에 반쪽짜리 병아리가 마당 한구석에서 모이를 쪼아 먹고 있었어요. 지나가던 왕이 반쪽이 병아리에게 말했어요.

"내가 돈이 떨어져서 그러는데 네 돈주머니 좀 빌려주겠니?"

"좋아요. 하지만 이자를 쳐서 갚으셔야 해요."

그러면서 반쪽이는 왕에게 돈주머니를 전해줬어요. 그런데 시간이 아무리 지나도 왕이 돈을 갚으러 오질 않지 뭐예요.

"약속을 씹겠다 이거지? 그렇담 내가 돈을 받으러 가겠어!"

그러면서 반쪽이 병아리는 왕궁으로 향했답니다. 반쪽이는 가는 길에 늑대를 만났어요.

"내 친구 반쪽아, 어디 가니?"

"왕궁에 돈 받으러 가."

"함께 가도 될까?"

"응. 내 목으로 들어와."

반쪽이는 다시 길을 가다가 여우를 만났어요.

"내 친구 반쪽아, 어디 가니?"
"왕궁에. 돈 받으러."
"나도 데려가."
"내 목 안으로 들어와."
그들은 가다가 강물을 만났어요.
"반쪽아, 어디 가니?"
"왕궁에."
"나도 데려가."
"내 목으로 들어와. 늑대랑 여우가 빠져 죽지 않게 조심하고."
반쪽이 병아리는 왕궁에 도착해서 문을 똑똑 두드렸어요.
"누구냐?"
"반쪽이예요. 돈 받으러 왔어요. 이자까지 해서 100냥이에요."
그러자 왕은 빚을 갚기는커녕 반쪽이를 닭장 속에 가둬버렸어요.
"해보겠다 이거지? 여우야, 나와!"
그러자 반쪽이 목에서 여우가 나와서 닭들을 다 잡아먹었어요.
왕은 다시 반쪽이를 염소 우리에 넣었습니다.
"늑대야, 나와!"
그러자 늑대가 나와서 염소들을 다 잡아먹었어요.
왕은 반쪽이 병아리를 불이 타오르는 화덕에 집어넣었습니다.
"강물아, 나와!"
그러자 강물이 나와서 화덕의 불을 끄고 왕궁을 덮쳤습니다.
그곳은 돌멩이 하나도 남아 있지 않게 됐다고 해요.

이야기에 대한 이야기

연이 퉁이 엄지 로테 이모 뭉이쌤 노고할망 달이

퉁이 달이야, 이거 너무 재미있어! 이 병아리 뭐야!

달이 내가 작다고 무시하면 안 된댔잖아?

엄지 들었지? 다들 제가 작고 어리다고 무시하지 마세요.

노고할망 우리 엄지를 누가 무시하겠니? 안에 하늘과 땅과 거인과 영웅이 다 들어 있는데.

퉁이 그럼 저는 마음속에 엄지만 담으면 되는 거군요.

연이 오빠! 암튼 못 말려.

뭉이쌤 아니, 맞는 말이야. 서로 마음에 넣으면 그만큼 큰 존재가 되는 거지.

로테 이모 그렇담 저는 노고할망님을 영순위로 접수하겠어요.

노고할망 하하. 얼마든지!

뭉이쌤 나는 반쪽이 병아리를 접수하겠습니다. 처음 듣는 이야기인데 반했어요.

퉁이 저는 이 이야기 속의 왕이 백성을 무시하는 권력자 같았어요. 그러다 큰코다친 거죠.

엄지 그 해석 멋지다! 딱이야.

뭉이쌤 퉁이 대단한걸. 내 마음속으로 쑥 들어왔어.

퉁이 정말요? 칭찬받았으니까 쌤께서 반할 만한 이야기 하나 해보겠습니다.

뭉이쌤 좋지! 오늘의 피날레가 되겠네.

통이

노고할망님의 반쪽이 이야기를 들으면서 생각난 이야기예요. 반쪽이 병아리 이야기하고도 통할 것 같아요. 천하장사 작은 거인 이야기거든요. 이름이 새끼손가락이에요. 베트남 설화에서는 새끼손가락이 딸인데, 여기서는 아들이에요. 딸이어도 상관없겠네요. 그냥 아이라고 할게요. 칠레에서 전해온 민담입니다.

천하장사 새끼손가락

✳

칠레 민담

옛날에 가난한 노부부가 살았어요. 할아버지는 물을 긷고 할머니는 빨래를 해서 먹고살았습니다. 하지만 늘 먹을 게 부족했어요. 부부를 힘들게 하는 게 또 있었습니다. 자식이 없어서 너무 외로웠어요.

"아, 자식이라도 있으면 좋을 텐데. 우리가 병들면 누가 보살펴 준담!"

"내 말이! 자식 하나만 있으면 바랄 게 없을 텐데!"

그때 갑자기 집 천장에서 이상한 목소리가 들려왔어요.

"너희의 바람이 이루어질 것이다."

이게 무슨 말인가 싶어요. 그런데 그날 낮에 이상한 일이 생긴 거예요. 할머니가 빨래를 하는데 소매 안에서 뭔가가 기어 다니지 뭐예요. 할머니가 놀라서 팔을 흔드니까 그게 빨래통에 뚝 떨어졌어요. 물속에서 쩌렁쩌렁 말소리가 들렸습니다.

"어머니, 저를 빨리 꺼내주세요. 숨이 막혀 죽겠어요."

할머니가 놀라서 물통 속을 살펴보니까 아주 자그마한 갓난아이 하나가 있는 거예요. 꺼내놓고 보니까 새끼손가락 크기밖에 안 돼요. 노부부는 하늘이 그 아이를 보냈다는 걸 알고 정성껏 키웠습니다. 이름은 '새끼손가락'이라고 지었죠. 세상 귀여운 손가락이에요. 어찌나 예쁜지 걔만 보면 근심 걱정이 다 달아났습니다. 혹시라도 누가 보면 데려갈까 싶어서 부부는 아이를 몰래 숨겨서 키웠어요.

세월이 7년쯤 지났어요. 노부부는 늙어서 일하기 어려웠고 집은 더 가난해졌습니다. 이제 돈도 여섯 푼밖에 안 남았어요. 뭔가를 먹어야 하는데 둘 다 몸이 아파서 움직이기 어려웠죠. 할머니가 새끼손가락에게 두 푼을 주면서 말했어요.

"얘야, 이 돈으로 정육점에 가서 고기를 사 올 수 있겠니?"

"네, 어머니. 제가 할게요."

아이는 돈을 가지고 정육점으로 가서 말했어요.

"고기 두 푼어치 주세요."

정육점 주인이 보니까 쩌렁쩌렁 소리는 들리는데 누가 말을 하는지 알 수가 없어요. 그는 한참 만에 새끼손가락 크기밖에 안 되는 아이를 발견했습니다.

"네가 말한 거냐? 근데 그 몸으로 고기를 가져갈 수 있겠어?"

"물론이죠. 저기 걸려 있는 소 한 마리도 통째로 가져갈 수 있어요."

"뭐라고? 네가 저걸? 그렇다면 한번 가져가 봐. 가져갈 수 있으면 두 푼에 주지."

그러자 새끼손가락은 두 푼을 주고서 손질된 소 한 마리를 통째로 짊어졌어요. 그러고서 움직이는데 아주 거뜬한 거예요. 정육점 주인이 깜짝 놀라죠. 다른 사람들도요. 얘가 워낙 작아서 안 보이니까 손질된 소가 저절로 움직이는 줄 알고 기겁해요.

얘가 소를 짊어지고 집에 오니까 노부부가 깜짝 놀라죠. 힘이 센 줄은 알았지만 그 정도일 줄 몰랐거든요. 부부는 다시 아이에게 한 푼을 주면서 빵을 사 오라고 했어요. 고기만 먹을 순 없으니까요.

빵집에서 다시 비슷한 일이 벌어졌어요. 새끼손가락은 한 푼을 내고서 커다란 빵 바구니 두 개를 받아서 가져왔습니다. 빵집 주인도 얘가 그걸 가져갈 수 있으리라고는 상상도 못 했죠. 소 한 마리에 비하면 아무것도 아닌데 말예요.

빵과 고기를 배불리 먹은 노부부는 아이에게 다시 두 푼을 주면서 마테차와 설탕을 사 오라고 했어요. 가게로 간 새끼손가락은 한 푼으로 커다란 마테차 한 통을, 또 한 푼으로 설탕 한 자루를 얻어서 가뿐히 들고 돌아왔습니다.

그다음은 양파였어요. 할머니가 말린 고기로 육포 스튜를 만들려 하는데 양파가 필요했거든요. 새끼손가락이 양파 장수를 찾아가서 거래를 하는데 이번에는 좀 문제가 있었습니다. 얘가 풀밭에서 쩌렁쩌렁 말을 하고 있는데 암소가 풀과 함께 얘를 꿀꺽 삼킨 거예요. 참 운수가 나쁜 소였죠. 새끼손가락이 주머니에서 칼을

꺼내 착착 길을 내면서 몸 밖으로 나온 거예요. 암소는 뱃속이 너무 아파서 푹 쓰러졌습니다. 그건 뭐 암소의 운명이고, 양파 거래가 이어졌어요. 아이는 한 푼에 커다란 양파 자루를 두 개나 얻어서 집으로 향했습니다. 양파 자루는 장난감이나 마찬가지예요. 두 개를 교대로 하늘 높이 던졌다 받았다 하면서 가요.

이런 일이 벌써 몇 번째잖아요? 순식간에 나라에 천하장사 새끼손가락에 대한 소문이 쫙 퍼졌습니다. 소문은 왕궁에까지 들어갔어요. 왕은 신기한 일이라 생각하고 그에게 초청장을 보냈습니다.

새끼손가락은 멋지게 말을 타고서 왕궁으로 가고 싶은 거예요. 그런데 말은 너무 크잖아요? 새끼손가락은 자그마한 생쥐 한 마리를 붙잡아서 자기 말로 삼았습니다. 머리핀으로 재갈을 만들고, 장갑 조각으로 안장을 만들고, 신발 끈으로 고삐를 만들었어요. 얘가 작은 주머니칼을 허리에 차고서 생쥐를 타고 달리니까 그 모양이 볼만하죠. 사람들이 다들 손뼉을 치면서 환호했습니다.

왕궁에 있는 사람들도 다들 새끼손가락에게 감동을 먹었어요. 그는 단숨에 왕국에서 가장 불가사의한 인물이 됐습니다. 왕이 새끼손가락에게 말했어요.

"작은 용사여! 여기 왕궁에 살면서 나를 보필해 주지 않겠나?"

그러자 새끼손가락이 우렁찬 목소리로 말했습니다.

"아닙니다. 집에 늙은 부모님이 계십니다. 저는 그분들을 보살펴야 합니다."

"오호, 효자로다! 그대의 부모님을 이곳에 오시게 해서 함께 사는 건 어떻겠나?"

"감히 청하지 못하지만 진심으로 바라는 일입이다."

얘가 말도 참 멋지게 해요. 그러니 다들 더 감탄하지요.

그래서 새끼손가락은 부모님과 함께 궁궐에서 편안하게 잘 지내게 됐답니다.

그러다 적들이 침략해 왔는데 새끼손가락이 엄청난 활약을 했어요. 혼자서 대포를 다 나르고 장군의 명령을 전군에 전달한 거예요. 얘가 '가자! 싸우자! 이기자!' 이렇게 소리치면 사기가 하늘을 찔러요. 전에 없는 큰 승리였습니다. 그 공으로 새끼손가락은 훈장을 받고 지휘관으로 승진해서 오래오래 잘 살았다고 해요.

이야기에 대한 이야기

연이

퉁이

엄지

로테 이모

뭉이쌤

노고할망

달이

엄지 진짜 멋지다! 내 작은 가슴이 웅장해졌어.

퉁이 하하. 작은 거인끼리 통했구나.

연이 나는 이 아이가 존경스러워. 더 당당하고 용감하게 살아야겠다는 생각이 들었어.

달이 내가 얘를 미리 알았으면 반쪽이 병아리를 소개해 주는 건데.

퉁이 오호, 병아리하고도 어울리겠네. 하지만 쥐가 더 빠르고 날쌔니까.

달이 반쪽이 병아리가 엄청 빠르다는 건 모르셨군.

로테 이모 너희들 얘기만 들어도 정말 재미있구나. 20년은 젊어진 것 같아.

노고할망 이 할미도 어린 시절로 돌아간 기분. 그때 나도 한 가닥 했었지.

뭉이쌤 할망께서 산을 수십 개 만들었다는 얘기, 세상에 파다하답니다.

연이 우와, 진짜요?

노고할망 믿거나 말거나. 하지만 믿으면 진실이 되는 법이지. 반쪽이 병아리나 새끼손가락이 자기를 믿었던 것처럼.

퉁이 넵. 저도 저를 믿고서 당당하게 도전하겠습니다.

연이 저도 모험을 피하지 않겠어요.

뭉이쌤 그래. 무엇을 얻고 이루는가와 상관없이 도전과 모험은 과정 자체가 의미 있는 법이지. 퉁이의 멋진 피날레, 고마워. 우리 우렁찬 박수로 마무리하자꾸나.

storytelling time
나도 이야기꾼

기본 스토리텔링

이번 스테이지에서 만난 이야기 중 가장 마음에 드는 것을 골라서 다음과 같은 단계로 스토리텔링 활동을 해보자.

step 1: 책에 쓰인 그대로 이야기를 소리 내어 읽는다.

step 2: 책에 쓰인 그대로 이야기를 소리 내어 읽되, 가상의 청자에게 말해주듯이 읽는다.

step 3: 청자에게 이야기를 전달하되, 틈틈이 책을 참고한다.

step 4: 청자에게 이야기를 전달하되, 책을 참고하지 않는다.

step 5: 청자에게 이야기를 전달하되, 표현과 내용을 조금씩 자신의 방식대로 바꿔본다.

step 6: 완전히 내 것이 된 이야기를 구연 환경과 청자의 성향에 맞춰 내용과 표현을 자유자재로 조절하며 전달한다.

이야기별 재창작 스토리텔링

다음은 이번 스테이지에서 만난 이야기들에 대한 활동거리이다. 이 중 하나 이상을 골라 스토리텔링 활동을 해보자.

<남자가 된 소녀>

① **숨은 이야기 상상하기:** 말하는 말 드미칠은 왜 엄마를 떠나서 왕의 말이 된 것인지 숨은 이야기를 상상해 보자.

② **인물의 마음속으로 들어가기:** 주인공 소녀가 공주와 결혼할 때 어떤 마음이었을지 회고담 형식으로 풀어보자.

<악마의 턱수염 네 가닥>

③ **장면을 연극으로 재현하기:** 악마의 아내가 남편의 턱수염 네 가닥을 뽑는 장면을 연극 대본으로 구성해 보자. 단, 주인공 소년과 침대가 하는 독백을 대사에 담는다.

<괴물새가 알려준 것들>

④ **랩 가사 쓰기:** 한스를 화자로 삼아서 그의 내력과 인생철학을 담은 랩 가사를 써보자.

⑤ **숨은 이야기 상상하기:** 성주의 딸과 두꺼비 사이에 어떤 일이 있었을지 상상해서 이야기를 만들어보자.

⑥ **뒷이야기 만들기:** 왕이 된 한스가 공주와 함께 세상을 어떻게 바꿨을지 말해보자. 그들이 내걸었을 만한 포고문 다섯 가지를 간단한 설명과 함께 제시하도록 한다.

<머리님 이야기>

⑦ **등장인물 캐릭터화하기:** 머리님의 모습을 상상해 캐릭터화하고, 이모티콘처럼 사용할 수 있도록 다양한 표정을 담아보자.

<반쪽이의 길>

⑧ **시나 랩 가사 쓰기:** 반쪽이를 화자나 대상으로 삼은 시나 랩 가사를 써보자. 단, 반쪽이의 특징이 잘 드러나도록 한다.

<반쪽이 병아리>

⑨ **숨은 이야기 상상하기:** 반쪽이 병아리는 어떻게 생겨난 것인지 숨은 이야기를 상상해 보자. 어떤 특별한 존재의 변신담으로 풀어내면 좋겠다.

<천하장사 새끼손가락>

⑩ **전생 사연 상상하기:** 새끼손가락이 전생에 천상의 존재였다고 가정하고, 어떤 일이 있어서 세상에 태어나게 됐을지 상상해 보자.

이야기 연계 스토리텔링

1. 이 스테이지에서 만난 일곱 가지 이야기의 주인공들에게서 발견할 수 있는 공통 특성을 찾아서 발표해 보자. 단, 남들이 발견하지 못할 만한 특별한 요소를 찾아본다.

2. 〈남자가 된 소녀〉의 변신 화소를 차용해서 〈악마의 턱수염 네 가닥〉의 소년이 여자가 되는 내용으로 이야기를 바꾸어보자.

3. 〈머리님 이야기〉의 머리님, 〈반쪽이의 길〉의 반쪽이, 〈반쪽이 병아리〉의 반쪽이 병아리, 〈천하장사 새끼손가락〉의 새끼손가락이 함께 길을 떠나는 이야기를 만들어보자. 단, 일행이 괴물새 그라이프의 땅을 거쳐 한스의 왕국에 다다르기까지의 여정을 포함한다.

4. 이 외에 이야기들을 흥미롭게 연계할 수 있는 여러 가지 방법을 찾아보고, 이를 토대로 다양한 스토리텔링 활동을 해보자.

✴

집중 탐구! 이야기의 비밀 코드

이야기 속 낯선 시공간의 스토리 효과

옛날 옛적 호랑이 담배 피우던 시절?

비현실 공간이 만드는 특별한 스토리

낯선 이미지에 반영된 꿈과 욕망

옛날 옛적 호랑이 담배 피우던 시절?

설화, 특히 민담은 흔히 '옛날이야기'라고 불립니다. 여기에는 옛날부터 전해진 이야기라는 뜻도 있지만, 옛날을 배경으로 하는 이야기라는 뜻도 있지요. 사실 이렇게 풀이하는 게 더 어울려요. 왜냐면 새로 만들어낸 옛날이야기도 있을 수 있거든요. '옛날 옛적에'를 시작으로 상상의 나래를 마음껏 펼쳐내면 그게 곧 옛날이야기가 되지요. 창작 설화도 가능하다는 뜻입니다.

'옛날 옛적에'는 시간적 배경을 나타내는 말인 동시에, 이제부터 허구적 상상 세계로 들어간다는 신호이기도 합니다. 화자 입에서 이 말이 나옴과 동시에 다 함께 '지금 여기'라는 현실을 벗어나 낯선 상상의 바다로 뛰어들어 마음껏 헤엄치게 되지요. '옛날 옛적에'는 '옛날에'나 '예전에'라고 간단히 줄여 말하기도 하고, '옛날 옛적 간 날 간 적에', '옛날 옛적 호랑이 담배 피우던 시절에'와 같이 더 미적으로 표현하기도 합니다. 또 '옛날 먼 옛날 모든 게 지금보다 젊었던 시절에'와 같은 개성 있는 표현도 가능하지요.

'옛날 옛적에'라는 시간적 배경은 지금 이 시간과의 차이를 암시하기도 합니다. 지금 안 되는 모든 것들이 가능했다는 것이지요. 여러 설화에서 자주 사용되는 도입부인 '호랑이가 담배 피우던 시절'이 단적인 예입니다. 호랑이가 담배도 피우던 시절이니까, 동식물들이 말을 하거나 사람이 바위나 개구리로 변하고, 우렁이 속에서 여자가 나오는 일들도 가능하지 않겠어요? 또 '모든 게 지금보다 젊었던 시절'이라는 말도 상상하는 모든 일이 가능했던, 현재보다 더 자유롭고 역동적인 상황을 나타냅니다. 그게 바로 설화의 세계지요.

이러한 설화 속 시간은 소설이나 영화 같은 다른 서사 양식과 비교했을 때 훨씬 빠르고 역동적으로 흘러갑니다. 그렇기 때문에 "시간이 바꾸지 못하는 것은 없다."라는 말은 특히 설화에 아주 잘 어울리지요. 얼간이가 왕이 되고, 소녀가 청년으로 변하며, 죽었던 어머니가 되살아나는 등, 설화의 시간은 그 안에서 특별하고 다채로운 변화와 놀랍고 기막힌 반전의 사건을 만들어내지요.

흥미로운 사실은 설화의 압축된 시간적 흐름이 잘못된 것을 바르게 돌리고 마땅히 이뤄져야 할 것을 이뤄지게 하는 방식으로 작동한다는 것입니다. 시간이 지나면 결국 악인은 벌을 받고 선인은 성공하는 것이 설화, 특히 민담의 전형적인 전개지요. 설화 속의 시간은 '정의 구현의 시간'이라고 봐도 좋습니다. 이런 면에서 설화의 '옛날 옛적에'라는 시간은 단지 배경이나 문학적 장치에 그치지 않고 주제적 의미까지 지닌다고 볼 수 있습니다.

비현실 공간이 만들어내는 특별한 스토리

설화에서 공간은 시간 못지않게 중요한 요소입니다. 공간이 그 자체로 스토리를 만들어내는 힘을 내기도 하지요. 일상적인 공간이 아닌 낯설고 특별한 공간일 때 더욱 그렇습니다. 사실 설화 속 공간은 기본적으로 다 특별하다고 할 수 있어요. 왜냐하면 '옛날 옛적'이라는 낯선 시간 속의 공간이기 때문입니다. 평범한 마을이나 도시가 공간적 배경이 될 때도 거기서 뭔가 특별한 일이 벌어지리라는 기대감이 생기지요. 그리고 실제로 그런 일이 펼쳐집니다.

설화에서는 일상적 현실 세계와는 다른 초월적이고 비현실적인 공간이 많이 나옵니다. 천상이나 지하, 저승, 용궁 같은 전형적인 초월 공간 외에도 이야기마다 세상 끝의 마법 호수나 젊음의 땅, 서천꽃밭 같은 특징적이고 신비로운 공간이 제각각 다양하게 나오지요. 그런 공간은 그 자체로 하나의 특별한 화소가 되어 호기심과 상상력을 자극하면서 사람들을 스토리 속으로 끌어들이게 됩니다.

인간은 상상을 통해서 많은 걸 느끼고 발견하며 이뤄내는 존재입니다. 그런 면에서 설화 속 상상 공간은 무의미한 공상으로 볼 대상이 아니에요. 그것은 중요한 미적 · 경제적 가치를 지닙니다. 영화나 애니메이션, 비디오게임 속의 비현실 공간들이 우리를 웃고 울게 만든다는 점을 생각하면 미적 가치를 가지고 있는 게 분명하지요. 또 현실 차원을 넘어선 공간적 상상력은 문화 콘텐츠 영역에서 크나큰 부가가치를 창출해 내고 있기도 합니다. 〈해리 포터〉나 〈반지의 제왕〉, 〈신과 함께〉 등을 생각하면 금방 이해할 수 있을 거예요.

설화 속의 낯선 비현실 공간은 스토리 전개에서도 중요한 역할을 합니다. 인물이 낯선 공간으로 진입하는 순간, 그간의 모든 것에 질적 변화가 생기게 되지요. 잠재되어 있던 인물의 약점이나 강점, 미덕 등이 드러나고, 감춰져 있던 비밀들이 모습을 드러냅니다. 그 공간은 어려움을 겪고 있던 주인공에게 새롭고 특별한 기회의 장이 되곤 합니다. 그 공간과의 만남을 계기로 문제 해결의 실마리를 찾는 것이지요. 설화 속의 시간이 정의 구현의 시간인 것처럼, 설화 속의 공간 또한 진실이 드러나고 정의가 펼쳐지는 공간으로 설정되는 것이 보통입니다. 다시 말해, 시간처럼 공간 또한 주제적 기능을 한다는 뜻입니다.

낯선 이미지들에 반영된 꿈과 욕망

설화 속의 낯설고 특별한 시공간은 자유로운 상상력 발현을 위한 최적의 무대 역할을 합니다. 플랫폼이 콘텐츠를 만들어낸다고 하잖아요? 설화의 시공간은 재미와 의미로 가득 찬 상상력을 만들어내는 특별한 플랫폼이라고 할 수 있어요. 이 플랫폼의 생산력은 과거는 물론 현재와 미래에도 여전히 유효합니다. 설화적인 시공간 배경을 응용한 문화·예술 콘텐츠가 많아지고 있다는 사실이 이를 증명하지요.

설화의 시공간이 산출해 내는 상상력의 핵심 매개체는 화소입니다. 낯선 시공간은 그 자체로 하나의 화소이면서 수많은 특별한 화소를 끌어안는 장(場)이기도 합니다. 그 화소는 인물과 사건, 각종 아이템 등 무척 다양한데, 이들은 기본적으로 낯선 이미지를 지닙니다. 낯선 시공간 안에 있는 요소니까요. 이 책에 실린 이야기들에 나온 머리 일곱 개 달린 괴물, 반쪽이 병아리, 웃음웃을꽃과 불붙을꽃, 소원을 들어주는 공, 미덕의 지팡이 등을 생각하면 쉽게 이해할 수 있을 거예요. 현실을 벗어난 역동적 인지를 유발하는 요소지요. 낯선 이미지들과 만나면서 사람들의 생각은 유연해지게 됩니다. 설화를 즐기면 생각이 젊어진다는 게 괜한 말이 아니에요.

낯선 시공간 속의 낯선 이미지들 속에 사람들의 꿈과 욕망이

반영됩니다. 정신분석학이나 분석심리학에서는 사람들이 꾸는 꿈의 이미지들 속에 진실이 담겨 있다고 하는데, 설화적 이미지도 마찬가지입니다. 꿈의 이미지에 개인의 무의식이 담긴다면 설화의 이미지들에는 개인을 넘어 집단적 무의식까지 담기지요. 그 이미지들은 오랜 시간을 거치면서 사람들이 함께 만들어내고 가다듬어 온 것이기 때문입니다.

부연하자면, 각각의 설화는 한 편의 잘 갖춰진 꿈이라고 볼 수 있습니다. 화소들이 뚜렷한 특징적 이미지를 지니고 있고, 화소들이 서로 긴밀하게 연결돼서 잘 짜인 서사 구조를 만들어내지요. 그래서 개인의 꿈에 비해 더 체계적이고 논리적인 분석이 가능합니다. 각 설화를 대상으로 삼아서 화소의 이미지에 담긴 상징적 의미를 짚어내고 그것들이 어떻게 연결돼서 주제적 의미를 이루는지를 살피는 것은 아주 흥미롭고 생산적인 활동이에요.

설화의 특별한 시공간과 그 속에 담긴 비현실적 이미지들은 겉보기와는 달리 매우 현실적인 의미를 담고 있는 경우가 많습니다. 현실 속의 갈등이나 모순 같은 것들이 핵심적으로 담기지요. 이 책의 '이야기에 대한 이야기'에서 각각의 설화에 담긴 의미의 현실 연관성을 짚어본 내용들이 담겨 있습니다. 'storytelling time'에도 설화에 담긴 현실적 의미를 탐구하는 활동들이 포함돼 있지요. 혹시 이 부분들을 건너뛰었다면 다시 한번 돌아가 살펴보기를 권합니다. 옛날이야기는 곱씹을수록 참맛이 살아난다는 점을 잊지 말아주세요.

참고한 책들

(자료에 있는 내용을 참고하되 내용과 표현을 새롭게 재서술했음을 밝힙니다.)

소 모는 아이의 모험: George Stephens, *Old Norse Fairy Tales:* gathered from Swedish Folk, London: W. Swan Sonnenschein & Co., 1899.

나 홀로 숲에: Alice Elizabeth Dracott, *Simla Village Tales, or, Folk Tales from the Himalayas,* London: John Murry, Albemarle Street, W., 1906.

넝마외투: 안젤라 카터 편, 서미석 옮김, 《여자는 힘이 세다》, 민음사, 1999.

놈불라의 여행: 장용규 엮음, 《세계민담전집 04 남아프리카 편》, 황금가지, 2003.

해를 찾아간 할머니: 안젤라 카터 편, 서미석 옮김, 《여자는 힘이 세다》, 민음사, 1999.

둥근 빵 칼라복의 여행: 신동흔 외, 《러시아·중앙아시아 설화》, 다문화 구비문학대계 15, 북코리아, 2022.

세상 끝의 마법 호수: 조안나 코울 편, 서미석 옮김, 《세상에서 가장 사랑받는 200가지 이야기 ④ 아프리카·아메리카 편》, 현대지성사, 1999.

젊음의 땅을 찾아서: George Stephens, *Old Norse Fairy Tales: gathered from Swedish Folk*, London: W. Swan Sonnenschein & Co., 1899.

신비의 땅 서천꽃밭 할락궁이: 현용준·현승환, 《제주도무가》, 고려대학교 민족문화연구소, 1996. / 진성기, 《제주도무가본풀이사전》, 민속원, 1991. / 신동흔, 《살아있는 한국신화》, 한겨레출판, 2014.

투왈레의 하늘 여행: 아돌프 엘레가르트 옌젠·헤르만 니게마이어 지음, 이혜정 옮김, 《하이누웰레 신화》, 뮤진트리, 2014.

땅속나라로 들어간 소년: 아돌프 엘레가르트 옌젠·헤르만 니게마이어 지음, 이혜정 옮김, 《하이누웰레 신화》, 뮤진트리, 2014.

우라시마 타로의 용궁 여행: 신동흔 외, 《일본 설화 (II)》, 다문화 구비문학대계 12, 북코리아, 2022.

즐거운 마법의 나라: 나송주 엮음, 《세계민담전집 05 스페인 편》, 황금가지, 2003.

겁 없는 왕자: 그림 형제 지음, 김경연 옮김, 《그림 형제 민담집》, 현암사, 2012. / 그림 형제 지음, 김열규 옮김, 《그림 형제 동화전집》 1-2, 현대지성사, 1998. / Brüder Grimm(Autor), Heinz Rölleke(Herausgeber), Kinder- und Hausmärchen, 1-3, Stuttgart: Philipp Reclam jun. GmbH & Co., 1980.

잃어버린 태양을 찾아 나선 청년: 브리오출판사 편집부 엮음, 류재화 옮김, 《중국민화집》, 아일랜드, 2011.

바바야가를 찾아간 소녀: 알렉산드르 아파나세프 편집, 서미석 옮김, 《러시아민화집》, 현대지성사, 2000.

괴물과 거인과 빌런의 나라: 존 비어호스트 지음, 서울대학교 라틴아메리카연구소 옮김, 《라틴아메리카의 신화, 전설, 민담》, 서울대학교출판문화원, 2018.

녹메니 언덕의 전설: 조지프 제이콥스 지음, 서미석 옮김, 《스코틀랜드·아일랜드 옛이야기》, 현대지성사, 2005.

남자가 된 소녀: Robert Elsie, *Albanian Folktales and Legends*, London: Center for Albanian Studies, 2015.

악마의 턱수염 네 가닥: Diane Wolfskin, *The Magic Orange Tree, and other Haitian Folktales,* New York: Schocken Books, 1997.

괴물 새가 알려준 것들: 그림 형제 지음, 김경연 옮김, 《그림 형제 민담집》, 현암사, 2012. / 그림 형제 지음, 김열규 옮김, 《그림 형제 동화전집》 1-2, 현대지성사, 1998. / Brüder Grimm(Autor), Heinz Rölleke(Herausgeber), *Kinder- und Hausmärchen*, 1-3, Stuttgart: Philipp Reclam jun. GmbH & Co., 1980.

머리님 이야기: 최재현·김영애 엮음, 《세계민담전집 06 태국·미얀마 편》, 황금가지, 2003.

반쪽이의 길: 임석재전집 1, 《한국구전설화》 평안북도편 Ⅰ, 평민사, 1988. / 《한국구비문학대계》에 수록된 설화 자료들.

반쪽이 병아리: 송영규 편저, 《프랑스 민담》, 중앙대학교 출판부, 1992.

천하장사 새끼손가락 : 존 비어호스트 지음, 서울대학교 라틴아메리카연구소 옮김, 《라틴아메리카의 신화, 전설, 민담》, 서울대학교출판문화원, 2018.

세계설화를 읽다 5

영원한 젊음의 땅과 미녀의 무적 함대

1판 1쇄 발행일 2024년 4월 22일

지은이 신동흔
그린이 순미

발행인 김학원
발행처 (주)휴머니스트출판그룹
출판등록 제313-2007-000007호(2007년 1월 5일)
주소 (03991) 서울시 마포구 동교로23길 76(연남동)
전화 02-335-4422 **팩스** 02-334-3427
저자·독자 서비스 humanist@humanistbooks.com
홈페이지 www.humanistbooks.com
유튜브 youtube.com/user/humanistma **포스트** post.naver.com/hmcv
페이스북 facebook.com/hmcv2001 **인스타그램** @humanist_insta

편집책임 문성환 **편집** 윤무재 **디자인** 기하늘
용지 화인페이퍼 **인쇄** 청아디앤피 **제본** 민성사

ⓒ 신동흔·순미, 2024

ISBN 979-11-7087-131-6 44800
979-11-7087-109-5 (세트)

• 이 책은 저작권법에 따라 보호받는 저작물이므로 무단 전재와 무단 복제를 금합니다.
• 이 책의 전부 또는 일부를 이용하려면 반드시 저자와 (주)휴머니스트출판그룹의 동의를 받아야 합니다.